LES PETITES MERVEILLES

ÉGALEMENT CHEZ POCKET

De joie coulent mes larmes
Les Petites Merveilles

LENA WALKER

LES PETITES MERVEILLES

Michel Lafon

ISBN : 978-2-266-31882-2
Dépôt légal : juillet 2023

À mes petites merveilles,
Mila et Léon

« Le bonheur est un rêve d'enfant
réalisé à l'âge adulte. »

Sigmund Freud

– 1 –

Cela fait trois mois qu'Eva sélectionne, épluche, parcourt les livres de la rentrée littéraire. En tant que libraire, sa mission est loin de se réduire au casse-tête des commandes et des mises en rayon ou à la simple découverte d'un nouveau roman. Non, ce qu'elle aime par-dessus tout, c'est donner ou redonner le goût de la lecture à ceux qui passent la porte de la librairie *Les mots dansent*... Pour elle, rien n'est plus gratifiant que de transmettre sa passion pour la littérature. Alors elle lit, ou plutôt elle dévore des centaines de pages chaque semaine pour pouvoir conseiller au mieux sa clientèle. Elle a déjà repéré les titres qui pourraient plaire ou bousculer, captiver ou déranger. Peu importe leur genre, tant qu'ils interpellent, procurent des émotions, provoquent des réactions ou ravivent des souvenirs d'enfance.

Les noms des auteurs résonnent dans sa tête comme une chanson douce, comme une poésie : Amélie Nothomb, Olivier Liron, Véronique Olmi, Leïla Slimani, Monica Sabolo, Éric Fottorino et tant d'autres qu'elle rêverait de rencontrer. Il y a les plus connus, qu'elle ne prend plus la peine de présenter mais qu'elle apprécie et se doit de lire, et les petits nouveaux, les primo-romanciers qu'elle a envie de soutenir.

Sa petite lampe de chevet a pour habitude de la tenir éveillée jusque tard dans la nuit. Ses paupières sont lourdes comme deux rideaux de fer, mais elle lutte pour aller au bout de sa lecture. Elle a horreur de devoir avouer à un client qu'elle n'a pas entendu parler du livre qu'il souhaite acheter… Eva est un vrai rat de bibliothèque. Même lorsqu'elle n'accroche pas à un roman, c'est plus fort qu'elle, il faut qu'elle le termine, quitte à le lire en diagonale pour satisfaire au moins sa curiosité. À l'inverse, lorsqu'elle a un coup de cœur, elle se délecte de chaque mot, son rythme cardiaque s'accélère, ses yeux se mettent à briller comme si des pépites d'or se reflétaient dans ses iris noisette. C'est la raison pour laquelle elle lit, pour découvrir tous ces trésors de l'âme qui lui font le plus grand bien. Comme si dopamine et endorphine se déversaient directement dans ses veines, Eva est alors envahie par un sentiment de plénitude et de bien-être.

Grâce à ce miraculeux phénomène, malgré le manque de sommeil, Eva ne sent presque pas la fatigue. C'est toujours avec une joie infinie qu'elle se rend à la librairie. Chaque matinée suit un rituel immuable. Elle se lève, se douche, prend son petit déjeuner avec Corinne, sa mère, puis s'habille avant de recevoir un flot de remarques désobligeantes de cette dernière.

Corinne ne peut pas s'empêcher de faire des réflexions sur les tenues de sa fille, et ce en dépit de ses vingt-six ans. Dire qu'elle n'aime pas son sweat « j'peux pas, j'ai licorne » qu'elle porte sur une jupe courte couleur pétrole est un doux euphémisme.

D'ailleurs, elle n'hésite pas à le lui faire savoir sans la ménager. Eva, peu susceptible, se moque pas mal des remarques de sa mère. Tant que les clients de la librairie ne se plaignent pas et lui font même des compliments, elle ne voit pas où est le problème. Le plus drôle, c'est qu'enfant, Eva était de nature discrète et sage, n'aspirant qu'à l'invisibilité. Rien à voir avec l'adulte extravagante qui arbore sans complexe un style vestimentaire haut en couleur.

Seuls quelques mètres séparent la loge de gardien qui leur fait office de maison de la librairie située de l'autre côté de la rue Monge. Sourire fendu jusqu'aux oreilles, Eva a fière allure dans ses collants bleu électrique et ses ballerines souris orange de créateur, dénichées à moins soixante-douze pour cent sur Internet. Une super affaire selon elle, une pollution visuelle selon Corinne.

À la librairie, elle retrouve Marcel, le propriétaire des lieux et papy qui fait de la résistance aux outrages du temps. Cheveux blancs hirsutes, petite paire de lunettes rondes sur le nez, il a dépassé l'âge de la retraite depuis un moment, mais n'abandonnerait son poste pour rien au monde. Il s'accroche à la promesse qu'il a faite à sa femme quelques années plus tôt, peu avant sa mort.

Eva a toujours adoré cet endroit, si bien qu'encore étudiante, elle préférait camper là plutôt que de fréquenter les amphis de l'université. Marcel s'était laissé attendrir par la jeune femme et en était arrivé à la conclusion qu'il ferait mieux de l'embaucher.

Au début, elle déposait des fiches de lecture sur les livres qu'elle avait lus puis, petit à petit, elle a commencé à l'aider pour toute la logistique et la manutention : réception des colis, déballage, remballage, retour des invendus. Il l'avait recrutée pour quelques heures par semaine, qu'il payait au lance-pierre. Peu lui importait, elle avait un job qui lui plaisait, qui donnait un sens à sa vie puisqu'elle était entourée de livres. Que demander de plus ? Cela lui suffisait amplement, elle vivait encore chez sa mère. Les heures s'étaient transformées en journées, les journées en semaines, les semaines en mois, jusqu'à ce qu'elle en oublie totalement le chemin de la fac.

Et de fil en aiguille, cela fait déjà six ans qu'elle se rend chaque jour dans ce lieu qui est son refuge, son temple, qui la protège de ses vieux démons et lui sert de repère.

Marcel possède l'une des plus anciennes librairies du quartier. À l'extérieur, on peut admirer une enseigne noire en bois sans âge sur laquelle on peut lire en lettres manuscrites dorées *Les mots dansent...* – Marcel tient à ces points de suspension, ils ouvrent l'imagination, selon lui.

À l'intérieur, les tables, étagères et échelles en chêne sont les mêmes depuis des années. Elles dégagent une odeur de boiserie usée, de poussière, de feuilles jaunies par le temps. Eva s'en est accommodée au point de ne plus pouvoir s'en passer.

Si elle est très récits et romans contemporains, Marcel, lui, est un passionné de la langue française, de la poésie, de la littérature classique, des mots. Ainsi, leurs deux profils de grands lecteurs se complètent et font le bonheur des habitués qui poussent les portes de la librairie.

Eva a beau éprouver beaucoup d'affection et d'admiration pour Marcel, elle regrette qu'il soit parfois si étroit d'esprit. Et ces derniers temps, cela arrive hélas de plus en plus souvent. Par exemple, il ne supporte pas qu'une cliente lui commande un livre à succès ou une romance érotique qu'il qualifie sans hésiter devant elle de « livre nul dépourvu de sens et d'ambition littéraire » ou de « roman porno malsain pour ménagère ». En général, les malheureuses ne remettent pas les pieds de sitôt dans la boutique… et à force, cela devient un problème.

Ce doux matin de septembre, Marcel a les traits beaucoup plus tirés que d'habitude.

— Bonjour, Eva.

— Bonjour, Marcel. Qu'est-ce qu'il se passe ? T'en fais une tête ! Encore réveillé par le chien de ta voisine qui se prend pour un coq et aboie aux aurores ?

Marcel habite juste au-dessus de la librairie. Son petit deux-pièces tient davantage lieu de succursale de la boutique que d'appartement. Hormis un lit et une cuisinière, on se croirait dans le repaire poussiéreux et rempli de vieilleries d'un bouquiniste expert en ouvrages anciens. Des figurines d'oiseaux et de chiens en porcelaine trônent ici et là. Le vieux libraire ne fait plus aucun effort pour entretenir son foyer, qui semble s'être figé dans un autre temps. Le temps d'un bonheur disparu. Celui où il pouvait encore embrasser sa femme, la prendre dans ses bras et l'admirer en train de parler d'un roman qu'elle avait dévoré, une tasse de thé vert fumant à la main.

— Si seulement c'était ça ! dit-il, las, en fuyant son regard.

Marcel commence sérieusement à l'inquiéter. Eva l'a rarement vu dans cet état. La dernière fois, c'était il y a deux ans, à cause de la grippe. La fièvre le faisait divaguer, et il ne cessait de lui répéter : « Ça y est, je l'ai chopée, j'ai la grippe à bières. »

Elle redoute soudain qu'il lui annonce qu'il est atteint d'une maladie incurable, mais elle se rassure, elle le voit tous les jours, elle aurait forcément remarqué un signe de faiblesse.

— Qu'est-ce qui peut bien être pire ? Soit tu me dis tout de suite ce qui ne va pas, soit j'expose ces livres sur la table !

Elle brandit plusieurs bouquins aux titres sulfureux et aux couvertures minimalistes mettant en scène un mannequin naturiste qu'un éditeur leur a envoyés par « erreur ».

— Tu peux les remballer et les renvoyer. Je n'en veux pas ici.

— Si ces livres se vendent, c'est bien parce que des gens les lisent et les aiment.

— Je n'ai pas envie de vendre des « livres qui se lisent ».

— C'est absurde, voyons. Il y a un livre pour chaque lecteur et un lecteur pour chaque livre. Bonjour l'élitisme, chacun ses goûts. Nos clients ont le droit d'aimer ce genre de lecture ! Tu ne t'es pas dit que cela pouvait être une source de joie, de liberté, après une journée épouvantable ? Pourquoi les priverais-tu du droit de fantasmer ?

— Ce n'est pas le genre de la clientèle du quartier. Ces livres les pervertissent, s'ils veulent de l'amour, ils n'ont qu'à lire *La Princesse de Clèves*, ou tiens, *Belle du Seigneur*, à la place. Encore mieux, celui-ci, un chef-d'œuvre de pensée complexe, ajoute-t-il en agitant le dernier opus d'un habitué, un brillant mathématicien reconverti en homme politique qui habite à deux pas.

— Quelle mauvaise foi ! le coupe-t-elle. Cesse de faire ton numéro de vieux grincheux.

— Je le pense vraiment. Si c'est ça, le métier de libraire maintenant, je préfère baisser le rideau.

— Marcel, je t'interdis de parler comme ça.

Il soupire, lui adresse un regard oblique qui n'annonce rien de bon. Leurs débats sont souvent houleux, mais Eva n'en apprécie pas moins ces moments de confrontation de leurs points de vue.

— Eva, tu sais que je t'aime beaucoup… Il nous arrive souvent de nous accrocher, mais c'est toujours pour la bonne cause, et puis tu es pétillante, sensible, brillante. Tu as beaucoup fait pour la boutique. Les clients t'apprécient énormément.

— Pourquoi ce flot de compliments ? Où veux-tu en venir exactement ?

A-t-il l'intention de lui confier plus de responsabilités, voire de lui proposer une augmentation ? En six ans, ce serait une première et une heureuse nouvelle qui tiendrait du miracle !

Marcel marque une pause qui lui semble interminable. Il baisse les yeux et fixe le comptoir.

— Je ne peux pas te garder, lâche-t-il.

— Quoi ?

Eva a l'impression que son cœur a cessé de battre, ses poumons de respirer, que toutes ses fonctions vitales se sont mises en pause. Elle est soudain prise de vertige.

— Tu as bien entendu.

— Je ne comprends pas, dit-elle en s'agrippant au comptoir. On forme un super duo ! Ces livres sont toute ma vie, mes merveilles ! s'écrie-t-elle en désignant chacun de ses trésors.

— Ma comptable m'a annoncé que je n'avais plus l'argent pour te payer, je suis au bord de la faillite, il me resterait un mois. Deux tout au plus.

— Mais, Marcel, pourquoi tu ne m'as pas prévenue que ça allait si mal ?

— J'espérais que ça s'arrangerait, et puis je n'ai pas réussi à t'en parler. Tu as dû remarquer que la fréquentation avait baissé, non ?

— À qui le dis-tu ! Tu te prives de tous les best-sellers, et tu ne choisis que des romans hyper confidentiels, difficiles d'accès quand ils ne sont pas sordides.

Eva a envie d'ajouter « à ton image ». C'est pire de jour en jour. Depuis la mort de sa femme, Marcel semble absent à sa propre existence, comme si on lui avait extirpé du corps toute joie de vivre.

— Ce n'est pas que ça, tu sais très bien qu'il y a la concurrence d'Internet, les livres numériques, et les gens lisent de moins en moins. Les jeunes se désintéressent de la lecture. Ah ça, pour écrire, il y a du monde. Comme si on n'avait pas assez d'écrivains en France !

— Tu racontes n'importe quoi, le livre reste l'un des cadeaux et des loisirs préférés des Français. Dois-je te rappeler que la plupart des lecteurs sont des multilecteurs ? Ils lisent des dizaines et des dizaines de livres par an. Et pour tous ceux qui ne lisent pas, il suffit d'un texte qui les touche pour qu'ils prennent goût à la lecture.

— L'autre jour, un collégien m'a demandé *Tartuffe*, de Molière, enchaîne-t-il sans l'avoir écoutée. Vu que toute sa classe l'avait acheté avant lui, on n'en avait plus. Je lui ai dit de revenir deux jours plus tard, le temps que la commande que j'avais passée arrive. Tu sais ce qu'il m'a répondu ? Que sur Internet, il pouvait l'avoir en vingt-quatre heures ! C'est ça, la « réalité » !

— On est en pleine rentrée littéraire, tu as besoin de moi. On peut améliorer notre réassort, booster les ventes. Je peux continuer et tu me paieras plus tard…

— Eva ! l'interrompt-il. Tu peux m'écouter pour une fois ? Rentre chez toi, le temps que je trouve une solution. Il est hors de question que tu travailles si je ne peux pas te payer.

Eva se retient de pleurer. Elle saisit son sac à main et sa veste puis quitte la boutique sans même un au revoir.

– 2 –

Eva n'est pas rentrée directement chez elle. Qu'allait-elle dire à Corinne ? Qu'elle avait perdu le job qu'elle aimait plus que tout ? Elle a remonté la rue Mouffetard, est passée sans les voir devant les vitrines de créateurs qu'elle connaît par cœur. Sa mère et elle sortent rarement du quartier où elles ont presque toujours vécu, tant elles s'y sentent bien. Comme dans un village qui résisterait à l'agitation et à la frénésie du reste de Paris. D'ailleurs, elles y trouvent tout ce dont elles ont besoin : le petit marché de la place Monge, qu'elles adorent, propose trois jours par semaine viande, poisson, fruits et légumes, produits frais et bio, elles ont leurs boutiques, leurs bistrots, leurs restaurants, leurs cinémas, et cette atmosphère si particulière à Mouffetard, chargée d'histoire, de chaleur intemporelle et de dynamisme…

Elle a erré longtemps, franchissant la Seine sans même s'en rendre compte, et a continué jusqu'à Châtelet. Elle a arpenté les rues du Marais. Marcher sans but lui a fait un bien fou. Lorsqu'elle s'est sentie prête, elle a traversé la Seine dans l'autre sens puis appelé Iris pour lui proposer de déjeuner au *SweetSpot*, un salon de thé cosy dont elles ont fait leur QG.

Iris a accepté avec plaisir, loin de se douter de la détresse de son amie.

Physiquement, les deux amies d'enfance sont en tous points différentes. Eva est petite, menue, et arbore un carré brun et une frange épaisse qui lui donnent des airs de *flapper* échappée des Années folles. Elle a les yeux noisette, les lèvres naturellement rosées et le teint mat qu'elle tient de son père d'origine méditerranéenne mort avant sa naissance. Iris, aux yeux bleus et au teint de porcelaine, a une peau laiteuse parsemée de taches de rousseur et rehausse ses lèvres d'un rouge sanguin. Une magnifique plante flamboyante et pulpeuse. Sa longue et épaisse chevelure rousse tombe sur ses épaules telle une cascade de feu. Dans le salon de coiffure où elle travaille, elle fait fureur.

— Comme ça, sans préavis ? s'indigne Iris.

— J'imagine qu'il n'avait pas le courage de m'en parler et qu'il a attendu la dernière minute.

— Eva, tu ne peux pas partir comme ça, sans rien dire.

— Je ne vais quand même pas lui faire un procès…

— Ce n'est pas ce que j'ai dit. Je pense que tu devrais en discuter avec lui, chercher des solutions.

— Cela fait des mois que j'essaie d'élargir notre fonds, mais il est si borné, il n'écoute rien. Je refuse de me résigner. Il faut être plus moderne, compétitif, s'adapter, au moins un peu, à la demande.

— Et si tu montais ta propre librairie ? Tu as l'expérience qu'il faut…

— Quoi ? Non, t'es folle ! Je ne saurais jamais comment m'y prendre et je n'ai de toute façon pas les finances pour. Mes économies se résument au contenu du livret A de la plupart des gosses de moins de un an du quartier !

— Tu en es parfaitement capable, tu manques juste de confiance en toi. Mais si tu tiens tant à rester, propose-lui un mi-temps !

— Ce n'est pas une mauvaise idée, mais sur le moment, il avait l'air de dire qu'il ne pouvait plus dégager d'argent du tout, quel que soit mon planning… De toute façon, j'étais trop sous le choc pour argumenter. Bon, et toi ? Désolée, je ne t'ai pas demandé, comment ça se passe avec Benjamin ?

Il n'en faut pas plus à Iris pour se lancer dans un énième panégyrique de son merveilleux fiancé. Ils se sont rencontrés après le lycée et depuis, ils forment le couple parfait. Benjamin a l'intention de reprendre le garage de son père en proche banlieue, puis d'y acheter une maison après leur mariage l'été prochain. En attendant, pour faire des économies, chacun vit chez ses parents, à l'ancienne.

La future épouse, les yeux brillants, ne lui épargne aucun détail des préparatifs de l'heureux événement à venir, de la salle au traiteur en passant par la robe et l'alliance. Elle lui énumère ceux qui, parmi les invités et les cousins, sont célibataires, en prenant le temps de brosser le portrait de chacun avant le jour J. Eva n'est pas pressée de revoir le cousin du marié, Gaëtan, qui s'est entiché d'elle et – paraît-il – a doublé de volume depuis la dernière fois qu'elle l'a vu.

Eva vit à travers Iris les affres de l'organisation d'un mariage de conte de fées. Après avoir quitté son amie, elle reprend sa marche, direction les Gobelins cette fois. Elle va jusqu'à la place d'Italie, erre dans le centre commercial sans rien y acheter. Il faut qu'elle soit au comble du désespoir pour que ses yeux, qui n'ont pas leurs pareils pour dénicher les pièces ou articles tendance, ne s'arrêtent pas sur les vitrines.

Cette marche lui accorde un temps de réflexion et, pour la première fois depuis des lustres, lui permet de faire le point sur son parcours et sa situation. Cela fait près de six ans qu'Eva travaille avec Marcel. Six ans que sa vie est une parenthèse enchantée où les crises en tout genre – attaques de panique, d'angoisse, de spasmophilie et bien d'autres expressions de son tempérament anxieux – qui étaient auparavant son triste quotidien n'ont plus lieu d'être, six ans qu'Eva s'est libérée de sa peur des autres. Pourtant, ce n'était pas gagné. Avant de travailler à la librairie, elle était mal dans sa peau et angoissait pour un rien.

D'une timidité maladive, Eva a appris à aller vers les clients de la librairie et même à tisser des liens avec certains au fil du temps. Ils revenaient pour ses conseils personnalisés. Suivre l'évolution de leurs goûts littéraires la réjouissait et lui donnait confiance pour aborder de nouveaux clients ou tout simplement échanger avec eux sur leur lecture du moment.

Eva n'était pas allée au bout de ses études de lettres, renonçant à devenir professeure de français. Il lui avait fallu deux ans pour réaliser qu'elle n'aurait pas le courage d'affronter les élèves les plus démotivés. Elle avait peu à peu délaissé les bancs de l'université pour la librairie de Marcel. Elle vivait au jour le jour, dans l'insouciance, profitant de tous ces ouvrages à portée de sa main. Eva y avait fui le monde réel des contraintes, des déceptions et des responsabilités, pour se réfugier dans celui des livres, lieu par excellence de tous les possibles.

Désormais, elle doit faire face à la dure réalité de la vie. Que va-t-elle faire, que va-t-elle devenir ?

Le soir venu, le poids de son chagrin est trop lourd à porter. Elle se confie à sa mère au dîner qu'elles prennent dans la pièce principale de la loge, qui fait office de salon et de chambre à coucher pour Corinne.

— Il était temps !

— Comment ça ? Qu'est-ce que tu veux dire par là, maman ?

Corinne est coupée net dans sa réponse par des petits coups à la porte vitrée de la loge. Elle se lève et écarte le rideau en dentelle avant d'ouvrir.

— Bonsoir, monsieur Dupré… Non, vous ne nous dérangez pas du tout. Attendez, je vais chercher vos colis.

Richard Dupré habite au deuxième étage du bâtiment A. Il est associé dans un grand cabinet de conseil et passe le plus clair de son temps à l'étranger. Eva trouve injuste qu'il dispose de quatre-vingts mètres carrés pour lui tout seul et qu'il en profite si peu quand sa mère et elle doivent se partager cette maudite cage.

Corinne lui remet deux cartons et revient s'asseoir.

— T'es gentille de garder ses colis, vu la place qu'ils prennent !

— Je ne fais ça que pour lui. Donc, je disais qu'il était peut-être temps pour toi de faire autre chose. Marcel te paie des clopinettes depuis des années. Dis-moi, ça fait combien de temps que tu n'as rien mis de côté ?

— Si je suis dépensière, comme tu sembles le sous-entendre, ce n'est pas à cause de Marcel ou de la librairie. Ce qui compte, c'est de se faire plaisir et surtout de faire ce qu'on aime, non ? Je ne veux pas finir comme…

Elle s'interrompt, soudainement consciente que ses paroles risquent de blesser sa mère.

— Dis-le ! lui intime Corinne. Tu ne veux pas faire comme moi, finir femme de ménage, c'est ça ? Sache, ma fille, que je n'ai aucun regret. Tu n'as jamais manqué de rien, il me semble. Emménager ici a été la meilleure décision de ma vie.

Elles ont cessé de manger et tournent leur fourchette dans le vide.

— Tu ne t'es jamais dit qu'on aurait pu avoir un plus grand appartement…

— Où ça ?

Corinne se crispe. Elle serre les dents et les poings sur la table.

— Au fin fond de la banlieue, c'est ça ? Tu n'y aurais pas eu la même éducation, ma petite fille…

— Pourquoi pas ? Je suis sûre que je m'y serais plu. Et vu ce que ça m'a réussi, la bonne société du cinquième ! Tu ne crois pas que ça m'aurait fait plaisir de pouvoir inviter mes copines dans un vrai chez-nous, et même d'avoir des copines dont je ne me serais pas sentie différente ? Ne me dis pas que tu n'as jamais rêvé d'avoir plus d'espace et d'intimité ?

— J'ai fait ce qu'il y avait à faire, pour notre bien. Je n'aurais peut-être jamais trouvé de travail dans un village, et c'est dans une caravane ou à la rue que tu aurais dormi ! Tu ne réalises pas la chance que tu as d'avoir grandi ici ! Si tu n'es pas heureuse, la porte est ouverte, je ne te retiens pas. J'ai hâte de voir le palais dans lequel tu iras habiter !

Corinne est hors d'elle. Elle n'a jamais parlé aussi franchement à sa fille, qu'elle a toujours surprotégée. Mais pour la première fois, elle se sent meurtrie dans son âme et sa chair. Comment Eva peut-elle être aussi égoïste ? Alors que Corinne s'est saignée pour qu'elle intègre une école d'exception et l'a élevée seule, sans l'aide de personne. Elle a même toujours refusé de refaire sa vie, de peur de tomber sur une mauvaise personne. Elle n'aurait pas non plus supporté qu'un homme s'immisce dans leur relation. Et quand Eva a voulu abandonner ses études, enterrant tous ses espoirs d'ascension sociale pour elle, Corinne ne s'y est pas opposée. Eva était majeure et, surtout, elle était sa priorité, ce qui signifiait qu'elle était libre, libre de ses choix, libre de rester ou de partir.

Certes, Corinne a toujours redouté le jour où Eva voudrait quitter leur cocon. Elle n'a pas du tout la même vision que sa fille de la loge. Même si elle dort dans le salon, elle préfère largement ce bocal à son ancien studio dans un quartier mal fréquenté, où la cage d'escalier de l'immeuble sentait la pisse et les voitures brûlaient sur le parking en plein jour comme un barbecue le dimanche midi. Non, Corinne ne regrette rien, et venir s'installer ici fut une décision mûrement réfléchie.

Eva s'approche de la trentaine et Corinne souhaite par-dessus tout éviter qu'elle suive son exemple, elle aimerait qu'elle rencontre quelqu'un qui la rende heureuse. Mais elle reconnaît que sa présence est une source de joie infinie et elle se sent chanceuse de l'avoir auprès d'elle. Pourtant, au fond, elle sait pertinemment que le temps est sans doute venu de la laisser partir.

C'est la première fois qu'Eva reproche explicitement à sa mère cette promiscuité qui l'étouffe depuis des années. Elle ne peut se faire à l'idée que cette loge ait été un réel objet de convoitise pour sa mère. Qui rêverait de vivre entre ces quatre murs ? À l'époque, mère et fille habitaient en banlieue et mettaient plus d'une heure pour rejoindre l'école où Corinne avait réussi à faire inscrire sa princesse. À sa plus grande joie, elle avait finalement obtenu ce poste de concierge – et sa précieuse loge – lorsque Eva était entrée en moyenne section de maternelle. Finis les trajets et la fatigue, à elles la vie parisienne, les avantages d'un beau quartier à l'ambiance de petit village.

Eva aurait certes pu partir, s'affranchir de ces murs, mais elle n'a jamais pu s'y résoudre, et puis l'emplacement est idéal : à deux pas de la librairie. Il lui permet de respirer hors de ces trente-cinq mètres carrés dans lesquels elle se sent aussi oppressée qu'un oiseau en cage. Elle a l'impression d'être un animal de zoo.

Seuls la librairie et quelques voyages permettaient à la jeune femme de s'évader et lui procuraient une sensation de bien-être. Paradoxalement, plutôt que d'économiser pour se prendre un appartement, elle mettait chaque mois de côté une partie de son salaire pour se payer, avec Iris qui faisait de même, de petites escapades en Europe. Pour Eva, celles-ci agissaient comme une véritable thérapie qui l'aidait à repousser le spectre de son déménagement et de son indépendance. À la moindre occasion, le duo s'offrait un week-end de liberté : le Nouvel An à Barcelone, l'Ascension à Berlin, le 14-Juillet à Prague, et surtout le shopping à Londres, plusieurs fois par an. Tous les prétextes étaient bons pour fuir cette promiscuité qu'elle reprochait à sa mère, sans pour autant essayer de s'en défaire.

Ses crises d'angoisse avaient considérablement diminué le jour où elle avait commencé à s'éloigner de cette fichue loge. Aussi, dès qu'elle rentrait d'un voyage, préparait-elle le suivant : se projeter, la meilleure parade à la routine qui l'angoissait mais dont paradoxalement elle ne pouvait se passer.

Mille fois elle avait songé à quitter cet endroit. Mais pour aller où ? Elle tenait trop à Marcel, à la librairie, et ne gagnait pas assez d'argent pour se payer ne serait-ce qu'une chambre de bonne dans le quartier.

Finalement, Corinne n'avait peut-être pas tort. Cette vie-là était sans doute la meilleure option pour elles.

– 3 –

Eva a passé la soirée à bouquiner dans sa chambre, du moins quand Iris ne l'interrompait pas en lui envoyant des textos pour vérifier qu'elle ne pleurait pas comme une Madeleine ou n'était pas en train de succomber à une crise d'angoisse.

Elle lui a répondu qu'elle était dans le même état qu'après avoir terminé *Avant toi*, de Jojo Moyes, c'est-à-dire le cœur en miettes, mais qu'elle irait mieux après une bonne nuit, ce qui a clos leur discussion.

Après avoir éteint sa lampe de chevet, elle a fermé les yeux et rêvé de l'appartement de Richard Dupré. Elle s'y est déjà rendue, à plusieurs reprises. Lorsqu'il devait s'absenter plus d'une semaine, il confiait ses clés à Corinne. Eva montait au deuxième étage du bâtiment A et pendant que sa mère faisait la poussière, arrosait les plantes et aérait les pièces, elle jouait des notes sur le piano à queue qui trônait au milieu du double séjour, derrière un somptueux canapé d'angle blanc sur lequel sa mère ne l'autorisait pas à poser ne serait-ce qu'une fesse. Elle aurait adoré savoir jouer du piano, mais sa connaissance du solfège se limitait aux cours de musique obligatoires ; elle devait toutefois à son excellente oreille de pouvoir créer quelques accords.

Au-dessus de la cheminée, un miroir doré – le plus grand qu'Eva ait jamais vu – illuminait la pièce. La cuisine rouge et noir, très chic et moderne, était toujours vide, signe qu'il ne devait pas beaucoup l'utiliser. Un couloir menait vers deux chambres, un bureau et une salle de bains.

C'était indéniablement l'appartement de ses rêves. Elle aimait le craquement du parquet sous ses pas, la fraîcheur des lieux que conférait l'incroyable hauteur sous plafond, le charme des cheminées en marbre qui, même éteintes, réchauffaient chaque pièce et témoignaient d'une époque révolue mais empreinte d'histoire. Même vide, l'appartement était chaleureux. Il était là, juste au-dessus de sa tête, inoccupé la plupart du temps, mais inaccessible : le loyer mensuel devait avoisiner deux ou trois mois de son salaire. « Quel gâchis qu'un si bel espace soit si peu utilisé ! » répétait-elle sans cesse à Corinne.

*

* *

Eva a fait la grasse matinée. La veille, après leur dispute, sa mère lui a fait comprendre qu'elle se chargerait de débarrasser seule la table et de faire la vaisselle avant de se coucher, la confinant dans sa chambre. Elles ont longtemps dormi ensemble toutes les deux, mais aux sept ans d'Eva, Corinne lui avait cédé l'unique chambre de la loge et dormait depuis sur le canapé qu'elle dépliait chaque soir.

Eva ne peut pas vraiment se plaindre de sa petite chambre. Au moins, elle dispose d'une pièce intime côté cour, au calme, un coin à elle avec vue sur le potager et les rosiers, tandis que sa mère doit se contenter du canapé-lit, côté rue, et se réveiller tous les matins dans le vacarme incessant de la porte cochère qui claque, de la circulation permanente des bus, des voitures et des camions de livraison que le double vitrage ne parvient pas à assourdir.

Du plus loin qu'elle se souvienne, Eva a toujours détesté cet endroit. Vivre dans une loge de gardienne ne l'a pas aidée à se sentir à l'aise auprès de ses camarades de classe qui, pour la plupart, habitaient dans de somptueux appartements haussmanniens. Non seulement elle étouffait, mais elle avait honte de sa condition sociale.

En même temps, les quatre murs de sa chambre la réconfortaient. C'est ici qu'elle venait se réfugier après une dure journée d'école où les élèves s'étaient ligués contre elle parce qu'elle portait des baskets sans marque. C'est ici qu'elle pleurait au creux de son oreiller et faisait taire les moqueries qui résonnaient en cacophonie dans sa tête. C'est ici qu'elle finissait par oublier ses peines, qu'elle retrouvait son calme et lisait, écoutait de la musique, s'évadait de toutes les pensées qui l'empoisonnaient.

Eva la volubile et pétillante n'a plus rien de la fillette discrète, maladivement timide, apeurée dans la cour de récréation. Corinne avait tenu à ce qu'elle suive dès la maternelle l'enseignement de l'école Notre-Dame, une prestigieuse institution. Elle aurait été capable de vendre père et mère pour parvenir à ses fins. Ses économies ne servaient ni aux vacances ni aux loisirs, mais partaient en frais de scolarité, quand pour la plupart des autres parents d'élèves ces mêmes frais n'étaient pas un sujet. Le gouffre financier entre Eva et ses camarades était en grande partie à l'origine de son mal-être : elle ne se sentait pas à sa place parmi cette jeunesse dorée. N'en déplaise aux ambitions de sa mère, cette école n'était pas faite pour elle. Elle n'avait jamais su comment se comporter avec les autres élèves dans cet établissement privé très sélect où elle avait dû suivre l'intégralité de sa scolarité.

Elle ne portait pas les mêmes vêtements dernier cri et hors de prix que ses camarades, n'avait pas d'activités extrascolaires – elle ne pratiquait ni l'escrime ni l'équitation –, ne jouait d'aucun instrument, ne prenait pas de cours particuliers de poterie ou de japonais, ni n'apprenait l'anglais avec une *nanny* qui aurait vécu à demeure.

À chaque rentrée, tous rivalisaient d'anecdotes sur les merveilles du monde qu'ils avaient visitées. Quand venait son tour, elle inventait de jolis mensonges, comme le fait d'avoir passé tout l'été dans un camping cinq étoiles en bord de mer. En réalité, elle croupissait au deuxième étage de la bibliothèque de la rue Buffon (que tous les enfants prononçaient « bouffon » avant de pouffer). Là où elle savait qu'elle avait peu de risques de croiser qui que ce soit.

Toutefois, il y avait bien un endroit où elle passait une partie de ses vacances. C'était chez ses grands-parents, à la campagne. Mortel. Il n'y avait strictement rien à faire et, en dépit de ses précautions, elle n'emportait jamais assez de livres. C'était toujours la même chose : elle les dévorait en quelques jours, puis passait le reste du séjour à aider sa grand-mère à éplucher les pommes de terre, à écosser des haricots ou des petits pois, quand elle ne s'amusait pas à détruire les fourmilières dans le jardin ou à chasser les souris de la maison.

Bref, en bonne fille de la ville, elle s'ennuyait ferme, peu sensible aux charmes de la nature, à la vie au grand air, aux champs et aux vaches. Il lui fallait le jardin des Plantes, la bibliothèque – son havre de paix – et surtout des livres. Beaucoup de livres. En général, l'une des nombreuses disputes de sa mère avec ses parents, qui lui reprochaient de mal éduquer leur petite-fille, mettait fin au supplice, car Eva savait qu'il ne lui restait plus que quelques minutes pour faire ses valises avant son retour à Paris. Finalement, elle se plaisait dans son quartier bobo parisien.

Son plus gros complexe était de se sentir la fille la plus ordinaire perdue au milieu de gens qui lui semblaient extraordinaires.

Corinne savait qu'Eva rencontrait des problèmes à l'école, mais elle en ignorait la gravité. Pour elle, dont l'enfance n'avait pas non plus été très tendre, ces épreuves faisaient partie de l'apprentissage de la vie. Elle pensait sa fille simplement émotive, sensible, et voulait croire qu'elle se rendrait compte plus tard combien elle était chanceuse d'être passée par Notre-Dame. Certes, elle n'avait pas beaucoup d'amis, mais après tout, elle avait Iris et… ses livres.

C'est entre 17 heures et 19 heures que les résidents de l'immeuble sollicitaient le plus leur gardienne. En rentrant du travail, ils lui posaient des questions sur les livraisons qu'ils attendaient impatiemment lorsqu'ils ne se plaignaient pas de leurs tracas quotidiens : tantôt un patron trop dur, tantôt une stagiaire incompétente, sans oublier les innombrables discussions concernant les membres de leur famille qui venaient ou pas leur rendre visite, et les soucis de santé qu'ils pouvaient rencontrer. C'était aussi pour cela qu'ils appréciaient Corinne, elle leur prêtait toujours une oreille attentive. Et chacun avait toujours quelque chose à dire. Corinne, patiente, écoutait sans broncher. Elle ne pouvait donc pas voir les larmes d'Eva après l'école. Quand elle rentrait pour préparer le dîner, elles avaient déjà séché.

Corinne avait toujours pris son rôle de gardienne très à cœur. D'ailleurs, à cette heure-ci, elle devait sûrement passer la serpillière dans l'escalier d'un des quatre immeubles – quatre escaliers et six étages l'attendaient, autrement dit, de quoi l'occuper une bonne partie de la matinée.

*

* *

Eva s'est réveillée avec la boule au ventre. En temps normal, à cette heure-ci, elle serait en train d'ouvrir les cartons de livraison contenant les commandes des clients et les nouveautés, ce que dans le jargon on appelle « l'office » : Marcel passe une quantité de commandes auprès des représentants des diffuseurs qui s'engagent à reprendre les invendus plus de trois mois et moins de douze mois après la parution. C'est Eva qui d'habitude s'occupe de la manutention et renvoie ces invendus.

Elle n'arrive pas à faire le vide dans sa tête. Tout lui rappelle la librairie, en particulier les livres qu'elle a empruntés et qui jonchent son lit et le sol de sa chambre. Il faudrait qu'elle les rapporte à Marcel…

Elle se décide à aller donner un coup de main à sa mère lorsque son téléphone se met à vibrer. C'est Iris qui écrit : « Rendez-vous au café *Saint-Médard* à 12 h 30. » Eva répond par un simple « OK ».

Elle imagine toutes les tâches que son amie va lui demander d'accomplir en tant que témoin de son mariage, comme préparer les nœuds en tulle pour les voitures des invités, l'aider à organiser le plan de table, convaincre la mère de Benjamin de ne pas porter du blanc le jour J ou, pire, jouer du piano devant une centaine d'inconnus. Quelle horreur ! Cette préparation vire au cauchemar !

Lorsque Corinne rentre enfin, Eva ressent une certaine tension. Sa mère est sans doute encore blessée par la scène de la veille, c'est à peine si elle lui jette un regard. De toute façon, elle attend un technicien pour l'installation de la fibre optique dans l'immeuble et doit lui permettre d'accéder à la cave.

Navrée, Eva quitte la loge avec un pincement au cœur et laisse Corinne souffler après son nettoyage des quatre escaliers et des paliers des six étages.

Eva s'est installée au café *Saint-Médard* avec une demi-heure d'avance et *L'Art de perdre*, d'Alice Zeniter, dans les mains. Être au calme, lire à la table d'une brasserie du quartier avec un délicieux cappuccino fait partie des petits plaisirs qu'elle s'octroie de temps en temps. C'est Iris qui, depuis leur tendre enfance, lui a transmis cette habitude : s'offrir une rose ou un carré de chocolat, prendre dix minutes pour écouter de la musique, s'émerveiller de l'envol d'un papillon, admirer les fleurs du jardin des Plantes, s'exposer au soleil, lire tout simplement, c'est ce qu'elle nomme « les petites merveilles de la vie », ces petits riens de tous les jours qui la rendent plus heureuse. Iris lui avait enseigné de recourir à ces astuces, ces grains de bonheur quand elle sentait que son amie perdait pied ou partait dans une spectaculaire crise de panique dont elle avait le secret.

Eva s'est retenue de faire un détour par la librairie. Elle retournera voir Marcel lorsqu'elle aura des solutions concrètes à lui proposer.

Elle est tellement plongée dans sa lecture qu'elle n'entend pas Iris débarquer et s'installer devant elle.

— Salut !

Eva lève une main, qui signifie entre elles « deux minutes, je finis – au choix – mon paragraphe, ma page ou mon chapitre », avant d'insérer un joli marque-page et de refermer le livre.

— T'es grave ! Il n'y a que toi pour faire un geste aussi impoli.

— Salut, Iris ! dit-elle sans relever.

— Bon, tu ne vas pas le croire, mais j'ai la solution à tous tes problèmes !

– 4 –

— Je ne pense pas y arriver. Tu sais que je n'aurai jamais la patience pour ça…

— Quoi ? Je t'apporte LA solution à tes problèmes sur un plateau d'argent et toi, tu fais ta diva ? Eva, réveille-toi ! Youhou ! Y a quelqu'un là-dedans ? demande Iris en pointant son doigt sur la tempe de son amie.

Parfois, Eva aimerait être moins rêveuse, moins froussarde et aussi fonceuse qu'Iris. Iris, la tornade, est l'incarnation de la joie de vivre, elle voit toujours le verre à moitié plein tandis qu'Eva, elle, le voit à moitié vide. Contrairement à elle, qui à la moindre occasion se réfugie dans la solitude de sa chambre et de ses livres, Iris a toujours une multitude de projets dans son sac et n'a pas peur de se lancer dans l'inconnu. Une meilleure amie prête à déménager (et à l'abandonner), à vivre avec son grand amour, à le suivre là où il l'emmènera, comme si la vie était une évidence.

— Je ne sais pas…

— Eva, crois-moi. Marcel ne peut qu'accepter ta proposition, et au bout de quelque temps, tu pourras sûrement te prendre un petit appartement à toi avec l'argent que tu auras mis de côté. T'imagines ? Adieu, la cage !

— Elle a évoqué le salaire ?

— Non, mais tu n'as pas à t'inquiéter pour ça, c'est sûr qu'elle paie bien. Et puis, je lui ai déjà parlé de toi.

— Quoi ? T'es pas sérieuse ?

Eva ouvre la bouche en grand, les yeux exorbités. Elle ressemble à un poisson qu'on aurait sorti de son aquarium et qui cherche désespérément un peu d'air. La crise n'est pas loin.

— Elle avait l'air tellement catastrophée, j'ai saisi l'occasion. Et puis tu as besoin d'un job, non ? Leur nounou travaillait pour eux depuis un an lorsque, du jour au lendemain, elle a dû retourner aux Philippines. Apparemment, sa mère serait gravement malade, phase terminale. Elle ne pense pas revenir de sitôt en France, si elle revient un jour…

— Donc Garance Donadieu est venue ce matin pour son brushing hebdomadaire et elle t'a raconté tout ça ?

— Oui, dès que les clients s'installent dans mon fauteuil, ils me confient tous leurs problèmes. À croire que je suis psy et non coiffeuse ! Bref, je récapitule. Garance a besoin d'une nounou tous les jours après 16 heures sauf le mercredi, journée entière, et tous les jours en période de vacances scolaires. Le reste du temps, tu pourrais continuer à travailler à la librairie pour ton plaisir personnel, parce que je suis sûre que tu gagneras plus d'argent avec Garance Donadieu qu'avec Marcel !

— C'est sûr. Et elle a combien d'enfants ?

— Trois !

Eva fait les gros yeux et manque de recracher le cappuccino qu'elle vient de porter à ses lèvres. Cette solitaire qui garde un goût amer de sa propre enfance n'a rien contre les enfants, tant qu'ils se tiennent loin d'elle.

C'est même l'une des raisons pour lesquelles elle a abandonné ses études. Enfants ou adolescents, pour elle il n'y avait aucune différence. Dès qu'elle s'imaginait donner un cours de français, seule face à une bande d'adolescents pour la plupart blasés et démotivés, elle se sentait submergée par une vague de stress. Comment tenir une classe, faire preuve d'autorité tout en inspirant le respect ? C'était au-delà de ses forces. Non, finalement, le métier de libraire lui convenait mieux.

Quant aux enfants de Garance, comment vont-ils l'accueillir ? Que faire une fois qu'elle sera avec eux, chez eux ? Il lui faudrait un mode d'emploi. Pour elle, un enfant, c'est déjà trop, alors trois… De quoi la dissuader d'emblée et la faire fuir.

— Il y a une prime de risque ?

— Quel risque ?

— Si j'en perds un au parc ?

— Arrête de dire n'importe quoi, garder trois mômes n'est pas aussi horrible que tu le prétends. Tu pourrais leur mettre des bracelets GPS ? Je plaisante.

Cette discussion n'a rien d'un échange, elle tourne à la négociation. Iris, coriace et têtue, n'a pas l'intention d'en rester là, Eva le sait très bien, elle ne parviendra pas à lui faire renoncer à cette idée saugrenue.

— Ne me dis pas que c'est pire que la plonge dans un restaurant ? Et puis, c'est temporaire. Le temps que la nounou revienne.

— Tu viens de dire qu'elle était partie pour une durée indéterminée… Iris, tu touches une com' ou quoi ?

— Non, tu es ma meilleure amie et je veux le meilleur pour toi. Fais-moi confiance. Je suis certaine que tu me remercieras plus tard… Tu devrais regarder ton portable, elle m'a dit qu'elle t'appellerait ce midi.

Eva consulte son téléphone. Effectivement, elle découvre un message d'un numéro inconnu. C'est Garance Donadieu qui lui propose un entretien dès le lendemain matin, chez elle.

– 5 –

Quand Eva rapporte à Corinne la proposition extravagante d'Iris, pour enterrer la hache de guerre, la réaction de sa mère n'est pas celle qu'elle attendait. Hors d'elle, Corinne la traite d'idiote et vocifère. Elle n'a pas fait « tout ça » et n'a pas passé les vingt-cinq dernières années à se saigner aux quatre veines et se casser le dos à faire le ménage de ces gens-là pour que sa fille finisse simple nounou !

Eva, employée de maison ? Nounou, gardienne, femme de ménage, c'est la même chose au fond. Elle espérait mieux pour sa fille chérie, sa fille unique, celle qui, depuis longtemps, aurait dû se retrouver en haut de l'échelle sociale et les sortir de là… Corinne a pourtant tout misé sur elle. Pourquoi tant de sacrifices pour en arriver là ? Si Eva avait pu lire le fond de sa pensée à cet instant, elle aurait sans doute claqué la porte. Tant d'amertume, d'incompréhension entre elles deux… On ne fait pas des enfants pour en faire son bâton de vieillesse ou qu'ils vous renvoient l'ascenseur !

Eva aimerait bien lui rétorquer qu'elle ne lui a jamais demandé de faire ces « sacrifices », mais elle s'abstient, prend sur elle. Au contraire, elle essaie de la rassurer : ce n'est que temporaire, le temps de trouver une place à plein temps dans une autre librairie, ou de pouvoir bientôt ouvrir son propre concept de café littéraire. Elle aime ce terme « bientôt », qu'elle trouve rassurant, promesse de réalisation sans pression de date précise.

En réalité, elle ne se sent absolument pas prête à ouvrir son salon de thé/librairie à moyen terme, mais c'est la seule excuse qu'elle ait trouvée au débotté pour apaiser le courroux de sa mère… Et cela semble fonctionner. Sa fille, entrepreneuse ? Un peu rassérénée, Corinne lâche prise et passe à un autre sujet.

Cependant, Eva a la tête dans les nuages – ou plutôt dans le brouillard. Un monde sépare ce qu'elle vient de vendre à sa mère et les faits. Dès qu'elle essaie d'imaginer des projets, un sentiment désagréable l'envahit, l'oppresse peu à peu. Elle se sent paralysée, engluée dans une situation qui soudain la dépasse. Elle va se laisser dévorer par sa peur. Privée du petit monde confortable qu'elle s'était créé avec la librairie, elle sent qu'elle perd pied. Aider les autres, s'oublier à la manière de Corinne qui lui a toujours montré l'exemple lui paraît naturel et réalisable, mais se fixer des objectifs personnels, avoir des projets de vie pour elle, voilà qui est une tout autre affaire. Cela lui semble purement et simplement insurmontable. Y penser lui donne des palpitations et des envies d'enfouir sa tête sous son oreiller.

L'idée de changer de métier ne lui a jamais traversé l'esprit, tout simplement parce qu'elle l'adore et qu'il est tout sauf routinier. Les livres sont un sujet intarissable : chaque jour, un nouvel ouvrage s'ajoute à sa liste, sa fameuse PAL – pile à lire ; l'une de ses plus grandes peurs est de ne pas avoir le temps de tous les lire. Ce job qui ne devait être qu'une première expérience « en attendant » a donné un sens à sa vie.

Les livres sont l'oxygène d'Eva depuis son plus jeune âge, depuis qu'elle sait lire, à vrai dire. Chaque fois qu'elle ne va pas bien, elle se réfugie dans un bouquin. À une époque, c'est vraiment la lecture qui l'a sauvée. Durant toute son adolescence, lorsqu'elle n'était pas avec Iris, elle s'enfermait dans sa chambre. Parfois, elle pouvait lire jusqu'à cinq livres par semaine. Eva aimait la solitude et préférait rester dans sa tour d'ivoire plutôt que d'affronter le regard des autres enfants de son âge. À quatorze ans, elle avait quasiment parcouru tous les rayons jeunesse de la bibliothèque ainsi qu'un certain nombre de classiques qui l'avaient durablement marquée, *Croc-Blanc*, *Vipère au poing* et *Sa Majesté des mouches* en tête de liste... Elle montait alors un étage et empruntait les Agatha Christie chez les adultes. Elle traînait de temps à autre dans la librairie de Marcel, mais était frustrée de ne pas pouvoir repartir avec tous les livres qu'elle désirait. Alors, elle évitait d'y aller, sauf pour en acheter. Plus tard, c'est grâce à Marcel qu'elle a pu trouver une échappatoire à son morne quotidien et finalement sortir de sa coquille.

Eva doit se rendre à l'évidence, un mi-temps chez Marcel ne lui suffira pas. Ce qu'elle veut, c'est un travail qui remplisse ses journées et donne un sens à sa vie. Et si c'était le moment d'ouvrir sa propre librairie ? Eva ne cesse de repousser ses projets. Avoir sa librairie est un rêve de toujours qu'elle n'a jamais osé s'avouer. Cerise sur le gâteau, l'idée ne paraît pas déplaire à Corinne… À vrai dire, la mère encouragerait n'importe quel projet de sa fille, pourvu qu'il lui permette de prendre son envol et de quitter le nid ! C'est tout ce qu'elle lui souhaite, au fond.

*

* *

Afin de faire bonne figure devant Mme Donadieu, Eva a, une fois n'est pas coutume, opté pour la sobriété avec une robe noire et des ballerines unies, au lieu de ses « souris » fétiches.

— Ah, enfin du style ! Mes yeux vont arrêter de saigner !

— Merci, j'imagine que c'est un compliment.

Corinne lui arrache un sourire, signe qu'elle est disposée à enterrer la hache de guerre.

En se rendant à son entretien rue de Navarre, Eva réalise sa chance de pouvoir tout faire à pied. La loge, la librairie et l'appartement des Donadieu se situent tous dans un mouchoir de poche. Un soulagement pour Eva, qui ne supporte pas les transports en commun, qu'elle trouve surpeuplés et sales, quand ils ne lui déclenchent pas sueurs froides et nausées l'obligeant à descendre à la première station. Elle sonne à l'Interphone de l'imposant immeuble haussmannien puis décline son identité. La porte cochère s'ouvre. Le gardien reconnaît immédiatement Eva, qu'il croise régulièrement dans le quartier depuis sa plus tendre enfance.

— Tiens, Eva ! Que viens-tu faire ici ?

— Bonjour, Éric, je viens passer un entretien…

Le gardien, visiblement habitué à ce genre de visite, coupe aussitôt la parole à la jeune femme.

— Pour les Donadieu, j'imagine ? Dernier étage ! Bonne chance, lui souffle-t-il.

Elle le remercie et se dirige vers l'ascenseur. Lorsque celui-ci s'ouvre au sixième étage, elle refrène l'envie de retirer ses ballerines pour enfouir ses pieds dans l'épaisse moquette rouge qui conduit jusqu'à une grande double porte. Elle prend une profonde inspiration.

Mme Donadieu, au brushing impeccable grâce à Iris, ouvre la porte avant même qu'Eva ait le temps de sonner. C'est une femme élégante d'une quarantaine d'années. Plus fine qu'Eva, perchée sur de hauts talons, elle est aussi plus grande. Elle s'efface dans l'encadrement et l'invite à entrer.

Eva quitte sa veste et reste bouche bée. À côté, l'appartement de Richard Dupré fait pâle figure. À elle seule, l'entrée est de la taille de la loge ! Garance Donadieu, qui en a vu d'autres, se contente de lui prendre son vêtement et de l'accrocher au portemanteau, puis l'invite à s'installer sur le canapé XXL du salon. Eva est fascinée par le bruit des talons qui claquent avec une cadence martiale sur l'impressionnant parquet lustré à la cire d'abeille. Une horloge ronde, démesurée, à fond noir et au tour cuivré, accrochée au-dessus d'une cheminée en marbre blanc, lui rappelle qu'à cette heure, 10 heures, les enfants sont certainement à l'école.

Elle a à peine le temps de contempler le faste des lieux que déjà l'entretien commence.

— Eva, c'est bien ça ? Iris m'a beaucoup parlé de vous… en bien.

Elle a marqué un drôle de petit temps d'arrêt, comme une hésitation, avant d'ajouter « en bien ». Eva voit déjà Iris au salon de coiffure, jacassant comme un perroquet, lui racontant sa vie et faisant l'apologie de ses supposées qualités avec les enfants. Elle espère qu'elle ne lui a pas parlé de sa véritable garde-robe, qui n'est sans doute pas au goût de sa potentielle et si chic employeuse, ou pire, de son côté gaffeuse et maladroite.

Elle sourit bêtement, ne sachant quoi répondre.

— Vous avez déjà gardé des enfants ?

— Non, mais j'aime beaucoup les enfants. J'adore leur compagnie. J'en côtoie souvent à la librairie *Les mots dansent*... où je travaille, et j'adore leur conseiller des livres ou leur raconter des histoires.

Elle évite de lui livrer le fond de sa pensée : qu'en réalité, elle déteste ces mères qui, à la sortie de l'école, viennent dans la librairie pour y lâcher leur progéniture. C'est toujours la même histoire : les mômes se mettent à brailler, à gémir, à crier, à déplacer les livres, à les ouvrir comme s'ils étaient à la bibliothèque, à corner les pages, voire à saccager les albums, à courir dans tous les sens, à prendre leur goûter en laissant des miettes un peu partout, et surtout en rompant le calme et le silence solennels qui régnaient dans son antre de paix.

Ces effroyables images défilent en une fraction de seconde devant ses yeux et suffisent à faire perler une goutte de sueur froide à ses tempes.

— Oui, vraiment, j'adore les enfants, dit-elle en serrant les dents.

Garance Donadieu ne devine pas qu'Eva vient de croiser les doigts, bien dissimulés sous ses bras, croisés eux aussi.

— Quelles sont vos disponibilités ?

— Je suis assez libre puisque je vais travailler à mi-temps à la librairie, balbutie-t-elle alors qu'il n'en est rien, sauf les week-ends… en général.

Une petite voix lui souffle à l'oreille qu'il vaut mieux poser des limites, sait-on jamais.

— Et en soirée ?

— Euh… Oui, enfin jusqu'à 20 heures… au plus tard.

— Et vous seriez également disponible à temps plein en période de vacances scolaires ?

Elle hoche la tête en signe d'acquiescement.

— Je vois. La disponibilité est, pour mon mari et moi, un critère très important. Enfin, parlez-vous anglais ?

— Pardon ?

— Notre ancienne nounou leur parlait exclusivement en anglais. J'apprécierais que vous continuiez.

Doit-elle lui avouer qu'elle maîtrise aussi bien l'anglais qu'elle comprend le chinois, c'est-à-dire très mal ? Elle hésite à croiser les doigts une nouvelle fois. Ce n'est plus un entretien d'embauche mais un interrogatoire où la moindre mauvaise réponse peut être fatale. Heureusement qu'elle n'est pas branchée à un détecteur de mensonges.

— Je me débrouille.

« Faites qu'elle ne me fasse pas passer un test d'anglais, faites qu'elle ne me fasse pas passer un test », prie-t-elle, sans être convaincue que Dieu perçoive la sincérité de sa prière après ce flot de mensonges.

— Parfait. Je vous laisse le carnet de transmission que votre prédécesseur a établi et vous invite à le lire attentivement. Vous y trouverez toutes les informations nécessaires sur les enfants, des horaires de leurs activités aux menus.

Elle lui confie le précieux journal de bord, ainsi qu'un double des clés.

— Alors, j'ai le travail ?

Garance Donadieu l'observe, les yeux ronds. Eva, abasourdie, vient de dire tout haut ce qu'elle pensait.

— Évidemment, je ne vous aurais pas fait venir pour rien.

La jeune fille, reconnaissante, lui lance un franc sourire pour lui confirmer sa satisfaction. À sa grande surprise, elle vient de réussir un test, et non des moindres, son premier vrai entretien d'embauche ! Jamais elle n'aurait imaginé s'en sortir aussi bien ! Si elle occulte le fait qu'elle va devoir s'occuper d'enfants, elle est ravie.

Garance la raccompagne dans le hall ; pour un peu, on pourrait croire qu'elle prend plaisir à faire claquer ses talons sur le parquet. Mais alors qu'elle s'apprête à saluer la jeune femme, elle lui glisse une remarque qui scelle les lèvres d'Eva en un sourire crispé et la cloue sur place.

— Vous commencez lundi prochain. Pensez à ôter vos chaussures la prochaine fois que vous mettrez les pieds dans ma maison. Je ne veux pas de rayures sur le parquet.

– 6 –

— C'est l'hôpital qui se moque de la charité !

Les deux amies se sont donné rendez-vous au *Starbucks* du coin après une intense journée de travail pour Iris.

— Elle est maniaque, c'est vrai, je le savais, tente d'expliquer Iris. Elle est soi-disant allergique à la poussière, aux acariens et autres bestioles domestiques. J'aurais dû te prévenir.

— Et alors ? Tu vas me dire qu'elle passe ses chaussures à l'eau de Javel avant d'entrer chez elle ?

— C'étaient peut-être des pantoufles.

— Des pantoufles avec dix centimètres de talon et qui doivent bien valoir trois cents euros ?

Iris hausse les épaules, à court d'idées. Non, il n'y a aucune explication logique à l'attitude de Garance Donadieu. Pourquoi lui demander de retirer ses chaussures alors qu'elle-même porte visiblement des escarpins ?

— À ce qui paraît, le Mocha blanc serait aussi calorique qu'une assiette de cassoulet, déclare Iris pour changer de sujet.

— Pff, c'est possible, dit Eva en en avalant une bonne gorgée. Je m'en fiche, tuer mon régime plusieurs fois ne m'a jamais dérangée !

— Moi si ! Si je veux rentrer dans ma robe de mariée, j'ai intérêt à faire très attention.

— Ah oui, c'est vrai, le mariage…

— Je fais la chasse aux calories et aux dépenses. Nous sommes déjà hors budget.

Elles lâchent un soupir, comme si une connexion mentale venait de se créer entre elles.

— Non, Eva, je ne te laisserai pas culpabiliser comme ça, dit Iris en secouant la tête. Je sais ce que tu penses. Que nous n'aurions pas dû gaspiller nos économies pour partir en vacances. Mais je te signale que notre week-end à Venise nous a seulement coûté quatre-vingt-neuf euros hors repas, visites et shopping.

— Soit un total de plus de cinq cents euros…

Au début, elles prenaient des bus de nuit, puis lorsqu'elles ont découvert les compagnies aériennes low cost, ce fut une véritable révolution. Elles pouvaient visiter n'importe quelle capitale ou métropole européenne en un week-end. C'est comme ça qu'Eva avait expérimenté son piètre niveau d'anglais ; contrairement à Iris, plus à l'aise qu'elle dans presque tous les domaines.

Eva s'emmêlait trop souvent les pinceaux, ne seraitce que pour commander un simple café, provoquant l'hilarité de sa meilleure amie. Depuis lors, elle laissait volontiers à Iris la responsabilité de parler anglais au cours de leurs voyages. Surtout après avoir entendu ce sordide fait divers en Espagne où une jeune fille était décédée en sautant à l'élastique. Alors qu'elle n'était pas encore attachée, son instructeur lui avait lancé

« *No jump !* » pour « Ne saute pas ! ». La jeune fille, elle, avait compris « *Now jump !* », c'est-à-dire « Maintenant, saute ! ». Un plongeon dans le vide, un saut de l'ange. Elles avaient retenu qu'une mauvaise compréhension ou prononciation de l'anglais pouvait être fatale.

Au début, Corinne s'inquiétait à l'idée que les deux jeunes femmes voyagent seules, puis elle s'était fait une raison. Non seulement sa fille n'était plus une enfant, mais elle voyait bien que ses virées hors de Paris lui faisaient le plus grand bien.

Quant à Iris, cela l'arrangeait aussi, puisqu'il arrivait très souvent que Benjamin, son fiancé, travaille les week-ends avec son père. Il n'emmenait Iris en voyage que pendant les vacances scolaires. Le hic, c'était que durant toutes ces années, Iris et Eva, insouciantes, avaient dépensé sans vraiment compter.

Depuis que Benjamin et Iris avaient annoncé leurs fiançailles, les jeunes femmes avaient décidé de mettre un terme à leurs escapades. Les crises d'Eva n'avaient pas tardé à resurgir, insidieusement mais sûrement. Elles s'étaient installées, tapies dans son esprit, comme des bombes à retardement ne demandant qu'à exploser.

— Est-ce qu'il faut vivre le moment présent sans penser au lendemain ou vivre dans le seul but de préparer un avenir incertain ?

Cette question angoissait Eva au plus haut point.

— Tu n'es ni une cigale ni une fourmi, Eva. Tu exagères. Il faut profiter de la vie tout en restant raisonnable. Si aujourd'hui, tu ne te sens pas bien, dis-toi que demain sera encore plus beau. Ce qui est merveilleux, tu vois, c'est que l'avenir est une page blanche sur laquelle tu es libre d'écrire ce que tu veux ! Toi qui adores lire, tu devrais savoir ça mieux que quiconque !

Eva lui adresse un franc sourire. C'est tout particulièrement dans ces moments-là qu'elle appréciait la compagnie de sa meilleure amie. Tout paraissait si simple avec elle, clair comme de l'eau de roche, tandis qu'Eva, elle, se comparait toujours à ce poisson qui nage à contre-courant alors qu'elle voudrait nager dans le bonheur. Elle aimerait parfois lâcher prise, se laisser porter, glisser sur l'eau paisiblement, mais c'est plus fort qu'elle, elle n'y parvient pas. Elle traque toujours la faille, s'engouffre dans la moindre inconnue pour en faire un nouveau sujet d'inquiétude.

— Et puis, mine de rien, grâce à nos voyages, on aura un peu perfectionné notre anglais !

— Pff, parle pour toi !

— Ah oui, c'est vrai, je me souviens de la fois où tu as voulu demander à ce serveur de Bologne à quelle heure fermait son bar pour engager la conversion, et que les mots que tu as mis bout à bout ne voulaient rien dire. C'était quoi, déjà ? « *What time o'clock ?* »

Elles éclatent de rire en se remémorant la scène. Non, Iris et Eva ne regrettaient pas leurs voyages, souvenirs inaltérables, témoins de leur amitié indéfectible.

— Tu vas voir, si tu travailles quelque temps chez les Donadieu, tu vas pouvoir économiser et concrétiser tous tes projets.

— Comme quoi, par exemple ? Vous avez tous le mot « projet » à la bouche, mais ce n'est pas mon truc, tu le sais bien pourtant.

— Tout le monde a des projets, ne me la fais pas, je te connais. Te prendre un appartement… ou ouvrir ta propre librairie, être libre et indépendante ! Tu en crèves d'envie.

— Iris Garnier, si tu n'existais pas, il faudrait t'inventer !

– 7 –

Iris fait toujours confiance à son sixième sens. Lorsque son regard avait croisé celui d'Eva pour la première fois, un courant électrique l'avait traversée, de la tête aux pieds. Un coup de foudre amical. De ce moment, elle avait su qu'elles seraient inséparables. Ensemble elles avaient vaincu bien des épreuves.

Comme le jour où, alors qu'elles jouaient à la marelle dans la cour de récréation, Eva avait eu une soudaine envie d'aller au petit coin. Iris, inquiète de ne pas voir son amie revenir, était partie à sa recherche. Les toilettes étaient vides. Pas non plus de trace d'Eva dans la cour. Entendant des cris, elle avait grimpé deux à deux les marches menant à la cantine et c'est là qu'elle avait aperçu un attroupement d'élèves aussi déchaînés que des parieurs à un combat de coqs clandestin. Le cœur d'Iris s'était emballé, elle ne s'était pas trompée. Tous étaient penchés sur Eva qui, recroquevillée, tremblante, les mains sur la tête et les larmes aux yeux, se protégeait de ses bourreaux. L'un d'entre eux tenait une feuille de chêne sur laquelle reposait une énorme araignée noire et velue ne demandant qu'à regagner sa toile. Dans sa rage, Iris s'était mise à hurler et les avait sommés de reculer. Les tortionnaires s'étaient aussitôt dispersés comme des bestioles apeurées que l'on chercherait à écraser. Plus on s'acharnait sur Eva, plus Iris avait à cœur de la défendre, plus chèrement que la sœur qu'elle n'avait pas ou comme si sa vie en dépendait. Iris n'avait pas peur des autres et leurs menaces ne l'atteignaient pas, sûrement parce qu'elle jouissait d'un bouclier naturel : elle faisait une tête de plus qu'eux. Malgré tous les efforts d'Iris pour l'encourager et la soutenir, Eva avait développé une aversion pour l'école qu'elle n'aimait déjà pas beaucoup. Elle s'était mise à souffrir de maux de ventre, à refuser d'y aller. Sa mère, qui ne comprenait pas ce qui lui arrivait, l'avait emmenée chez un psychologue pour lui permettre de surmonter sa phobie.

Il y avait aussi les crises d'angoisse pour un oui ou pour un non, les devoirs sur table, les exposés, et le harcèlement de ses camarades qui ne l'aidaient pas franchement à aller mieux. Le pire ? La période de la fête des Pères. Dès que celle-ci approchait, Eva se réfugiait dans les toilettes où elle pleurait inlassablement, jusqu'à l'épuisement. Heureusement, les institutrices, au courant de sa situation, avaient plutôt tendance, par égard pour elle, à célébrer la « fête des Parents ». Maigre lot de consolation, Eva célébrait sa mère deux fois par an.

Réciter une poésie au tableau était également un véritable calvaire. Elle rougissait, tremblait et devait faire un effort incommensurable pour parvenir à prononcer le moindre mot. Les crises de panique se manifestaient aussi à l'approche de chaque représentation publique. Iris se souvient encore de la pièce de théâtre pour la fête de fin d'année de CM2 où chaque élève devait monter sur scène. Malgré les encouragements de l'enseignante, Eva avait refusé de poser un pied sur les planches et Iris était restée auprès d'elle en coulisses par solidarité.

Avec les années, la situation ne s'était pas arrangée.

Au collège, c'était devenu encore plus difficile. Eva n'était pas très épaisse et avait eu droit à toutes sortes de réflexions : « Tu es anorexique ? Boulimique ? » On la surnommait le fil de fer, le cure-dent ou le poteau, au choix. Un jour, la classe entière s'était liguée contre elle pour une raison qui avait échappé à Iris, les élèves avaient exigé de cette dernière d'arrêter de côtoyer Eva. Il fallait qu'elle choisisse : le camp des normaux, des forts, ou celui des faibles et des maigres. Bien entendu, Eva, à l'isolement, ignorait ce qui se tramait dans son dos. Iris avait refusé de faire un choix qu'elle trouvait aussi injuste que stupide. Cette décision revenait à prendre parti ; assimilée à Eva, Iris avait rejoint le camp des pestiférés. Qu'importe, elle n'avait que faire des esprits malveillants. Tout ce qui comptait, c'était Eva. Lorsqu'il arrivait à son amie de manquer l'école parce qu'elle ne se sentait pas bien, Iris lui apportait les cours et lui dictait les devoirs. Elle lui promettait des jours meilleurs. Elle était persuadée que, s'il y avait des bas dans sa vie, elle pourrait toujours lui offrir des hauts.

Après le lycée, elles avaient eu l'idée de ces petites escapades qui, Iris l'avait remarqué, permettaient à Eva de s'épanouir. Iris l'avait également soutenue quand elle avait arrêté ses études et trouvé ce boulot à la librairie, optant au passage pour un style vestimentaire original mais qui lui allait comme un gant.

*
* *

Plus la date de son mariage approche, plus Iris est à la fois impatiente et inquiète. Impatiente de quitter le cocon parental et de s'installer enfin avec l'homme de sa vie. Inquiète de s'éloigner d'Eva. Iris se tourmente, même si au fond d'elle, elle sait qu'Eva va beaucoup mieux, n'a plus rien de la petite fille fragile et craintive qu'elle était. Et puis, heureusement, il y a l'inamovible Corinne, l'impayable Marcel et la librairie. Un projet qui, s'il ne tombe pas à l'eau, lui donnera des ailes.

S'il ne tombe pas à l'eau.

– 8 –

Les mots dansent... lui semble plus poussiéreuse encore qu'à l'accoutumée. Des cartons bouchent une partie de l'entrée et une odeur âcre de renfermé lui picote les narines. Ce n'est plus une boutique mais une caverne.

Marcel a le nez fourré dans des bordereaux de livraison. Il déteste par-dessus tout s'occuper de l'administratif et, sans Eva, il n'y arrive pas.

— Bonjour !

Marcel sursaute avant de lever les yeux.

— Eva ! Je ne t'avais pas vue entrer.

« Comme la plupart des clients », a failli répondre Eva. C'est à peine s'il daigne les saluer.

— Quel bon vent t'amène ?

— Je ne suis pas venue ici pour acheter des livres, mais pour négocier. Je te propose de travailler pour toi à temps partiel, dit-elle en pensant au précieux conseil de son amie.

Il faut que tu aies plus confiance en toi. La voix d'Iris résonne dans sa tête. Elle se met alors à détailler les modalités pratiques : elle partira tous les soirs à 16 heures et ne travaillera ni les week-ends ni durant les vacances scolaires. Le reste du temps, elle s'occupera des commandes, des retours et des inventaires.

Face à son aplomb, Marcel baisse les yeux et la regarde par-dessus ses lunettes, les sourcils froncés.

— Eva ? C'est bien toi ?

— Oui, Marcel.

Elle lui montre ses ongles vernis jaune poussin.

— Ah oui, c'est bien toi. Il n'y a que toi pour porter des couleurs aussi abjectes.

— Les couleurs, c'est la joie, la vie. Maman et toi avez beau critiquer mon style, je ne changerai pas. Tu sais ce que disait Yves Saint Laurent ? « Les modes passent, le style est éternel. »

— Bon, de toute façon, je ne comprends rien à la mode et encore moins à ces bons de commande. Trop prise de tête pour moi. Et puis Mme Joliette m'a demandé de tes nouvelles. Ah j'oubliais, il y a aussi la cliente espagnole qui apprend le français. Elle m'a dit qu'elle avait adoré les livres que tu lui avais conseillés.

— Alors c'est oui ?

Marcel semble hésiter.

— Je t'en prie. Et puis regarde la vitrine, elle ne donne pas du tout envie d'entrer dans la boutique, elle est sombre, triste, je vais t'aider à la repeindre, à lui redonner du peps. Tu vois, c'est très important une vitrine, c'est notre image. Et là, elle est plutôt le reflet d'un lieu…

— Un lieu à mon image, tu peux le dire, sinistre ? *Bonjour tristesse !* Ah, quel texte merveilleux de Françoise Sagan.

— Justement, il faut qu'on continue à faire découvrir des textes aussi merveilleux que celui-là. Pour une fois, je suis d'accord avec toi et tu as besoin de moi pour accomplir cette mission de la plus haute importance.

— Bon d'accord, soupire-t-il, à condition d'avoir l'aval de ma comptable. Je ne te promets rien.

Elle applaudit et sautille de joie puis pose ses mains jointes en prière sur ses lèvres.

— Merci, merci, merci !

Eva a envie de lui sauter au cou. Marcel, par réflexe, a un léger mouvement de recul. Il n'est pas vraiment du genre expansif. Eva lui annonce, l'air grave, qu'elle a bien l'intention de redonner un nouveau souffle à la librairie, que la musique n'est pas près de s'arrêter et que les mots vont continuer à danser.

Le lendemain, elle débarque avec mille idées en tête. Comme d'habitude, elle déborde d'enthousiasme et s'exprime avec un débit à faire pâlir la fibre optique.

— Eva, où va-t-on mettre le portant pour les cartes et les nouveautés ? Sans parler du rayon « loisirs créatifs » ?

— Il va falloir jeter, répond-elle de but en blanc.

— Non, non, non… Qu'est-ce que tu veux jeter ?

— Tu as raison, excuse-moi, je vais préparer des colis pour Bibliothèques sans frontières.

L'association collecte des livres pour les mettre à la disposition de bibliothèques et d'associations ou pour les revendre lors de braderies afin de financer des projets solidaires. Une noble cause à laquelle Eva et Marcel adhèrent complètement.

— Et si je refuse ?

Elle ne lui laisse pas le choix puisqu'elle est déjà en train de trier les livres poussiéreux qui trônent sur les étagères depuis un siècle au moins.

— Marcel, ces livres ont fait leur temps. Ce n'est plus d'un coup de pouce que tu as besoin, mais d'un coup de balai.

Eva travaille d'arrache-pied pour donner une seconde vie à la boutique. Deux jours plus tard, Marcel lui annonce que sa comptable a accepté le crédit pour acheter les nouveaux produits et l'embaucher à mi-temps.

C'est leur dernière chance.

– 9 –

Eva est si excitée à l'idée de retravailler pour Marcel aux *Mots dansent...*, même à temps partiel, qu'elle n'a pas pris la peine de jeter un œil au carnet de liaison que Garance Donadieu lui a confié.

Pour son premier jour de travail, elle n'a pas vu l'heure filer et a dû quitter la librairie en catastrophe, trop occupée qu'elle était à conseiller une cliente qui souhaitait se documenter sur la guerre en Syrie.

Eva court jusqu'à l'école, heureusement située à cinq minutes à pied. Il ne lui en faut que deux pour y arriver, essoufflée et en sueur. Elle récupère Louis en présentant sa carte d'identité à l'institutrice, puisque c'est la première fois qu'elle vient le chercher. Eva reconnaît *son* institutrice, Mme Lessec, qu'elle avait eue en primaire. Elle n'en garde pas un souvenir fabuleux. Cette dernière lui confie le petit garçon. Intimidé, Louis n'ose pas lever les yeux vers Eva. Il scrute ses chaussures. Tous deux, devant la grille, attendent Rose et Arthur.

Eva est soudain prise d'une bouffée de chaleur, elle avait sous-estimé la force des souvenirs. Ces grilles vertes et ce portail ne lui sont que trop familiers.

Elle se tient devant *son* école primaire. Elle pensait en avoir fini avec Notre-Dame. De vieux souvenirs resurgissent comme si elle venait de retrouver dans sa mémoire un objet perdu depuis des années. Les démons du passé. Ils sont ineffaçables, inscrits au fer rouge dans son cœur. Elle se revoit repliée sur elle-même alors que des élèves lui font vivre un enfer, mais aussitôt l'image d'Iris prend le dessus. Les pensées positives viennent gommer les mauvais souvenirs. Eva prend une profonde inspiration et passe ses mains moites sur son jean afin de reprendre ses esprits. Ce n'est pas le moment de craquer.

Si le premier, Louis, trois ans, une bouille joufflue, les yeux marron clair et les cheveux de la même couleur, l'a suivie sans broncher et plutôt de bonne grâce, la deuxième, Rose, cinq ans, s'y refuse. Il ne reste plus qu'elle, collée aux jambes de sa maîtresse. Eva n'insiste pas et patiente jusqu'à ce qu'un garçon arrive et la prenne par la main. Arthur. Tous deux s'avancent vers Louis.

— Bonjour, les enfants.

— Hello, répond l'aîné poliment et sans doute par habitude. Elle imagine qu'il parle anglais avec un bien meilleur accent que le sien. En même temps, vu son niveau, ce n'est pas difficile.

— Vous pouvez me tutoyer et m'appeler Eva. *I am Eva*, dit-elle en repensant à la consigne de Garance : parler en anglais, même s'il est peu probable qu'elle tienne parole. *Let's go !*

Elle leur lance un sourire forcé et crispé qui doit être aussi effrayant que celui du Joker de *Batman*. En retour, elle a droit à trois têtes d'enterrement dignes de celles de la famille Adams.

Il leur faut une dizaine de minutes pour regagner leurs pénates. Louis doit faire deux pas quand elle n'en fait qu'un. Elle a l'impression que le petit garçon mouline des jambes pour suivre le rythme. Eva le tient par la main et doit faire un effort pour ralentir l'allure.

Arrivée à l'appartement, elle prend la peine de retirer ses baskets à paillettes, comme Garance le lui a « recommandé » lors de sa première visite. Les enfants l'imitent. Jusque-là, ils sont irréprochables. Elle va même jusqu'à penser qu'ils sont bien élevés. Ils n'ont pas ouvert la bouche depuis qu'elle les a récupérés.

Eva s'avance dans le salon. Au plafond est accroché un imposant lustre en verre, au centre trône une longue table basse en marbre blanc avec des pieds en métal noir, autour de laquelle sont installés deux canapés trois places bleu nuit, garnis de coussins jaunes, et enfin, au sol, un immense tapis berbère en laine blanc décoré de croisillons noirs habille le parquet.

Arthur file dans sa chambre pour soi-disant « faire ses devoirs », Louis se jette sur sa tablette tout en s'allongeant ventre à terre sur le tapis près de l'imposante cheminée en marbre, tandis que Rose reste à côté d'elle. La petite fille lui souffle : « J'adore vos baskets qui brillent », ce qui ne l'étonne pas, vu les strass et les paillettes qui illuminent sa chambre. Ce microgabarit tout chétif a deux ans de plus que son petit frère, pourtant elle semble n'avoir que quelques mois d'écart avec lui.

— Tu veux prendre le goûter, Rose ?

Elle secoue la tête. En revanche, Louis lève la sienne et tourne les yeux vers Eva. Elle lui donne des biscuits au chocolat ainsi qu'une compote de pommes, qu'il engloutit sans un mot.

Rose, hormis les bouclettes dorées, est une version poche de Garance, très mince, le teint pâle, la bouche en cœur et les lèvres charnues. La petite fille la dévisage avec des yeux ronds.

— Rose, je dois prendre des notes dans le carnet de liaison. Tu veux voir ?

Cette fois-ci, elle accepte d'un hochement de tête.

Assise à côté de la petite sur le canapé, Eva feuillette le carnet entièrement rédigé en anglais. Chaque jour, leur ancienne nounou notait l'heure à laquelle elle récupérait les enfants ainsi que quelques succinctes observations.

Le 4 septembre, par exemple, le jour de la rentrée, elle avait écrit pour Arthur, Rose et Louis : « *Good day* », c'est tout. Eva tourne les pages.

Le 8 septembre, la nounou avait noté qu'Arthur s'était battu à l'école, que Rose avait fait pipi dans sa culotte et que Louis avait bien mangé mais ne voulait toujours pas parler.

Le 12 septembre, la maîtresse d'Arthur souhaitait prendre rendez-vous avec les parents, Rose et Louis ont passé une bonne journée, même si ce dernier refusait toujours de s'adresser à la nounou depuis la rentrée.

Si Eva n'est pas à l'aise à l'oral, elle comprend bien l'anglais à l'écrit. Elle lève la tête et se tourne vers Rose.

— Louis n'a jamais parlé à votre nounou ?

— Non, il ne sait pas parler.

— Ah bon ? Aucun mot ? Tu me fais marcher ! C'est un grand garçon de trois ans, il y a bien des mots qu'il doit connaître.

— Non, non, rien. Maman dit que c'est normal parce que c'est un garçon. Elle dit toujours qu'Arthur aussi a parlé tard.

Eva est intriguée par ce mutisme. Ce qui est certain, c'est qu'il comprend tout. Il a parfaitement réagi au mot « goûter » un instant plus tôt, et a très bien compris qui elle était quand elle est venue le chercher à l'école.

Elle rédige en français ses premiers commentaires dans le carnet et passe la majeure partie de cette fin d'après-midi à jouer à la poupée avec Rose. Eva a plus de mal avec les garçons, Arthur reste enfermé dans sa chambre et Louis refuse de lâcher sa tablette. Ne voulant pas les contrarier dès le premier jour, elle laisse chaque enfant vaquer à ses occupations jusqu'à ce qu'on sonne à 19 h 15.

Une jeune fille prénommée Chloé se tient sur le seuil de la porte. Elle n'a pas le temps de se présenter que Rose court dans ses bras. Pendant qu'elles s'embrassent, Eva enfile ses baskets pour rentrer chez elle.

— À demain, les enfants !

Seul le silence lui répond, mais pour une première journée, cela aurait pu être pire.

– 10 –

— Tu devrais y retourner ! Tu les as peut-être laissés avec une inconnue ! Et si c'était une voleuse d'enfants ? Ce sont des êtres humains que tu gardes, pas des livres !

— Maman, arrête de délirer. Rose avait vraiment l'air de la connaître. C'est sans doute une de leurs cousines ou une voisine. En tout cas, pas une inconnue.

Mais l'inquiétude de Corinne est aussi contagieuse qu'une grippe virale, Eva ne parvient pas à fermer l'œil de la nuit. Il est vrai que la jeune fille s'est présentée pour le moins brièvement : « Bonsoir, je suis Chloé. Vous pouvez y aller » et n'a curieusement posé aucune question sur l'identité d'Eva, comme si tout était évident.

En même temps, la police ne l'a pas contactée, les parents ont bien dû rentrer chez eux, et les enfants doivent dormir paisiblement à l'heure qu'il est. Il n'empêche, son cœur se met à cogner dans sa poitrine avec la même intensité qu'un batteur s'acharnant sur sa grosse caisse lors d'un concert de metal. Sur le point de faire une crise de panique, elle saisit sa petite bouteille d'eau, puis prend la plaquette posée sur sa table de chevet, en retire un comprimé et l'avale. Une petite dose d'anxiolytique qui ne peut pas lui faire de mal, au contraire.

Le lendemain, apaisée après une bonne nuit de sommeil, Eva n'a qu'une seule idée en tête : retrouver les enfants sains et saufs. Elle n'a reçu aucun coup de fil de Garance, ce qui est plutôt bon signe.

Comme chaque fois lorsqu'elle est pressée, la journée défile incroyablement lentement. Le mardi, il n'y a pas foule à la librairie. Elle en profite pour dépoussiérer et faire du tri dans les rayons.

Peu avant 16 heures, elle se précipite à l'école. Lorsqu'elle aperçoit Louis, elle lui fait de grands signes, mais, contrairement à la veille, il refuse de la rejoindre. Eva s'approche et quand elle lui tend sa main pour qu'il l'attrape, il résiste. Plus elle le tire vers elle et plus il s'agite, se tordant dans tous les sens tel un asticot accroché à un hameçon. Choquée, Eva le relâche. Elle aimerait éviter un scandale devant l'école dès son deuxième jour de travail. L'institutrice intervient et tente de rassurer la jeune fille : de nombreux enfants, pas encore à l'aise avec leur nounou, agissent comme Louis. Elle lui explique qu'il faudra être patiente, le temps qu'il s'adapte à son nouveau mode de garde. Eva attend sagement au portail. L'enseignante semble résignée. Louis est le dernier à partir de la classe et bientôt les plus grands feront leur sortie. Rose arrive et donne la main à son petit frère ; ce n'est que lorsque Arthur leur demande de venir que les deux autres acceptent de suivre Eva.

En arrivant au pied de l'immeuble, Eva compose le code et se dirige vers l'ascenseur puis appuie sur le bouton d'appel. Louis se met alors à sangloter.

— Louis, qu'est-ce qui ne va pas ?

Eva s'affole, elle repense à ce que l'enseignante lui a dit, tout est une question d'habitude et de temps, et il faut que Louis s'accommode de sa présence. Elle tente de ne pas y prêter trop d'attention. Mais quand ils arrivent devant la porte de l'appartement, elle n'obtient pas plus de succès : le voilà qui se renfrogne, se met à bouder et refuse d'entrer. Eva le tire par le bras, il résiste et, une fois à l'intérieur, au moment où elle lui retire ses chaussures, il se met à rouler violemment sur le parquet, à battre des pieds et à remuer ses bras dans tous les sens. Une crise. Eva tente de le calmer, mais chaque fois qu'elle s'approche, elle reçoit des coups de pied. Elle recule pour se protéger.

— Mais enfin, Louis, qu'est-ce qu'il y a ?

Eva a beau retracer le fil des événements pour comprendre ce qu'elle a fait pour mériter ça, elle ne voit pas. Elle aussi faisait des crises avec sa mère, mais c'étaient des crises de larmes, jamais elle ne se débattait avec une telle violence.

— Louis, tu vas te faire mal (*et me faire mal*, songe-t-elle), arrête ! crie-t-elle, désespérée.

— D'habitude, c'est lui qui appuie sur le bouton de l'ascenseur, avoue Rose.

— Quoi ? Tout ça pour ça ? Louis, tu veux retourner appuyer sur le bouton ?

Le petit garçon s'arrête soudainement et hoche la tête.

— Alors, viens, on y retourne.

S'il n'y a que ça pour avoir la paix, pense-t-elle.

Louis remet ses chaussures, renifle toujours, mais a cessé de s'agiter. Avec Eva, il redescend, sort de l'ascenseur, appuie sur le bouton et remonte, satisfait, apaisé.

Eva vient de vivre ce qu'elle craignait : une colère ingérable. Avait-elle bien fait de céder à ce caprice ? En était-ce seulement un ? Elle sait que les enfants de cet âge sont sujets aux grosses colères ou aux caprices, mais le désarroi de Louis était plus profond, elle l'a senti. Elle tente de reprendre ses esprits, mais cette scène, qui lui laisse un avant-goût des prochains jours, ne lui donne qu'une envie : prendre ses jambes à son cou.

Heureusement, la suite de la soirée se déroule comme la veille. Arthur file dans sa chambre. Louis s'allonge par terre avec sa tablette et Rose reste dans ses pattes, impatiente de jouer à la poupée. Quelle drôle de fratrie !

Le soir, cette fois, Eva prend la peine d'échanger quelques mots avec la fameuse Chloé quand elle arrive à la même heure. Elle est étudiante et dépanne de temps en temps Garance Donadieu lorsqu'elle ne peut pas rentrer plus tôt. Elle donne le bain aux enfants et leur prépare à manger.

— Mais que font les parents ?

— Vous ne le savez pas ?

Eva, l'espace d'un instant, s'imagine travailler pour des trafiquants de drogue. Elle n'a même pas pensé à leur demander !

— Garance est avocate en droit de la famille, c'est drôle, non ? Faire du droit de la famille mais ne jamais voir la sienne ? Marc-Antoine, son mari, travaille dans le commerce de diamants. Il est toujours en voyage à l'autre bout du monde. Autant dire qu'ils ne voient pas beaucoup leurs enfants.

Eva pense à son père, qu'elle n'a jamais connu. Vaut-il mieux avoir un père disparu, comme elle, ou bien un père vivant mais absent ? Cela ne revient-il pas au même, finalement ?

Eva est incapable de répondre à cette question. Enfin, si, elle sait, la question n'est pas fermée, le mieux serait d'avoir un père vivant, présent, attentionné. Un père qui porterait ses enfants sur ses épaules et ferait mine de les jeter en l'air, qui serait attendri par leurs rires et leurs bêtises, qui les regarderait grandir avec émerveillement. Le père auquel elle n'a jamais souhaité la fête, dont elle n'a jamais connu les bras protecteurs. Et que dire des reproches ? Un père qui aurait refusé qu'elle porte des jupes trop courtes, qui l'aurait sermonnée pour avoir traîné avec sa meilleure amie en rentrant du cinéma ou après l'avoir surprise en train de fumer sa première – et sûrement dernière – cigarette dans la cour de l'immeuble. Oui, même ça, elle l'aurait voulu. Elle aurait tout espéré, embrassé, adoré d'un père. Les leçons de morale et les encouragements, les remarques désobligeantes et les paroles réconfortantes. Tout sans exception, pourvu qu'il soit là, qu'il existe réellement, pas uniquement dans son imagination.

Eva a grandi avec ce manque, comme si on l'avait amputée d'un membre à la naissance. Elle ne pouvait compter que sur sa mère qui se devait d'être toujours présente – et même plus encore – pour sa fille. Corinne mettait par exemple un point d'honneur à être à l'heure pour la récupérer à l'école. Un jour, malheureusement, elle s'était retrouvée coincée dans l'un des ascenseurs de la résidence. Elle avait dû attendre une vingtaine de minutes avant qu'on la libère et avait manqué « l'heure des mamans ». Cela faisait déjà dix bonnes minutes qu'une Eva inquiète agrippait la main de sa maîtresse en regardant ses petits camarades de classe partir avec leur nounou ou leur parent. Et elle, elle était toujours là. Et si Corinne ne venait pas du tout, où irait-elle ? Elle s'était mise à pleurer, ne voulant pas aller à la garderie, et l'enseignante, qui tentait de la calmer, avait attendu avec elle. Corinne était arrivée en courant et en sueur, s'était excusée, mortifiée, auprès de l'institutrice, avait serré sa fille fort contre elle. Après cet épisode, Eva, traumatisée plus que de raison à cause de son hypersensibilité, avait refusé de manger pendant trois jours.

Pourtant, Corinne communiquait constamment avec sa fille sur sa peur de l'abandon, l'encourageait à en parler avec la psychologue qu'elle voyait chaque semaine, mais c'était plus fort qu'elle. Après avoir perdu son père, après avoir été rejetée à l'école, Eva vivait avec la crainte de se retrouver seule de nouveau et ne se risquait pas à s'attacher à de nouvelles personnes, même en tant qu'adulte. Aujourd'hui, elle pouvait compter sur sa mère, Iris et Marcel ; tous les trois la comblaient suffisamment. C'était sans doute la raison pour laquelle, à son âge, Eva était toujours célibataire et aussi solitaire.

— Vous pouvez y aller, Eva. Je prends le relais !

— Ah oui, dit-elle, perdue dans ses pensées. Merci, Chloé, et peut-être à demain !

Une dure journée attend Eva le lendemain. C'est mercredi et les enfants ne vont pas à l'école. Elle appréhende un peu ce temps plein avec eux. Le matin, elle doit emmener Rose à son cours d'éveil à la danse classique, puis Louis à la baby-gym. Quant à Arthur, le frère aîné, à son grand étonnement, il ne pratique aucune activité.

Elle lui a proposé de rester à la maison pour lui éviter de la suivre dans ces allers-retours un peu ennuyeux pour un enfant mais, à sa tête paniquée, elle a préféré l'emmener. Malgré ses neuf ans et ses airs de grand, il n'est visiblement jamais resté seul chez lui.

Garance lui a laissé les consignes pour le déjeuner : steaks hachés et haricots verts frais. Heureusement, Eva, qui ne se caractérise pas par ses talents culinaires, n'a qu'à saisir le tout à la poêle. Arthur se propose d'assaisonner le plat avec des herbes et des aromates, pourquoi pas, après tout ! Si les deux garçons mangent volontiers, Rose, elle, ne touche pas à son assiette. La petite lui fait penser à elle au même âge. Maigrichonne et avec un appétit d'oiseau ; à la réflexion, elle ne l'a pas encore vue avaler quoi que ce soit depuis qu'elle s'occupe d'eux. Elle joue avec sa nourriture puis quitte la table. Comme elle, Eva nageait dans ses pantalons, à tel point que Corinne, démunie, devait toujours les lui acheter une taille en dessous. Pour un peu, elle pourrait entendre les moqueries dont elle était l'objet quand elle était enfant. Si Eva ne mangeait pas beaucoup, voire très peu, c'était parce qu'elle ne se sentait pas bien dans sa peau. Elle n'avait goût à rien, et sa maigreur trahissait son aigreur pour la vie. Ce n'est que depuis qu'elle travaille avec Marcel qu'elle apprécie la nourriture. Mais Rose, comment l'expliquer ? Ses parents l'auraient quand même prévenue si la petite souffrait d'un trouble alimentaire ?

— Dis-moi, Rose, tu n'as pas faim ?

— Aime pas ! répond la petite, bras croisés et tête baissée, les yeux rivés sur son assiette.

Eva lui propose tout ce qui lui passe par la tête et sous la main, jambon, pâtes, purée, même des biscuits. Elle ne voudrait pas que comme elle, Rose, même si elle est encore petite, soit l'objet de sarcasmes sur son poids plume. Eva désespère, et obtient invariablement la même réponse : la petite fille fait non de la tête, l'air buté.

— Rose n'aime pas manger, lance Arthur. Elle ne boit que du lait.

Eva comprend mieux le petit gabarit et le visage pâle de la fillette.

— Écoute, Rose, le lait, c'est très bon pour la croissance, mais tu dois aussi manger des fruits et des légumes, des aliments consistants, tu sais, pour prendre des forces. Regarde tes petites mains, tu vois les os qui sont là, comme tous ceux qu'il y a là et là dans ton corps, ils ont besoin que tu manges pour grandir.

Elle insiste, mais alors que les garçons terminent leur assiette, Rose repousse la sienne, se lève de sa chaise et court se réfugier dans sa chambre.

Eva soupire, elle n'a ni l'envie ni la force d'encourager davantage Rose. Elle sait aussi que le pire à faire serait d'insister lourdement. En quête d'hypothétiques informations, elle feuillette le carnet de liaison, mais ne trouve rien à ce sujet. En revanche, elle découvre que Louis a besoin d'être changé lorsqu'il débarque dans le salon en pleurant ! Jusque-là, tout allait bien. Le petit garçon est propre depuis peu et Garance, pour éviter d'être réveillée en pleine nuit, lui met encore une couche pour dormir. Ce matin, elle était en retard et n'a pas eu le temps de le changer. Elle a bien laissé un mot à Eva dans le carnet de liaison pour qu'elle s'en charge, mais, dans sa hâte, celle-ci ne l'a pas vu !

Alerte rouge. C'est la panique ! Eva n'est pas douée pour les premières fois. Elle se souvient de la première fois qu'elle a fait des crêpes avec sa mère : elle avait tenté d'en faire sauter une, mais l'avait envoyée sur la tête de Corinne. Elle revoit sa mère hurler de douleur sous l'effet de la chaleur, puis éclater de rire quelques secondes plus tard. À sa façon, elle avait bien visé ! Ou bien, la première fois qu'elle avait essayé d'embrasser un garçon sur la bouche, elle s'était cogné la tête contre son front à défaut d'avoir trouvé ses lèvres en premier. Et lors de sa toute première nuit d'amour, alors qu'elle avait demandé à être dans le noir et que le jeune couple commençait à se livrer à de timides ébats, la main d'Eva avait par mégarde effleuré la lampe tactile, les offrant à la lumière crue et déprimante d'une ampoule LED qui avait quelque peu brisé l'ambiance. Une catastrophe.

L'idée d'appeler Iris lui traverse l'esprit, mais elle se ravise, elle n'a pas envie de passer pour une idiote, et la probabilité qu'elle sache mieux s'y prendre qu'elle est assez faible. Finalement, à l'aide de son téléphone, elle tape sur YouTube « changer couche bébé ». Heureusement qu'on trouve tout sur le Net ! Comme préconisé dans la vidéo, elle se lave les mains et décrit à Louis chacun des gestes qu'elle accomplit d'une voix douce, sans savoir si c'est elle ou lui qu'elle rassure le plus.

Elle le pose sur la table à langer de sa chambre et, en le déshabillant, découvre ce qu'est l'horreur. Il aurait dû être changé il y a bien deux heures. Comment ne l'a-t-elle pas senti plus tôt ? Il s'agite, pleure. Ses fesses sont irritées et lui font visiblement mal.

Au bout d'un interminable quart d'heure, après qu'Eva lui a badigeonné les fesses de crème pour le change et répété qu'il était assez grand pour ne plus porter de couche, Louis est enfin propre. Elle sursaute en relevant la tête ; Arthur se tient dans l'encadrement de la porte.

— C'est la première fois que je vois quelqu'un mettre autant de temps à changer une couche.

— Il a fait une très grosse commission, confesse-t-elle, le rouge aux joues. Tu n'as pas des devoirs, toi ?

Après avoir cajolé Louis, elle le met au lit et ferme la porte pour la sieste. Eva aimerait en profiter pour passer un moment avec Arthur, le seul avec qui elle pourrait engager une conversation à peu près normale, mais Rose demeure sa priorité. La petite n'a pas réapparu depuis le repas et reste cloîtrée dans sa chambre.

Elle laisse donc l'aîné coloniser le salon pour jouer aux jeux vidéo et va toquer à la porte de la cadette. Rose est prostrée dans son coin. Assise devant la fenêtre de sa chambre, elle a installé ses poupées préférées en rang à côté d'elle comme pour lui tenir compagnie. Eva se fait tant bien que mal une petite place près d'elle… puis c'est le trou noir.

Elle se réveille en sursaut, se tourne et aperçoit Rose en train de dessiner sur son bureau. Elle court dans le salon, Arthur n'a pas bougé, puis elle se précipite dans la chambre de Louis. Il ouvre les yeux au moment où elle referme la porte. Sauvée. Elle peut de nouveau respirer.

Elle le porte jusque dans le salon pour l'aider à se réveiller en douceur, soulagée qu'aucun d'entre eux ne se soit tordu le cou en chutant d'une chaise de la cuisine pour avoir tenté d'attraper un paquet de céréales.

— Rose, alors dis-moi, qu'est-ce que tu aimerais manger ?

— Une glace à l'italienne !

— OK !

La petite fille pose son feutre et se tourne vers Eva, surprise de sa réponse, l'air de dire : « OK comme dans OK c'est d'accord ? »

— Je vous emmène au parc ! ajoute-t-elle, toute fière de cette initiative, loin de se douter qu'elle s'apprête à lourdement regretter cette décision.

– 11 –

Le lendemain, Eva retrouve Iris à 13 heures à son salon de coiffure, alors qu'elle termine un brushing. Derrière la vitre, elle lui fait signe de se dépêcher. Elle sait qu'une heure de pause ne suffira pas pour lui raconter tout ce qui s'est passé la veille, or elle a plus que jamais besoin de son avis.

Quelques minutes plus tard, Iris la rejoint. Elles remontent la rue Mouffetard jusqu'au *SweetSpot* et s'installent à *leur* table.

Eva est dans tous ses états. Iris ne sait plus sur quel ton la convaincre de se calmer.

— Arrête de faire cette tête, Eva !

— Je te jure, je ne vais jamais tenir ! Si tu avais vu Louis se débattre l'autre soir devant l'école, puis à l'appartement, tout ça pour un stupide bouton d'ascenseur ! Sans compter le changement de couche du mercredi. Je n'y avais pas du tout pensé en acceptant ce maudit job, c'est immonde ! Je vais essayer de dire à Garance d'arrêter les couches la nuit, car là, ce n'est pas possible. Entre les crises de Louis, les couches à changer, les repas que Rose refuse de manger et les rendez-vous qui se chevauchent, je ne sais pas si je vais tenir.

— Pourtant, tu ne t'en sors pas si mal…

— Ah bon ?! Et encore, Garance ne sait pas que je me suis endormie. Imagine si les enfants lui racontent…

— Effectivement, ça, ça craint un peu. Mais bon… Il ne s'est rien passé.

— Sans parler de la crise de larmes de Rose… Elle va me renvoyer, c'est obligé.

La veille, Eva avait donc emmené les enfants au square Scipion, à deux pas de l'immeuble. Quoi de mieux pour leur faire un peu prendre l'air et qu'ils jouent ensemble ? Elle venait à peine de s'asseoir sur un banc lorsqu'elle a entendu Rose crier dans le bac à sable. Un peu plus loin, Arthur, qu'elle croyait placide et revenu de tout, se bagarrait avec un garçon qui devait faire une tête de moins que lui.

Elle s'est aussitôt précipitée, la maman du petit garçon en furie sur les talons, pour séparer les deux catcheurs.

Une fois la bagarre terminée, Eva a eu droit à toutes les insultes possibles, l'inconnue l'accusant de ne pas être capable de surveiller ses enfants, d'être indigne de confiance et irresponsable. Eva n'a pas réagi sur le coup, tétanisée par la violence de la situation. Lorsque la mère hystérique s'est éloignée avec son gamin en pleurs, elle s'est approchée d'Arthur et a d'abord vérifié qu'il n'avait rien. Des traces de griffures zébraient ses mains et son visage. Rose pleurait. La raison de cette apocalypse ? Le petit garçon lui avait arraché brutalement un jouet des mains et, comme il ne voulait pas le lui rendre, Arthur l'avait bousculé pour qu'il le lâche.

Eva, dans son rôle de nounou modèle, lui a expliqué que la violence n'est jamais, jamais, jamais la bonne solution, et qu'il aurait dû la prévenir avant d'agir.

Elle a serré Rose dans ses bras pour la consoler et quand les sanglots ont enfin cessé, il y a eu un moment d'égarement, un léger flottement, une seconde d'inattention de trop.

Louis avait disparu.

Eva a eu la peur de sa vie. Son pire cauchemar était devenu réalité, perdre un enfant sous sa garde ! Elle s'était mise à crier, ignorant son cœur qui jouait aux montagnes russes dans sa poitrine, puis à courir dans tous les sens comme un poulet sans tête, jusqu'à ce qu'Arthur retrouve le petit garçon retranché au creux d'un arbre du square. « Louis, ne refais plus jamais ça, tu as compris ? Tu m'as fait une peur bleue », l'avait-elle sermonné tout en le couvrant de bisous.

Finalement, Rose n'avait pas voulu de glace. Eva était loin d'être la seule âme choquée. La petite s'était remise à pleurer de plus belle durant le trajet du retour. En rentrant, Eva lui avait préparé un chocolat chaud pour la réconforter, puis à contrecœur, elle avait noté dans le carnet de liaison tout ce qu'il s'était passé… à l'exception du moment où elle s'était endormie et de celui où Louis avait disparu. L'essentiel étant qu'on l'avait retrouvé, non ?

— Elle ne va pas te renvoyer. Tu as bien fait de tout noter, rétorque Iris. Ce n'est pas si grave, les griffures, ça arrive tout le temps et ça guérit super vite. Et puis, des enfants qui se disputent au parc, c'est fréquent.

Et cette hystérique, elle aurait pu tenir son gosse aussi, non ? Ah, la mauvaise foi des parents ! Ce n'est jamais la faute de leurs enfants, toujours celle des autres, et ils sont comme des fous si on touche au moindre cheveu de leurs sales mômes pourris gâtés. Je te jure !

— Je crois que je ne comprendrai jamais les enfants… S'il n'y avait que ça ! Et le rendez-vous manqué ? Qu'est-ce que tu en dis ?

— Oh ! Arthur ne va pas mourir parce qu'il a raté une séance avec son pédopsychiatre. Si c'était si important, Garance aurait pu te laisser un message. C'est elle qu'il faut blâmer, pas toi ! Tu ne pouvais quand même pas deviner qu'il devait y aller tous les quinze jours.

— Non, mais c'était écrit dans le carnet de liaison. Deux semaines avant : « Arthur RDV 3pm Sept 27 ». J'aurais dû le voir, j'aurais dû me renseigner, mais ça m'a totalement échappé ! Imagine que Rose soit diabétique et que j'oublie de lui donner son insuline ?

— Arrête, Eva, on dirait ta mère ! Si c'était important à ce point, Garance t'en aurait parlé ! Arthur ne jouait pas sa vie. Il ira à la prochaine séance. Non, moi, ce qui m'inquiète, outre le fait qu'Arthur peut se montrer un peu violent, c'est que Louis ne parle toujours pas alors qu'il a plus de trois ans et que Rose ne mange rien. Ça fait beaucoup, non ? Tu ne trouves pas qu'il y a quelque chose qui cloche dans cette famille ?

Pour seule réponse, Eva se permet de rappeler à son amie qu'après tout, c'est elle qui lui a dégoté cette place auprès de cette tribu peu ordinaire.

– 12 –

— Je sais ce qui cloche ! assure Corinne.

Mis à part le mercredi après-midi au parc, qui n'avait fait l'objet d'aucune remarque de la part de Garance, la semaine s'était plutôt bien passée. Dimanche, Eva s'offre une grasse matinée bien méritée, comme vidée de toute énergie par ces satanés gamins. Elle n'est ni plus ni moins qu'un jouet dont on aurait usé les piles ou la batterie. Cela fait seulement une semaine qu'Eva travaille pour les Donadieu, mais elle est déjà lasse.

Afin de la recharger, sa mère lui a préparé un brunch comme elle les aime, des œufs brouillés accompagnés de bacon grillé, du jus d'orange frais pressé et des tartines beurrées.

— Quoi ? demande-t-elle, la bouche pleine.

— D'après ce que tu me racontes, Louis a toujours les yeux collés sur sa tablette. Tu n'as pas vu ce reportage à la télévision ? Ces jeunes sont tous accros aux écrans. Ce n'est pas bon pour leur cerveau, c'est scientifiquement prouvé ! Tu verras, enlève-lui la tablette, je mettrais ma main à couper qu'il va enfin parler et sortir de sa bulle. Il faut plus le solliciter, ce petit !

— Tu as raison, mais j'avoue que c'est confortable. Il ne se plaint de rien quand il est devant son écran et j'ai tout le loisir de m'occuper de Rose.

— C'est ce que doivent se dire tous ces parents. Tu as une responsabilité, Eva.

— Je suis juste leur nounou, je fais de la garderie, on ne me paie pas pour les éduquer !

— Tu as la responsabilité de ces enfants pendant tes heures de travail, répète-t-elle. Bien sûr, personne n'est là pour vérifier ce que tu fais, quoique : imagine une seconde que les Donadieu aient installé des caméras de surveillance ! Bref, dans tous les cas, en ton âme et conscience, je suis certaine que tu sais ce que tu dois faire. Tu ne peux pas te contenter d'être une simple spectatrice de ces enfants livrés à eux-mêmes.

— Oh là là, toi et Iris, vous en faites tout un plat. Ce n'est pas aussi dramatique que ça en a l'air. J'ai besoin aussi de prendre mes marques, ça fait seulement une semaine que je m'occupe d'eux.

Eva reconnaît qu'elle ignore ce que peut bien trafiquer Arthur dans sa chambre tous les soirs. Il s'enferme dès qu'il arrive à la maison et reste discret jusqu'à son départ. Surtout, elle n'aurait jamais imaginé qu'il puisse faire du mal à une mouche, encore moins frapper un garçon plus petit que lui, aussi enquiquineur soit-il !

Le lundi suivant, Eva, méfiante, lorgne chaque recoin de l'appartement pour y déceler l'éventuelle présence de caméras. Elle soulève les vases, inspecte la cheminée. Aucune trace. Pour une fois, Corinne a fait chou blanc et Eva ne manquera pas de le lui faire savoir.

Eva essaie de supprimer la tablette à Louis. L'approche douce ne fonctionnant pas, elle finit par la lui arracher des mains. Pour la pédagogie, on repassera. Il se met à battre des pieds, à sangloter. Étrangement, aucun cri ne sort de sa bouche, seul un gémissement aigu prouve que ses cordes vocales fonctionnent bien. À croire qu'on lui a coupé la langue, comme chez certains scribes de l'Égypte antique, période de l'Histoire sur laquelle elle est incollable. Au bout d'un moment, résignée, elle lui redonne son « précieux », non sans avoir pris le soin d'activer le contrôle parental. Il allume l'écran, appuie sur l'application YouTube et commence à regarder des vidéos de voitures, de trains et d'avions jusqu'à ce qu'il n'y ait plus de batterie. C'est seulement à partir de ce moment-là qu'il daigne pointer le bout de son nez pour jouer avec Rose et Eva.

Elle a essayé maintes fois de lui faire croire que la tablette était en charge, voire de la laisser volontairement allumée pour vider sa batterie, mais Louis ne perd jamais le nord. Il sait où et quand il faut brancher la tablette une fois qu'il a retrouvé le chargeur qu'Eva avait pris soin de cacher.

Quant à Rose, Eva a remarqué qu'elle aimait dessiner. Dans ces moments-là, elle accepte de manger, comme si sa bouche ne lui appartenait plus. Elle l'ouvre mécaniquement, mâche et avale tout en restant concentrée sur le feutre au bout de ses doigts.

— Il est magnifique ton arc-en-ciel, Rose.

— C'est pour Arthur. Maman a dit que c'était bientôt son anniversaire.

Eva ouvre le carnet de liaison, mais ne voit rien à ce sujet, aucune date d'anniversaire n'est mentionnée. En revanche, elle remarque que Garance, qu'elle n'a pas vue de la semaine, lui a laissé un message. Miracle. Eva, comme la maîtresse d'Arthur le lui avait expressément demandé, avait fait part de sa demande de rendez-vous. Garance a répondu : « Tout le monde n'a pas des horaires de fonctionnaire. » En d'autres termes, c'était peine perdue.

Le dernier jour de la semaine, sur le chemin du retour, Louis s'immobilise sur le trottoir et refuse de traverser. Eva se tourne vers lui et tire son petit bras, mais il le retient fermement serré contre sa poitrine. Il n'a visiblement pas l'intention de bouger. Elle repense à la précédente crise de l'ascenseur qui aurait pu être évitée s'il lui avait parlé. Elle ne veut pas commettre la même erreur.

Arthur et Rose s'arrêtent à leur tour et attendent patiemment, comme s'ils étaient habitués à ce genre de comportement.

— Qu'est-ce qu'il y a, Louis ? Pourquoi tu ne veux pas avancer ? lui demande-t-elle d'une voix douce et rassurante.

Il ne bronche pas. Eva s'accroupit pour être à sa hauteur tout en tenant fermement Rose de l'autre main.

— Louis, dit-elle calmement, il faut que tu me dises ce que tu veux, je ne peux pas deviner.

Les yeux rivés au sol, il ne bouge toujours pas.

— Louis ! dit-elle sur le ton de l'agacement, on ne peut pas rester plantés sur le trottoir. Regarde le ciel et les gros nuages là-bas, il va bientôt pleuvoir. On va tous être trempés !

Ses paroles n'ont aucun effet sur lui, et la patience d'Eva a ses limites.

— Très bien.

Elle tente de le soulever pour le porter jusqu'à la maison, mais il se débat violemment, lui donne des coups de pied, la frappe au visage.

— Louis ! hurle-t-elle en le reposant, une main sur sa joue.

Tous les passants se retournent et la dévisagent. Eva sent leur regard inquisiteur sur elle, comme s'ils la jugeaient incapable de s'occuper d'un enfant. Elle commence à paniquer. *Je gère, je maîtrise la situation*, se répète-t-elle intérieurement.

Est-ce Arthur qui lui a montré le mauvais exemple ? Elle le regarde. Impassible, le dos appuyé contre un mur, les bras croisés, il observe la scène avec détachement.

— Bon, Louis, ce n'est pas correct ce que tu viens de faire.

Elle soupire bruyamment, à bout de nerfs. Rose a dû le remarquer : comme pour la soulager, elle énonce les désirs de son petit frère.

— Il veut un croissant au beurre à la boulangerie, dit-elle comme une évidence.

Elle toise le petit bonhomme.

— C'est vrai ?

Il hoche la tête, la bouche en forme de « u » renversé, les sourcils froncés, le visage toujours renfrogné.

— Louis, c'est simple : il suffisait de le demander. Merci, Rose.

Eva décide de bien lui acheter un croissant, mais de ne pas le lui donner tout de suite pour marquer le coup. Ce manège aurait pu durer longtemps et tourner à la catastrophe sans que cela dérange Arthur. Il n'a pas bougé d'un cil, observant Eva attentivement. Pour un peu, elle pourrait croire que ça l'amuse de la voir perdre ses moyens.

Une fois à la maison, Eva tente d'expliquer calmement à Louis que la situation doit changer.

— Mon chéri, tu vois bien que faire des crises, ce n'est pas une manière de communiquer, ça ne peut plus durer, il n'y aura pas toujours Rose pour me traduire ce que tu veux. Tu es grand, maintenant, tu dois utiliser des mots, et je suis sûre que tu en connais plein, d'ailleurs.

Lorsqu'elle lui demande s'il a compris, il hoche la tête en signe d'acquiescement et lui adresse un grand sourire. Eva, découragée, soupire avant de repartir au front.

Elle essaie d'intégrer Arthur à leurs activités : cache-cache, dessin, lecture, mais il claque la porte de sa chambre.

Eva, qui pensait avoir affaire à des enfants modèles et une famille parfaite, est à deux doigts de déclarer forfait. L'idée lui a traversé l'esprit plus d'une fois, surtout quand Louis fait ses crises, mais elle veut tenir bon. Et puis, elle n'a pas vraiment le choix. Pour le moment, il n'est pas question qu'elle retrouve un temps plein à la librairie. Guidée par son instinct, elle a l'intime conviction qu'elle doit persévérer.

Elle n'a pas croisé une seule fois Garance, pas plus que son mari, qui demeure un mystère. Existe-t-il seulement ? Elle n'ose pas poser la question aux enfants. Heureusement que Chloé prend le relais chaque soir. Elle n'a aucune envie de leur donner le bain et encore moins de leur préparer le dîner !

Pourtant, ce soir, Eva a un pressentiment. Chloé est en retard. Près d'une demi-heure. Et elle n'a pas son numéro. Au moment où elle s'apprête à appeler Garance, on sonne à la porte.

Elle se dirige vers l'entrée et ouvre machinalement.

— Ah, Chloé, je commençais à m'inquiéter !

Mais lorsqu'elle lève les yeux, elle ne reconnaît pas le visage familier de la jeune étudiante.

– 13 –

— Bonsoir.

Eva hésite à refermer la porte. Elle se méfie des charlatans qui essaient de vous convaincre de ramoner votre vieille cheminée parisienne qui ne fonctionne plus depuis des lustres, dans l'intention de s'introduire chez vous. D'ailleurs, pas plus tard que la semaine dernière, l'un d'entre eux avait échappé à la vigilance de Corinne, puis réussi à mettre les pieds chez la vieille dame du dernier étage du bâtiment D pour lui dérober son sac à main, sa montre Rolex et un collier en or.

— Bonsoir, qui êtes-vous ?

Son interlocuteur n'a pas vraiment la tête d'un VRP ou d'un Témoin de Jéhovah. Sa carrure est plutôt celle d'un garde du corps, d'un athlète ou… d'un cambrioleur, justement.

— Pardon, mais c'est moi qui devrais vous poser la question.

C'est le monde à l'envers. Il jette un œil par-dessus son épaule au moment où Arthur sort de sa chambre.

— Hé, mon gars !

Elle se retourne.

— Arthur, tu le connais ?

Le garçon secoue vigoureusement la tête de droite à gauche.

Sans hésiter, elle claque la porte au nez de l'imposteur. Depuis l'épisode Chloé, elle est beaucoup plus prudente.

— Allez, c'est bon, c'était une blague ! crie l'homme derrière la porte. Dis-lui, Arthur.

— Allez-vous-en ou j'appelle la police.

— Si vous n'ouvrez pas, c'est moi qui vais appeler la police !

— Je vous en prie, faites donc !

— Très bien.

Silence. Est-il réellement en train de composer le 17 ? Arthur se précipite vers l'entrée, passe devant Eva et ouvre la porte.

— Tonton ! s'écrie le gamin en lui sautant au cou.

Sourcils froncés, Eva les dévisage avec mépris, jugeant leur plaisanterie du plus mauvais goût.

Rose et Louis, qui jouaient dans leur chambre, se jettent à leur tour dans les bras de leur oncle. Les retrouvailles semblent durer une éternité avant que les enfants retournent s'amuser.

— C'est ma sœur tout craché : oublier de me prévenir. Je ne savais pas qu'elle avait remplacé Jenny.

— Qui est Jenny ?

— La nounou, enfin l'ex-nounou.

— Et moi, je ne savais pas que vous remplaciez Chloé.

— Qui est Chloé ? Bref, je suppose que c'est inutile que je sache qui elle est puisque, apparemment, elle n'est plus là. Un partout !

— Parce que c'est un jeu ?

— Je dirais un dialogue de sourds.

Si c'est une compétition, il est très nettement en tête. Les enfants semblent plus que l'apprécier. C'est simple, elle a l'impression que Louis va se mettre à parler et que Rose serait prête à dévorer un veau. Quant à Arthur, il arbore un sourire plein de douceur qu'elle n'a encore jamais vu sur son joli visage poupin.

— Et donc, ça fait combien de temps que vous travaillez pour ma sœur ?

Il a dû remarquer que sa question était maladroite, puisqu'il la reformule aussitôt.

— Pardon, je veux dire, ça fait combien de temps que vous vous occupez des enfants ?

Elle esquisse un sourire approbateur.

— Deux semaines, mais c'est temporaire, le temps que leur nounou revienne. Elle est au chevet de sa mère souffrante.

— Ça m'étonnerait qu'elle revienne alors !

— Comment ça ?

— Elle était sans papiers. Si elle est retournée aux Philippines auprès de sa mère, elle n'a pas l'intention de revenir, à moins d'obtenir des papiers en règle.

— Et Chloé, l'étudiante qui est censée être là le soir, où est-elle ?

— Ma chère et tendre sœur m'a appelé pour me demander de remplacer sa deuxième nounou malade sans plus de précision. Je crois que ma sœur est un peu tordue, elle aime collectionner les filles qui claquent la porte, si vous voyez ce que je veux dire. Comme d'habitude, elle ne m'invite jamais pour le plaisir de rendre visite à mes neveux et à ma nièce, sauf quand elle en a besoin. Vous apprendrez à la connaître.

— À vrai dire, excepté lors de mon entretien d'embauche, je n'ai croisé que Chloé.

— Et c'est une bonne chose !

Quel genre d'homme est-il pour parler de sa propre sœur à une inconnue avec un tel dédain ?

— Je m'appelle Nathanaël, mais on m'appelle Nate, dit-il en lui tendant la main.

— Eva.

Il l'empoigne vigoureusement et, au même moment, un courant électrique parcourt son échine. Est-ce la force de sa poignée de main ou celle de son regard perçant qui la fait tressaillir ?

Il libère sa main et soutient son regard, un sourire en coin.

Décontenancée, elle s'empare de son trench accroché au portemanteau, embrasse les enfants, leur souhaite un bon week-end et quitte précipitamment l'antre des Donadieu, juste avant qu'il lui lance un « À bientôt, Eva ! ».

– 14 –

Les jours se suivent sans se ressembler pour une Eva débordée. Les couleurs flamboyantes des arbres entremêlées de rouge, d'orange et de jaune saluant l'arrivée de l'automne font place à des branches nues, et le sol est jonché de feuilles mortes et craquantes. C'est d'ailleurs pour cette raison que l'automne est loin d'être sa saison préférée.

Le soir, Eva rentre chez elle pendant le journal de 20 heures. Corinne l'a attendue pour dîner, toutes deux mangent devant la télé.

Lorsqu'elle ne s'occupe pas des enfants Donadieu, Eva cherche une solution miracle pour la librairie. La situation ne s'est pas arrangée, mais l'approche des fêtes de fin d'année devrait permettre d'augmenter le chiffre d'affaires. Ce n'est que durant le week-end qu'elle peut lâcher prise, bouquiner ou simplement traîner chez Iris.

Ce samedi, elles s'attellent à constituer les playlists du mariage, celle de la cérémonie civile, celle de la cérémonie religieuse, celle du vin d'honneur, celle de l'entrée des mariés dans la salle, celle de la première danse des mariés, celle de la première danse avec les parents, celle de la pièce montée… La liste semble sans fin.

Au moins, cette séance de brainstorming aura-t-elle eu le mérite de lui faire réaliser qu'à son propre mariage, à supposer qu'un jour elle se marie, il n'y aura qu'une chanson incontournable : *Over the Rainbow*, d'Iz. Ce titre exerce un pouvoir fascinant sur elle. Selon son humeur, elle peut pleurer de joie ou de tristesse simplement en l'écoutant. Le pouvoir mystérieux des paroles qu'elle connaît par cœur résonne en elle comme un vœu pieux : « *Wake up where the clouds are far behind me…* Je me réveillerai là où les nuages sont loin derrière moi. »

— Attends, et celle-là, tu te rappelles ? demande Iris, interrompant ainsi le fil de ses pensées.

— Bien sûr ! *She Will Be Loved*, des Maroon 5 ! Ça date, on devait avoir onze ans à l'époque ! Tu te souviens du clip ? Le chanteur se tape la fille ET la mère, ça m'avait traumatisée, comme si ça pouvait m'arriver un jour…

— C'est vrai que ta mère est séduisante pour son âge, elle a tout pour plaire, lâche son amie en éclatant de rire devant la tête mi-offusquée mi-dégoûtée d'Eva, qui lui balance un coussin pour la faire taire.

Iris a raison, Corinne aurait pu rencontrer quelqu'un depuis bien longtemps. Eva a soudain la gorge serrée : et si sa mère était restée célibataire à cause d'elle ? L'idée ne lui avait encore jamais traversé l'esprit, comme si leur duo mère/fille était exclusif, la privant de toute possibilité de refaire sa vie. Eva, le regard perdu dans le vide, songe alors à ce qu'aurait pu être la vie de Corinne. Est-elle un frein au bonheur de sa mère ?

— Tu crois que c'est à cause de moi…

— Je t'arrête tout de suite. Je sais ce que tu vas dire, et la réponse évidente est non. Ne t'en fais pas pour Corinne, elle est heureuse comme ça. Elle est adulte et responsable de ses choix. Au fait, je voulais te demander, est-ce que tu veux bien dormir chez moi le week-end prochain ?

— Mais qu'est-ce qui te prend ? C'est comme si tu voulais redevenir une ado. Habituellement, c'est mon genre de gamineries, pas le tien !

— Et pourquoi pas ? Mes parents ne seront pas là. S'il te plaît, c'est l'angoisse du mariage, le syndrome de la fiancée. Une soirée pyjama, allez, dis ouiiii ! supplie Iris, la bouche en cœur et les yeux qui papillonnent.

— Et Benjamin ?

— Oh, il sera à son enterrement de vie de garçon.

— Quoi ? Déjà ?!

— Il en organise plusieurs. Tu sais, il y a celui avec ses amis d'enfance, celui avec ses amis plus récents, celui avec ses meilleurs clients au garage, et puis celui des cousins… Il préfère faire la fête plusieurs fois. Remarque, c'est plutôt malin de sa part, non ?

— Très bien, c'est d'accord, concède-t-elle.

Iris a déjà fait savoir à Eva qu'elle ne souhaite pas d'enterrement de vie de jeune fille. Un, parce qu'il n'y aurait qu'Eva, et deux, parce que des voyages, elles en ont déjà tellement fait ensemble qu'elle préfère ne pas gaspiller le budget de son mariage. Mais Eva ne pense déjà plus au mariage. Son regard se voile et son cerveau est passé à un sujet beaucoup moins réconfortant.

— Eva, qu'est-ce qui ne va pas ? Je te connais tellement bien, je sais que quelque chose te chagrine quand tu fais cette tête.

— C'est Marcel. Tu sais, je lui ai fait plusieurs propositions pour relancer la librairie, une sorte de plan de sauvetage. C'est un peu notre dernière chance et j'ai peur que ça ne marche pas.

— Ça va marcher ! Eva, le succès est un état d'esprit. Il ne faut pas croire que Beyoncé a réussi du jour au lendemain ! Sans sa persévérance, elle n'aurait jamais fait partie des Destiny's Child. Comme elle, vous allez y arriver, j'en suis certaine. Redonne-moi des flyers, j'en mettrai dans le salon de coiffure. J'en parlerai aussi à mes clientes, je leur suggérerai d'aller y faire un tour, leur raconterai que tu as modernisé la librairie et qu'elles peuvent commander sans complexe tous les livres populaires qu'elles veulent lire. Crois-moi, avec le bouche-à-oreille, ça va repartir, je n'en doute pas une seule seconde !

— Iris, c'est toi, ma Beyoncé, tu es géniale ! Merci !

Sur le chemin du retour, Eva se remémore cette époque paradoxalement insouciante, en dépit des crises, où Iris et elle passaient leur temps à rêver de leur avenir. Si Iris se projetait facilement, Eva prenait sur elle pour ne pas s'affoler. Il n'y a encore pas si longtemps, lorsqu'elle essayait d'imaginer son avenir, elle voyait un trou noir, ou blanc, peu importe la couleur, cela revenait au même : le vide. Était-elle promise à un bel avenir ? Alors qu'Iris était sûre du sien, Eva, elle, était pusillanime.

Iris avait toujours su qu'elle ouvrirait un salon de coiffure, se marierait et aurait des enfants avec l'homme de sa vie, le seul et unique. Pour Eva, ce n'était pas aussi simple. Travailler au milieu des livres lui suffisait amplement.

Son dernier petit copain en date était un banquier du quartier. Elle l'avait quitté du jour au lendemain par texto, après qu'Iris, dont il était le client, lui avait révélé qu'il avait par inadvertance parlé de sa femme au bac à shampoing. Femme dont il n'avait jusque-là jamais mentionné l'existence. Cette « étourderie » avait plongé Eva dans une rage profonde, vite supplantée par une crise d'angoisse mémorable qui avait failli l'envoyer aux urgences lorsqu'elle s'était effondrée, la tête dans le sac en papier avec lequel elle essayait d'endiguer son attaque de spasmophilie, suivie comme toujours d'une phase de honte, d'autoflagellation et de déprime qui avait duré des semaines.

De toute façon, tant qu'elle vivrait sous le même toit que sa mère, elle serait vouée à des histoires sans lendemain. Qui voudrait s'engager avec une fille flippée qui habite toujours dans la loge de concierge où elle a grandi ?

Aujourd'hui, Iris est sur le point de réaliser ses projets, ceux auxquels elle a toujours aspiré, alors qu'elle-même… Si elle s'avoue la vérité, elle nage en plein marasme, sans compter qu'elle n'a aucune idée du temps qui lui reste à travailler aux *Mots dansent*…

– 15 –

Quand Marcel avait perdu Bernadette, il avait voulu tout abandonner, vendre la librairie et partir vivre à La Baule, où sa femme et lui avaient acheté un appartement avec vue sur l'océan pour y passer leurs vieux jours.

En acquérant ce bien, Marcel s'était offert un nouveau projet de vie avec la seule et unique femme qu'il ait jamais aimée. Mais voilà, ils avaient prévu cela « ensemble ». Sans Bernadette, ce projet n'avait plus aucune importance, plus aucun sens. Il avait alors revendu l'appartement. Sans regret. Depuis, cet argent lui servait en cas de coup dur à la librairie et c'est grâce à celui-ci qu'il avait pu réembaucher Eva à temps partiel.

Les tourtereaux s'étaient rencontrés lors des manifestations de Mai-68 à Paris. L'un à côté de l'autre, ils marchaient pour défendre les mêmes idées comme des milliers d'étudiants. Ils ne se connaissaient pas, mais étaient intimement liés par ce mouvement où, pour la première fois en France, la jeunesse s'affirmait, faisait entendre sa voix auprès des politiques. Une heureuse rencontre, un signe du destin. Il était tombé amoureux de Bernadette au premier regard et le coup de foudre avait été réciproque.

À la fin juin, alors que le pays retrouvait peu à peu son calme, ils avaient continué de marcher ensemble, cette fois-ci main dans la main. Leur euphorie avait duré des mois, ils se sentaient libres, ils avaient l'impression que rien ne pourrait gâcher leur avenir.

Ils s'étaient installés dans un petit deux-pièces dans le quartier du Marais et s'étaient mariés un an plus tard, avant de connaître le drame de leur vie. Après des mois de tentatives infructueuses pour concevoir un enfant, Bernadette avait annoncé la triste nouvelle à Marcel : s'il voulait des enfants, ce serait sans elle. Mais Marcel ne pouvait pas imaginer sa vie sans elle. Il n'avait pas hésité une seconde, c'était *avec* elle qu'il voulait vivre et il lui avait alors promis qu'ils auraient un « enfant » à eux.

En attendant, pour lui remonter le moral, il l'emmenait danser. Il aimait la voir ivre de joie tournoyer dans sa robe vichy rose sur un rock endiablé, en chantant du Claude François, Johnny Hallyday, Françoise Hardy, Julien Clerc ou Sheila. Tous les artistes de leur génération.

Marcel avait mis près d'un an à concrétiser son projet. Il avait repéré cette librairie dont le propriétaire était sur le point de céder le bail, et lorsqu'il y avait emmené Bernadette pour lui présenter leur « bébé », elle lui avait sauté au cou. Rien n'aurait pu la rendre plus heureuse, et c'est elle qui avait trouvé le nom. « Ce sera *Les mots dansent...* avec des points de suspension », en hommage à cette folle époque. Il avait accepté sans broncher.

Leur bonheur avait duré des années, leur boutique traversant vaille que vaille décennies, crises économiques et sociales, changements politiques. Jusqu'au jour où, alors que Bernadette rangeait des livres dans les rayons, Marcel s'était figé d'effroi. Sur le chemisier blanc en soie qu'elle portait et qu'il aimait tant, un liquide clair teinté de rose se diffusait comme une tache d'encre au niveau de sa poitrine.

– Ma chérie, tu saignes, on dirait, avait-il bredouillé.

Bernadette avait caché sa maladie. Elle avait perdu du poids, était plus fatiguée que d'habitude lorsqu'elle passait le balai ou portait des cartons, mais Marcel ne s'était aperçu de rien. Il ne se souvient que des mots du médecin : « Je suis désolé », ce qui signifiait : « Je ne peux plus rien, c'est trop tard, c'est fini. » Que reste-t-il lorsqu'il n'y a plus d'espoir ? Seulement des larmes amères.

Marcel était en colère, il aurait voulu savoir plus tôt, même si ça n'aurait rien changé. Il aurait voulu l'aider, la soutenir, faire quelque chose. Foutue maladie.

À peine deux mois plus tard, il enterrait Bernadette après lui avoir fait la promesse de continuer à faire découvrir des classiques de la littérature et des jeunes auteurs à tous ceux et toutes celles qui entreraient dans leur librairie. « Transmets-leur la passion de la lecture », c'est ce qu'elle ne cessait de lui répéter.

Pour elle, un monde sans livres était un monde sans amour, triste, fade, désolant. Pour elle, la littérature était le berceau de l'éducation et de l'humanité. Il fallait que les gens s'évertuent à lire, à rêver, à s'entraider, à s'aimer. Pour elle, Marcel aurait tout fait.

Il avait failli craquer plus d'une fois, été tenté de mettre la clé sous la porte, de quitter ce lieu hanté par l'âme de Bernadette. D'un côté, il se sentait près d'elle, de l'autre, il souffrait tellement de ne plus la voir. Il avait fini par être sujet à des hallucinations. Il l'apercevait derrière le comptoir, devant un rayon, dans la vitrine.

Il y a six ans, lorsque Eva avait poussé la porte de la librairie, il avait cru la voir en chair et en os. La jeune femme lui avait rappelé Bernadette, celle de Mai-68, libre et passionnée de littérature.

En déambulant entre les rangées de livres, Eva ne se doutait pas du mal qui rongeait Marcel. Elle le trouvait antipathique, peu aimable, mais, contrairement à d'autres de ses confrères, il la laissait passer des heures dans sa librairie sans rien acheter. Marcel ne lui disait rien. En réalité, elle ignorait que, grâce à elle, petit à petit, il avait repris goût à la vie. Elle ne se doutait pas non plus que Marcel la considérait comme la fille qu'il n'avait jamais eue et qu'il aurait aimé avoir. Elle ne devait pas non plus se douter que Marcel ne dormait plus depuis qu'on lui avait ordonné de la licencier.

Marcel avait dû se rendre à l'évidence. Tout serait bientôt fini, il devait faire le deuil de Bernadette, abandonner Eva et quitter ce lieu qui lui rappelait à la fois tant de bons et de mauvais souvenirs.

– 16 –

Des nuits agitées comme celle-là, Eva en avait passé un nombre incalculable. Corinne mettait ça sur le compte de la pleine lune. Pour Eva, c'étaient les prémices de ses angoisses qui refaisaient surface. Insomnie rime avec soucis et, des soucis, ce n'est pas ce qui lui manquait. Toute la nuit, elle avait songé à Marcel et à sa femme, Bernadette, qu'elle aurait aimé connaître.

Tout ce qu'elle sait, c'est qu'ils formaient un beau couple, que les habitants du quartier les appelaient « les inséparables », comme ces oiseaux aux couleurs exotiques qui lui rappellent les bonbons Arlequin, ces oiseaux, symboles du couple parfait, qui ne vivent qu'à deux.

Ils avaient créé, fait grandir et aimé cette librairie. Dans les années 1970, elle était même devenue le rendez-vous incontournable des intellectuels. Pierre Bourdieu, Georges Perec, Michel Foucault ou encore Edgar Morin y faisaient salle comble ! Puis ces débats animés avaient cessé du jour au lendemain.

Marcel lui avait avoué combien la perte de Bernadette lui avait été douloureuse, mais elle ne pouvait savoir à quel point. Il la chérissait tant. Elle n'avait pas soixante ans lorsque ce satané cancer l'avait emportée. Une disparition prématurée, violente et fulgurante. *Les mots dansent*... c'est leur enfant, et aujourd'hui, c'est tout ce qui lui reste de sa femme.

Fermer la librairie serait pour Marcel comme perdre son grand amour une seconde fois, il ne le supporterait pas. Et Eva ne se le pardonnerait pas.

Au petit matin, un sentiment d'amertume, de tristesse et de tendresse anime la jeune fille. Elle ne peut pas l'abandonner, elle doit l'aider à redresser la barre. Coûte que coûte.

Lorsqu'elle le retrouve, Marcel a le teint pâle, le regard abattu.

Eva a toujours fait preuve d'une imagination débordante, ce qui serait, d'après sa mère, le fruit de toutes ces heures qu'elle consacre à la lecture. Son cerveau est en ébullition, ses sens en éveil. « Il n'y a pas de problème, il n'y a que des solutions. » Cette citation d'André Gide est sans doute celle qu'elle aimerait retenir pour en faire *sa* devise.

– On pourrait organiser des rencontres et des dédicaces avec des auteurs ?

Marcel ne lui répond pas, c'est comme s'il avait cessé d'y croire. Les temps ont changé, il n'est plus au fait de l'actualité, et les maisons d'édition ne le sollicitent plus depuis longtemps pour des rencontres et dédicaces, qu'il refuserait de toute façon.

La dernière rencontre suivie d'un débat sur l'école Montessori avait réuni trois mamans. C'est pourtant un sujet en vogue dans le quartier, mais Eva ne s'y était pas prise assez tôt pour communiquer autour de l'événement.

Marcel a renoncé à se battre pour sa librairie, pour Bernadette, pour Eva, pour lui. Après tout, il n'a de comptes à rendre à personne.

– On pourrait libérer un peu d'espace à l'entrée, mettre une chaise et une table ici.

Marcel ne l'écoute pas, ne l'entend pas. Il se voit déjà condamné et est convaincu de devoir tout arrêter. La résignation du vieil homme est à la hauteur de l'obstination d'Eva. Las, il n'a plus aucun espoir, il a perdu la foi. Il ne tiendra pas sa promesse.

— Tu vois, l'intérêt de cet événement, persiste la jeune femme, c'est non seulement de faire venir un auteur, et Dieu sait combien j'ai de l'estime pour les auteurs, mais c'est aussi l'occasion d'attirer les gens du quartier, et peut-être même certains qui n'avaient pas prévu de passer. J'imagine que s'il y a un peu de monde et un peu d'attente, ils seront tentés de faire un tour dans la librairie et repartiront forcément avec plusieurs livres sous le bras ! Qu'en penses-tu ? demande-t-elle, fière de son raisonnement.

Marcel soupire. Après tout, il n'a plus rien à perdre et il voudrait tellement lui faire plaisir. Les réminiscences des rencontres d'intellectuels et de philosophes qu'il organisait à cœur joie il fut un temps avec Bernadette refont surface.

— Fais comme tu veux, Eva. Tant que ça ne coûte rien.

Marcel est plongé dans *La Condition humaine*, d'André Malraux, roman qu'il a dû lire des dizaines de fois. Il ne lève même pas la tête, ne voit pas que les yeux d'Eva pétillent, que ses idées fusent dans tous les sens.

Lors de la pause déjeuner, c'est une loge vide qui l'attend. Corinne doit sûrement être en train de changer une ampoule pour un des locataires. Il lui arrive très souvent de rendre service aux personnes âgées, comme faire les courses pour Mme Muche du premier étage du bâtiment C.

Elle retourne travailler sans l'avoir vue – cela fait longtemps que chacune ne rend plus de comptes à l'autre –, et dès qu'elle a un peu de temps, essaie de contacter via les réseaux sociaux des auteurs susceptibles de dédicacer leur livre aux *Mots dansent*...

— Eva, c'est l'heure ! lui fait remarquer Marcel.

— Oh mince, les gosses ! J'ai failli oublier ! Merci, Marcel, à demain.

Entre la librairie et la garderie, elle ne sait plus où donner de la tête. Elle se rue à l'école pour récupérer les enfants. Louis fait toujours son cinéma et s'éloigne dès qu'elle cherche à s'approcher de lui. Elle respire, soupire, prend son mal en patience, tente de ne pas s'énerver, le laisse venir peu à peu à elle. Au moment de récupérer les grands, la maîtresse d'Arthur l'interpelle.

— Bonjour, j'aimerais solliciter un rendez-vous avec les parents d'Arthur. Cela fait un moment que j'aimerais les voir. Voyez-vous, le matin, ils déposent les enfants à la garderie, et le soir, c'est vous qui les récupérez. Autrement dit, je ne les vois jamais. J'ai essayé de les joindre à plusieurs reprises sans succès. Je vous laisse mon adresse e-mail, vous pouvez leur dire de m'écrire, s'il vous plaît ?

— Bien sûr ! Je leur ai déjà fait part de votre souhait. Je suis vraiment désolée pour eux, ils travaillent beaucoup. Tout va bien avec Arthur ? Puis-je leur transmettre un message en particulier ?

— Vous n'y êtes pour rien. Merci de leur redire que je voudrais *vraiment* les voir.

De retour à l'appartement, Eva s'empresse de noter dans le carnet de liaison le message de l'enseignante d'Arthur, qu'elle souligne au stylo noir. Elle dessine même un panneau urgent à côté du mot. Quand Garance finira-t-elle par considérer cette requête sérieusement ?

En lisant les notes prises par Nathanaël la veille, elle découvre que Louis puis Rose une demi-heure plus tard se sont endormis dans les bras de leur oncle, et qu'Arthur a joué à la console avec lui jusqu'à 22 h 30. Les parents sont donc rentrés à la maison encore plus tard, une fois les petits au lit.

Eva ne peut s'empêcher de cogiter. Des parents qui sortent dîner le soir en confiant leurs enfants à une baby-sitter, c'est plutôt monnaie courante. Néanmoins, au fond d'elle, quelque chose la chiffonne. Depuis combien de jours, hormis les week-ends, le couple Donadieu n'a-t-il pas vu sa progéniture ? Poser la question à Arthur ou à Rose lui semble déplacé. Un, ce ne sont que des enfants et elle ne veut surtout pas les inquiéter – peut-être que pour eux la situation est tout à fait normale – et deux, ça ne la regarde pas.

Eva frappe à la porte de la chambre d'Arthur.

— Entrez !

Dans une quasi-obscurité, elle observe les murs recouverts de posters de *Star Wars*. Sur son bureau de préadolescent, une lampe LED, un ordinateur et un clavier rétroéclairé prennent toute la place.

— Salut ! Tout va bien ? Tu fais tes devoirs ?

— Hum, hum.

— Écoute, tu pourrais me dire qui sont tes copains à l'école ?

— C'est maman qui m'espionne, c'est ça ? Elle t'a demandé de me poser la question pour vérifier mes fréquentations ? Elle n'a qu'à venir me le demander elle-même.

— Non, pas du tout, ce n'est pas elle… Je te promets, l'idée vient de moi. C'est juste que ça m'intéresse. Et ton anniversaire, c'est bientôt, il me semble, non ?

— Pas vraiment, le 15 novembre, pourquoi ?

— Pour rien, comme ça !

Arthur soupire, saisit un crayon, déchire un bout de papier de son cahier, écrit un mot et le lui tend.

— Merci, Arthur.

Eva referme la porte derrière elle et passe la soirée avec Louis, qui se décide enfin à abandonner sa tablette pour jouer avec sa sœur. Les efforts d'Eva ne sont donc pas vains ! Tous les trois dessinent, font même de la peinture, lorsqu'on frappe à la porte.

— Bonjour, la compagnie !

Nathanaël passe devant Eva comme s'il ne l'avait pas vue et se précipite vers ses neveux.

— Tonton ! crient en chœur les deux enfants.

— Chloé est toujours malade ? s'enquiert Eva.

Il hoche la tête.

— Bonjour, Eva, lâche-t-il d'un air détaché.

Eva ne s'attendait pas à le revoir. Nathanaël porte des baskets blanches, un jean, ainsi qu'un pull beige près du corps galbant ses biceps, et arbore une barbe de trois jours. Les cheveux décoiffés et le tee-shirt qui dépasse sous son pull lui donnent un air négligé.

Eva passe une main dans ses cheveux, trahissant une émotion qu'elle ne saurait définir. Un mélange d'intimidation et de gêne, aussi réjouissant que désagréable. Un paradoxe.

— Bonjour. Vous n'avez pas un double des clés ?

— Vous posez toujours des questions ? Si, mais je l'ai égaré, ne le dites surtout pas à ma sœur, s'il vous plaît. Oh, ne faites pas cette tête, le trousseau doit traîner quelque part dans mon appartement.

— Alors, vous avez joué à la console jusqu'à 22 h 30 ? demande-t-elle sans relever.

— Donc, vous avez lu le carnet de liaison… Oui et alors ? J'ai le droit de passer du bon temps avec mon neveu !

Eva prend une grande inspiration, mais se retient finalement d'ouvrir la bouche. Après tout, il fait partie de cette famille, ce qui lui donne la légitimité d'agir à sa guise, alors qu'elle n'est que la nounou. Elle n'est plus responsable des enfants à partir du moment où elle franchit le seuil de cette porte.

Pour autant, elle ne peut s'empêcher de se faire du souci. Prend-elle son travail trop à cœur ?

— Chloé est toujours malade, reprend-il. Je suis content de voir mes neveux, mais ma vie est un peu compliquée en ce moment et…

Il s'interrompt, conscient d'en avoir trop dit ou pas assez.

— Je ne veux pas savoir, et d'ailleurs, j'étais sur le point de m'en aller. À demain, Nathanaël.

Eva, mal à l'aise, se précipite vers l'entrée. Elle se rend compte que la série de questions qu'elle vient de lui poser était loin d'être naturelle. Eva n'a pas l'habitude. C'est sans doute parce qu'à part les clients de la librairie, Marcel et ses voisins, elle ne s'est pas adressée à un homme depuis des lustres, de surcroît séduisant et dont le charme ne la laisse pas indifférente.

Adossée à la porte cochère de l'immeuble, le cœur palpitant, Eva tente de se ressaisir et de reprendre ses esprits. Pourquoi faut-il qu'un homme aussi nonchalant lui fasse autant d'effet ?

Après quelques secondes de répit, elle repense au papier qu'Arthur lui a remis un peu plus tôt dans la soirée et qu'elle n'a pas eu le temps de lire. Elle le sort de sa poche et le déplie lentement.

Avec son écriture d'enfant, il a griffonné « Personne ».

– 17 –

Sur le chemin du retour, Eva ressasse les souvenirs de son enfance qu'a fait jaillir le mot d'Arthur. Parfois, son portrait se reflète dans les yeux du garçon. Cette détresse, elle ne la connaît que trop, pour l'avoir éprouvée durant toute sa scolarité.

Certes, avoir Iris pour meilleure amie était une chance, elle était son ange gardien, mais cela ne l'empêchait pas de souffrir de l'absence de père ou des railleries de ses camarades de classe. « Ta mère fait le ménage ? Elle ramasse aussi les crottes de chien des autres sur le trottoir ? » Tout ça parce qu'il arrivait à Corinne de prendre soin des petites, voire des grosses bêtes des habitants de l'immeuble, comme le barzoï dont le maître partait régulièrement en cure thermale.

Eva était fascinée par le pouvoir des mots : aussi bien responsables des pires maux et méchancetés que des plus grands bienfaits. Quelle contradiction. C'est en prenant conscience de cela qu'elle s'était promis d'utiliser ce pouvoir à bon escient, de faire attention à ne blesser personne par la parole. Elle avait lu que « la langue est le seul muscle qui brise des os ». C'était vrai.

Par exemple, le verbe « jouer » est si beau lorsqu'il n'exclut pas. Enfant, Eva avait toujours droit à « on ne veut pas jouer avec toi » ou « va jouer ailleurs », alors qu'elle ne rêvait que du contraire.

Ce petit garçon taciturne, mal dans ses baskets, avec ses accès de colère et esseulé, semble avoir plus de points communs avec sa nounou qu'il n'y paraît.

À son retour à la loge, Eva s'étonne de l'absence de Corinne. Deux fois aujourd'hui, que peut-elle bien trafiquer, surtout à cette heure ?

Eva en profite pour lire dans sa chambre, mais au bout d'un quart d'heure, elle réalise que son esprit est ailleurs. Il passe en boucle les images de Nathanaël. Qu'était-il sur le point de lui révéler ? S'il pense qu'elle va l'écouter lui raconter ses malheurs de privilégié, il peut toujours courir !

« Ma vie est un peu compliquée en ce moment et… » a-t-il déclaré. C'est sûrement une histoire de fille. Sinon quoi d'autre ? Il est vrai qu'on peut avoir toutes sortes de problèmes dans la vie, comme perdre son emploi, son logement, un proche. Peut-être est-il à la rue ? Mais vu la fortune dont dispose sa sœur, il n'est certainement pas dans le besoin.

Eva ne trouve pas le sommeil. C'est la première fois qu'elle rencontre un homme comme lui, à la fois très attirant et antipathique. Il est charismatique, mais surtout présomptueux. Pourquoi faut-il qu'elle tombe sur des hommes aussi arrogants et imbus de leur personne ? C'est à peine s'il a daigné poser les yeux sur elle. Eva se demande même s'il n'a pas une influence négative sur les enfants, vu l'heure à laquelle s'est couché Arthur la veille, ce qui pourrait expliquer sa relation apparemment tendue avec sa sœur.

À force de ruminer dans son lit, Eva finit par craquer. Il est près de minuit lorsqu'elle rallume son téléphone, ce qu'il ne faut jamais faire quand on veut vraiment trouver le sommeil.

Un sourire se dessine sur son visage à la vue du petit « 1 » qui s'affiche dans sa boîte mail pour lui notifier qu'elle a reçu un message. Elle clique immédiatement dessus, comme si elle attendait une réponse importante. Un auteur de roman jeunesse résidant dans le quartier accepte de venir en signature à la librairie !

Elle songe à envoyer un SMS à Marcel pour lui annoncer la bonne nouvelle mais, vu l'heure tardive, elle ne ferait que l'inquiéter. Elle attendra demain.

Elle tourne et se retourne dans son lit, trop excitée à l'idée d'organiser la première séance de dédicace de sa vie avec un auteur !

Corinne s'est levée aux aurores. Eva l'a entendue sortir, certainement pour passer la serpillière dans les escaliers. Après sa nuit agitée et un réveil difficile, la jeune femme arrive aux *Mots dansent...* avec une heure de retard.

— Eh bien, qu'est-ce qui t'est arrivé ce matin, Eva ?

— Bonjour, Marcel. Désolée, je n'ai quasiment pas dormi, figure-toi qu'un auteur m'a répondu ! On va organiser une dédicace !

— Et c'est pour *ça* que tu n'as pas dormi ?

L'art de doucher les ardeurs de Marcel. Elle n'ose pas lui confier que le sort de la librairie la tracasse au point de lui causer des insomnies. Elle évite surtout de lui parler de Nate, enfin de Nathanaël, car il se ferait du souci pour elle. Selon lui, derrière chaque homme – à part lui, bien sûr – se cache un pervers en puissance.

— Ben oui, qu'est-ce que tu crois ? Je m'inquiète pour notre avenir, figure-toi.

— Je suis désolé, Eva, répond tristement Marcel.

Ce n'est pas le moment de craquer. Deux clients viennent d'entrer dans la librairie.

— Je m'occupe de la commande des livres, son éditeur peut nous envoyer une affiche. Tu vas voir, on va cartonner. Si ça marche, ce serait bien d'organiser des rencontres régulièrement pour donner l'occasion aux clients, et pas seulement à ceux du quartier, de venir. Une sorte de rendez-vous incontournable, tu vois ? Je n'invente rien, on ne serait pas les premiers à le faire, plein de libraires le font déjà. Je me demande juste pourquoi nous n'y avons pas pensé plus tôt ! On pourrait même organiser un prix littéraire avec des lycéens du quartier !

— Eva, tu débordes d'imagination, concède Marcel sans grande conviction. Mais c'est la vraie vie, on n'est pas dans un de tes fichus livres *feel good* où tout s'arrange à la fin !

Pour garder sa belle énergie, elle préfère ignorer sa remarque acerbe et recherche déjà un autre auteur pour organiser une signature. C'est à peine si elle prend le temps d'engloutir un sandwich de sa boulangerie préférée le midi et si elle entend Marcel lui rappeler l'heure.

Pour la première fois depuis qu'elle s'occupe des enfants, Louis vient de bonne grâce à sa rencontre. Eva en profite pour s'adresser à son enseignante et lui demander s'il est normal que le petit garçon ne parle toujours pas à son âge. Elle lui rétorque, comme pour se défausser, que chacun évolue à son propre rythme.

De plus, les garçons mettraient plus de temps que les filles à s'intéresser à la parole.

Eva sait qu'elle ne devrait pas s'inquiéter pour si peu, mais pourquoi diable son intuition lui dit-elle tout le contraire ?

Rose ne reste plus collée à sa maîtresse dès qu'elle voit sa nounou, elle court vers elle. Eva lui sourit et ressent une forme de gratitude. Comme si ce simple geste signifiait que la petite fille l'acceptait enfin.

Elle saisit son cartable et tend aux deux enfants un paquet de biscuits que Louis dévore en attendant son grand frère.

Lorsqu'il arrive enfin, Arthur est toujours flanqué du même gamin roux qui fait une tête de moins que lui. Sans doute son meilleur ami.

Elle le questionne à ce sujet.

— Bonjour, Arthur ! C'est ton copain ?

— Bonjour. Oui, on peut dire ça.

— Comment il s'appelle ?

— Gabin.

C'est décidé, elle sollicitera Gabin pour inviter les amis d'Arthur à son anniversaire.

À la maison, elle aide Arthur à terminer un devoir de français sur les compléments du verbe pendant que Rose joue avec Louis à l'école en réunissant toutes leurs peluches pour former la classe. Le préadolescent s'enferme dans sa chambre aussitôt les exercices terminés. Vu leur écart d'âge, Eva ne sait pas comment les réunir autour d'une même activité.

Louis est passé sur la tablette. Il ne faut pas trop lui en demander. Elle a bien l'intention de bannir cet objet mais Paris ne s'est pas fait en un jour.

Quant à Rose, elle veut dessiner et qu'Eva reste près d'elle. Celle-ci en profite pour lui donner quelque chose à manger. Dans le réfrigérateur, elle trouve un reste de blanc de poulet et de la purée qu'elle réchauffe au micro-ondes. Le miracle opère ! Certes, Rose picore plus qu'elle ne dévore son assiette, mais elle mange tout en dessinant.

Soudain, Eva entend du bruit dans le hall. Elle se lève et se précipite, presque malgré elle, vers l'entrée, le cœur battant à tout rompre. Comme elle l'espérait, c'est leur oncle.

— Bonsoir, Eva. Ma sœur m'a donné un autre double des clés finalement.

— Bonsoir.

Elle soupire, soulagée. Elle regarde l'heure. Il a presque une demi-heure de retard.

— Ne vous inquiétez pas, Garance vous paiera pour les heures sup' ! Elle a l'habitude, lance-t-il pour la rassurer.

Il a l'air épuisé de celui qui n'a pas dormi, ou plutôt de celui qui a passé la nuit à faire la bringue.

— Oh, je ne m'inquiétais pas de ça, dit-elle en rougissant. Vous êtes sûr que ça va aller ?

— Certain. Je suis juste un peu fatigué.

Avant de partir, elle note dans le carnet de liaison le déroulé de cette fin d'après-midi. Au moment où elle s'apprête à franchir la porte, Nate l'interpelle et lui pose une question à laquelle elle ne s'attendait pas.

— Dites-moi, Eva, est-ce que vous seriez libre pour un dîner ?

– 18 –

– Et alors ? Tu as accepté ?

Iris a les yeux qui pétillent. Elle attend le dénouement comme si elle était devant le premier épisode d'une nouvelle saison de *Game of Thrones*.

Captivée par cette histoire qui lui a fort positivement coupé l'appétit, elle en a cessé de manger sa tartine au fromage de chèvre, feuille de menthe et courgette.

Cela fait une heure qu'Eva lui parle du petit frère de Garance. La trentaine, brun, plutôt bien taillé, les yeux verts en amande, le nez aquilin, les pommettes saillantes. Il ne ressemble pas à sa sœur. Elle est fine, il est robuste ; elle est petite, il est grand ; elle est élégante, il est négligé.

— T'aurais pas une photo ? S'il est aussi beau que sa sœur !

— Arrête, Iris. Tu as entendu ce que je viens de te dire ? C'est l'homme le plus prétentieux que j'ai jamais rencontré !

— Ça, c'est ce que tu dis…

— Qu'est-ce que tu insinues ?

— Rien du tout, mais ça fait une heure que tu me parles de lui !

— C'est toi qui me poses des questions sur lui ! Je ne fais que répondre.

— Je te connais, Eva, tu n'es pas facile à aborder… Et il suffit qu'un beau gosse se présente à toi pour que tu te braques. Il te fait de l'effet ! Bref, passons, alors tu as dit oui ?

— Oui, mais pas pour les raisons que tu imagines.

Après l'avoir invitée, Nate s'est senti mal à l'aise. Il a tout de suite ajouté : « Ce n'est pas ce que vous croyez, ça concerne les enfants. »

Elle a secoué la tête, puis a compris qu'il ne souhaitait pas parler *devant* les enfants. Il semblait anéanti par sa réponse, si bien qu'attendrie par son regard de chien battu, elle a finalement accepté, un peu pour lui, beaucoup pour les enfants.

Iris trépigne sur sa chaise comme une gamine à qui l'on vient d'annoncer qu'on l'emmenait à Disneyland.

— J'ai rendez-vous samedi soir au restaurant du *Plaza Athénée*…

— Quoi ?! C'est fantastique ! Tu as bien fait d'accepter. Un samedi soir, tu sais ce que ça veut dire ? Dis donc, pour un premier rendez-vous, il n'a pas lésiné sur les moyens. C'est bien, ça prouve que c'est un gentleman. Il sait y faire avec les femmes ! Dire que Benjamin ne m'a jamais emmenée dans un restaurant étoilé, soupire-t-elle.

— J'avoue que ce n'est pas pour me déplaire.

— Attends, tu es certaine qu'il a bien prononcé le mot « inviter », car l'addition risque d'être salée.

J'espère qu'il ne va pas te faire le coup du « j'ai oublié mon portefeuille ».

— J'y ai pensé, figure-toi !

Elles rient toutes les deux comme si cette invitation était trop belle pour être vraie.

— Qu'est-ce que tu vas porter ? Même si c'est un dîner strictement professionnel, tu ne peux pas mettre les pieds dans un palace avec tes baskets à paillettes ! Quoique…

— Je sais, et c'est pour ça que je comptais sur toi pour me prêter une tenue.

— Tu dors chez moi samedi soir, c'est réglé. Je t'aide à te préparer et toi, tu me raconteras tout à ton retour, enfin si tu rentres…

— Iris, arrête ! Ce n'est pas ce que tu crois. Il veut juste qu'on ait une conversation entre adultes au sujet des enfants. Ça ne m'étonne pas. Il y a des choses à dire sur ces gosses. J'aimerais comprendre ce qui ne va pas et comment faire pour les aider à se sentir mieux dans leur peau.

— Tu parles, il t'aurait proposé un café ou une brasserie si c'était pour ça ! On n'emmène pas une fille dans un étoilé un samedi soir pour lui parler uniquement des enfants de sa sœur.

Elle sourit, l'air béat. Y a-t-il une chance, une probabilité même infime, que Nate l'ait invitée pour une autre raison que les enfants de Garance ?

– 19 –

Mercredi. Eva appréhende cette journée. À croire que Garance ne sait pas ce que c'est que de s'occuper de 8 heures à 20 heures de trois gamins qui ont plus d'activités qu'un président en campagne. Ou alors si, elle le sait et c'est précisément la raison pour laquelle elle ne le fait pas. Eva a l'impression d'être toujours en retard et de courir en permanence.

Mais comment vais-je réussir à accompagner Rose à la danse et être chez le psy à la même heure ? Garance croit vraiment que j'ai le don d'ubiquité ? Je ne suis pas Wonder Woman, je suis juste une nounou !

Eva sait très bien que Garance lui répondrait que ce n'est pas son problème. Elle est à peine arrivée chez les Donadieu qu'elle se sent déjà harassée à l'idée de la journée qui l'attend.

Pour ne pas être en retard, il lui suffirait de déposer Rose à la danse en avance. Elle vérifie qu'il ne manque rien dans son sac.

Louis refuse de monter dans la poussette et, à son allure, il leur faudra deux fois plus de temps pour se rendre à tous les rendez-vous.

Heureusement, ils ne lui font pas tout un cirque pour quitter l'appartement. Arthur est déjà prêt, Rose et Louis se laissent faire. Elle les chausse, les aide à enfiler leur manteau, puis ils filent vers le centre de loisirs.

Dans l'ascenseur, elle laisse Louis presser le bouton « Rez-de-chaussée » pour s'éviter une crise et gagner un temps précieux. Eva, avec l'expérience, commence peu à peu à s'accommoder à son job, aux détails qui changent tout et surtout qui lui garantissent de passer une journée plus agréable. Eva ne peut ni arrêter ni contrôler les vagues, elle apprend à les dompter, à naviguer en mer agitée.

Elle a soudain le sentiment étrange d'avoir oublié quelque chose. Elle vérifie qu'elle a bien son sac, celui des enfants, les clés de l'appartement, la bouteille d'eau pour Rose, Louis dans une main, Rose dans l'autre…

Arthur !!!

Ils remontent aussitôt. Eva ouvre la porte en trombe. Le petit n'a pas l'air traumatisé. Tant s'en faut, il est déjà prêt à brancher sa console.

« Surprise ! Alors tu as cru à notre petite blague ? Je n'allais quand même pas partir sans toi ! »

Eva dépose Rose puis, avec les deux garçons sous le bras, elle rejoint le cabinet du Dr Bernard, à une dizaine de minutes à pied.

La secrétaire l'informe qu'il a du retard.

— Je suis désolée, mais je ne peux pas rester plus d'une heure. Je dois aller récupérer leur petite sœur à son cours de danse.

Assise derrière son ordinateur, elle la regarde par-dessus ses lunettes, l'air de dire : « Ce n'est pas mon problème. »

Eva s'installe dans la salle d'attente, Louis sur ses genoux. Il réclame son téléphone, mais elle fait aussitôt diversion en lui montrant des magazines.

Arthur se balance sur son siège. Elle le regarde replacer sa mèche de cheveux qui lui tombe toujours sur les yeux. Il semble si mal dans sa peau. Si jeune, si calme, doté d'une maturité d'adolescent dans un corps potelé d'enfant.

Son apparente sérénité cache une frustration qui le pousse à des accès de colère. Il essaie de ne rien laisser paraître, mais son mal-être est palpable.

Arthur est légèrement rond, très légèrement même, mais sans doute assez pour qu'on se moque de lui à l'école. Il n'aime pas le sport et ne pratique aucune activité, à moins de considérer les jeux vidéo comme une activité sportive dont l'immense bénéfice pour la santé serait de renforcer les muscles des pouces.

Au bout d'un quart d'heure, le pédopsychiatre sort de son cabinet et appelle Arthur. Eva lui fait signe qu'il peut y aller.

Elle ne peut s'empêcher de ressentir de la compassion pour le garçon. Corinne accompagnait toujours Eva chez sa psy quand elle était enfant, séances qu'elle détestait et qu'elle a fini par abandonner. Eva ne s'était jamais sentie suffisamment en confiance pour répondre à une quelconque question de la praticienne, aussi anodine soit-elle, alors quant à lui confier ses états d'âme… Si sa mère ne l'avait pas accompagnée, elle se serait sans doute enfuie de la salle d'attente en courant.

Elle contient son envie irrépressible de faire irruption dans le cabinet, de prendre la main du garçon, de la serrer fort, de l'aider à surmonter ce moment difficile. Mais peut-être qu'après tout, Arthur, contrairement à elle, apprécie son praticien, et que cela l'apaise de lui parler en tête à tête ?

Depuis combien de temps est-il à l'intérieur ? Suffisamment longtemps pour que Louis soit gagné par le sommeil. Déjà, sa tête tombe sur sa poitrine.

– Louis, ne t'endors pas, mon grand.

Il est hors de question que je te porte ! Louis n'est pas l'enfant le plus léger pour son âge. À ce rythme-là, il est parti pour avoir le même gabarit que son frère ou son oncle Nate.

Le petit garçon vient se blottir contre sa nounou et s'accroche à elle comme un bébé koala au ventre de sa maman.

Lorsque le Dr Bernard ouvre la porte, le visage d'Arthur semble transfiguré. Cette séance a eu sur lui l'effet d'une potion magique. Il est visiblement plus joyeux, détendu, presque rayonnant.

Devant ce faiseur de miracles, Eva ne peut s'empêcher de poser la question qui lui brûle les lèvres depuis des jours. Elle lui demande discrètement s'il est normal que Louis ne parle toujours pas.

— Pour cela, il faudrait que je le voie en consultation… Mon prochain patient n'est que dans une heure. Louis, veux-tu venir dans mon cabinet un petit peu ?

Sentant qu'Eva s'apprête à le poser pour le laisser y aller, Louis resserre son étreinte autour d'elle jusqu'à l'étrangler. Ce n'est plus un koala, mais un boa constricteur. Impossible de le détacher.

— N'insistons pas, nous verrons une prochaine fois, préconise le pédopsychiatre. Que ses parents n'hésitent pas à m'appeler pour prendre rendez-vous.

– 20 –

Eva tremble de froid, elle est plus frigorifiée que si on l'avait plongée dans un bain rempli de glaçons. De plus, son dos la fait tant souffrir qu'à vrai dire elle ne le sent plus, son corps n'est que douleur. Comment peut-elle être plus épuisée de garder trois enfants que de porter des cartons de livres ? Si elle avait su ! Elle préférerait encore se prêter à la manutention à la librairie !

Après le rendez-vous chez le spécialiste, ils avaient dû courir récupérer Rose à l'heure, puis, comme par hasard, sur le chemin du retour, il s'était mis à pleuvoir des cordes. Porter Louis à bout de bras, tenir les sacs trempés d'une main et la main de Rose de l'autre, tout en veillant sur Arthur, pendant dix bonnes minutes sous une pluie battante, mériterait de figurer aux disciplines olympiques.

Résultat, ce soir, Eva sort de sa chambre la goutte au nez, emmitouflée dans sa grosse écharpe en laine et chaussée de ses plus belles pantoufles licornes.

— Eva, je ne t'ai jamais vue comme ça ! lui lance Corinne. Ça va aller ?

— Je suis morte et impossible de me réchauffer !

— Mais enfin, ça ne peut pas être à ce point, je te l'ai déjà dit, tu devrais faire un peu plus de sport pour t'endurcir. Moi, par exemple, je me suis inscrite dans un club de fitness.

— Quoi ? Ton travail n'est pas assez physique ?

— Si, justement, et j'ai compris que si je peinais, c'est parce que j'avais besoin de me tonifier et de devenir plus endurante.

— C'est pour ça que tu n'étais pas là l'autre jour ? Remarque, ça ne te fera pas de mal de voir du monde, et qui sait, peut-être vas-tu aussi rencontrer un homme…

— Eva !

— C'est bon, maman, je plaisante. Tu connais cette citation de je ne sais plus qui : « Le bonheur ne se vit que partagé » ?

— Je partage mon bonheur avec toi. Et c'est très bien comme ça, non ?

— Je pense que la citation ne parle pas de moi.

Corinne se renfrogne.

— Je pourrais te rendre la pareille.

— Depuis le temps, je ne comprends pas pourquoi tu t'obstines à refuser de refaire ta vie. Tu es jeune, enfin jeune pour une maman, et tu es jolie. Tu ne vas pas porter le deuil de papa plus longtemps. Vingt-six ans, ce n'est pas assez long, d'après toi ?

— Eva, arrête ! Tu ne comprends pas, je l'aimais, ton père. C'est tout. J'ai souffert de son absence, mais cette souffrance m'est salutaire, comme s'il avait été toujours là, auprès de nous.

— Maman…

Eva connaît la chanson, elle lui ressert la même excuse depuis des années. La vérité, c'est que Corinne a fini par se convaincre elle-même, elle a préféré croupir dans cette cage avec sa fille plutôt que de prendre le risque de tomber amoureuse de nouveau.

— Bon, ça suffit, tu vas finir par te mettre en retard. À quelle heure est ta dédicace ? C'est bien aujourd'hui ? demande-t-elle pour changer de sujet.

— Tu t'en sors bien ! Je file !

– 21 –

À la fin du collège, Corinne s'était déplacée des bancs de l'école vers ceux du quartier, dans l'indifférence de ses parents. Ils avaient des occupations absorbantes : son père en tant que pilier de comptoir et sa mère en tant que parfaite ménagère qui, quand elle ne briquait pas son intérieur, avait pour activité favorite de demeurer collée au poste de télévision.

Comme beaucoup d'enfants désœuvrés de la cité, Corinne traînait alors dans la rue. À l'adolescence, puisque ses parents ne lui donnaient pas assez d'argent de poche pour qu'elle puisse s'acheter des disques et ses premières cigarettes, elle s'était dégoté un emploi de serveuse dans une brasserie près du périphérique. Quand son père l'avait appris quelques jours plus tard, il l'avait giflée. Il avait honte à l'idée que sa fille s'abaisse à servir des pauvres types qu'il méprisait alors que lui-même en faisait partie. Et puisqu'il venait de perdre son travail, c'était le moment d'éloigner sa fille de cette jungle urbaine. Ils partirent vivre à la campagne.

Loin d'être ravie de ce choix, Corinne avait pourtant été contrainte de les suivre. À sa majorité, elle était revenue vivre à Paris dans l'urgence, avait repris le même job et élu domicile chez une amie de la cité. Elle s'était juré de trouver une meilleure situation, de se sortir de là dès qu'elle le pourrait. En attendant, elle travaillait d'arrache-pied et se sentait libre, libérée de l'emprise parentale. Malgré tous ses efforts, elle accumulait les maladresses : un verre cassé, un plateau renversé, de mauvaises commandes, des clients mécontents, des oublis dans l'addition. Le jour où son patron l'avait finalement mise à la porte, elle fut même étonnée qu'il ne l'ait pas fait plus tôt.

Corinne avait refusé de se laisser abattre. Ambitieuse, elle avait soif d'indépendance et rêvait à présent d'avoir son propre logement. Pour cela, il lui fallait un nouvel emploi, et vite. Elle était entrée un peu par hasard dans une agence de services à domicile et, deux semaines plus tard, avait commencé à travailler comme femme de ménage. Elle croyait avec la même certitude qu'une religieuse à la vie éternelle en une devise de sa création : « Tout vient à point tant que l'on s'en donne les moyens. » Elle était convaincue qu'il fallait provoquer la chance, se créer des occasions. Elle y était allée un peu au culot, mais finalement, même sans grande expérience, elle avait décroché cet emploi. N'était-ce pas le plus important ? On ne peut pas dire qu'elle adorait son métier, mais au moins, elle travaillait dans le calme, sans coup de feu du midi, sans patron sur son dos pour lui crier sans cesse dessus, et sans client mécontent pour se plaindre de l'attente.

C'était en rentrant un soir du travail que Corinne avait rencontré Enzo, le père d'Eva. Alors qu'elle marchait sur le trottoir, tête baissée et cheveux trempés sous une pluie battante, mains dans les poches, une moto s'était arrêtée à son niveau. Le conducteur lui avait proposé de la raccompagner chez elle. Méfiante, Corinne s'était mise à courir pour regagner sa cité et Enzo n'avait pas insisté. Cependant, il la croisait tous les soirs au même carrefour en sortant du RER.

Un jour, il l'avait accostée et elle s'était surprise à lui raconter sa journée. De fil en aiguille, Enzo avait fini par gagner sa confiance et Corinne avait accepté de monter sur sa moto. Il avait deux ans de plus qu'elle et était réparateur d'imprimantes, un secteur en plein essor dans les entreprises.

Très vite, Corinne s'était installée dans le studio d'Enzo, et six mois plus tard elle était tombée enceinte. Pour elle, c'était le bébé de l'amour. Pour lui, tout allait un peu trop vite. Enzo ne se sentait pas prêt à accueillir un enfant. Ils étaient si jeunes tous les deux, n'avaient pas eu le temps d'explorer le monde que déjà il leur fallait assumer cette responsabilité ? Devant le bonheur de Corinne, il n'osa cependant pas faire part de ses doutes.

Un soir, il n'était pas rentré. Un accident sur la route du retour.

Corinne fut dévastée. Enzo son premier amour, Enzo son premier amant, Enzo le père de son enfant.

Comme une naufragée à sa bouée, elle s'était accrochée à cette idée : il continuerait à vivre en elle et avec elle. Elle n'avait rien reçu de ses parents, mais elle savait qu'elle donnerait tout pour cet enfant, ce don du ciel qu'Enzo lui avait laissé en rejoignant les anges.

– 22 –

— Bonjour, Chloé ! Comment allez-vous ? Vous n'êtes plus malade ?

Eva vient de tomber sur Chloé, qu'elle désespérait de revoir un jour. Elle sortait de la boulangerie, resplendissante, une baguette à la main.

— Bonjour, Eva. Non, tout va bien, pourquoi ?

— C'est ce que je vois, mais j'ai peut-être mal compris.

— Attendez, c'est ce que Garance vous a dit ? Que j'étais malade ? J'ai laissé tomber Garance. À la base, je ne devais la dépanner que de temps en temps, puis c'est devenu tous les jours et elle a commencé à rentrer de plus en plus tard. Comment voulez-vous que les enfants aillent bien avec des parents qui bossent autant et ne rentrent jamais chez eux !

Encore une baby-sitter qui jette l'éponge… Elles devraient monter un club !

C'est songeuse qu'Eva arrive à la librairie. Elle a beau être un peu tête en l'air, elle a tout préparé pour ce grand jour. Elle est sûre et certaine que tout est en ordre.

Elle croise les doigts pour que les habitants du quartier se déplacent et fassent de cette dédicace un succès, même si elle a eu peu de réponses à la suite de l'annonce de l'événement sur les réseaux sociaux.

L'auteur arrive en retard. Crâne dégarni, épaules rentrées, petites lunettes vissées sur le nez, c'est l'archétype de l'auteur de science-fiction. Du moins, tel qu'elle se les représente.

— Vous avez même apporté des marque-pages ! Je peux les voir ?

Eva reste sans voix devant le marque-page qui représente une jeune femme dénudée aux prises avec une créature velue. Elle ressemble aux demoiselles en tenue d'Eve qui apparaissent au fond des verres à saké quand on y verse l'alcool. Elle tourne et retourne le marque-page dans tous les sens, pour être certaine qu'il n'y a pas erreur et le cache dans son dos lorsque Marcel s'avance pour saluer l'auteur.

— Il ne s'agit pas d'un roman pour adolescents ? demande-t-elle, une fois Marcel reparti.

— Si, je suis certain que les jeunes apprécieront, j'ai fait moi-même ces marque-pages. Ils sont beaux, non ? Qu'en pensez-vous ?

— Ces marque-pages ne sont pas trop le genre de la maison ni de nos clients réguliers. Je vous prierais de les ranger dans votre sac, s'il vous plaît !

L'auteur bougonne dans la barbe qu'il n'a pas.

— Je vous ai entendu ! dit-elle en fulminant.

Pour une première, ça commence plutôt mal. Le mauvais pressentiment d'Eva se confirme. L'auteur reste plongé dans un roman et ne lève même pas la tête lorsque les clients s'arrêtent à sa table. Il passe désespérément la matinée et le début d'après-midi à ignorer tous ceux qui se présentent devant lui. Eva culpabilise. A-t-il été vexé par sa réflexion sur les marque-pages ? Elle essaie de lui donner un coup de main. Malgré la bonne fréquentation dans la boutique, c'est un échec cuisant pour l'auteur, qui repart en ayant signé deux livres en tout et pour tout. Surtout, il a renvoyé une image plutôt désastreuse de la librairie, comme si elle ne l'était pas déjà assez.

Le regard fataliste de Marcel l'attriste au plus haut point.

— Ce n'est pas grave, Eva. Tu auras essayé.

« Auras essayé »… Comme si la fermeture définitive de la librairie était inéluctable.

Mais Eva refuse de s'avouer vaincue. Elle n'a pas dit son dernier mot.

– 23 –

Iris est presque aussi euphorique que si c'était le jour de son mariage. Elle tourne autour d'Eva, assise à sa coiffeuse, en se dandinant au rythme de Beyoncé qu'elle a lancé plein pot sur son téléphone.

— Eva, arrête de bouger. On n'a que deux heures devant nous.

— Deux heures, c'est largement suffisant, non ?

— Ma pauvre, tu ne te rends pas compte du chantier.

Lisseur en main, Iris soulève les cheveux ternes de son amie qui ont commencé à gonfler et à frisotter sous la fine pluie de l'après-midi tandis qu'Eva lui narre le fiasco de la séance de dédicace. Se faire chouchouter lui fait le plus grand bien. Il ne lui manque plus qu'un massage balinais aux huiles essentielles pour être au paradis.

— Donc si je comprends bien, ça fait plus d'un mois que vous avez refait la déco, réaménagé les rayons, actualisé votre fonds, repeint les étagères de la vitrine et, malgré ça, les ventes ne décollent toujours pas ?

— Exactement. Je cherche, mais je ne vois pas trop quoi faire de plus.

— Tu sais, il faut du temps pour faire revenir une clientèle. Crois-moi, c'est arrivé récemment à la boulangerie de la rue des Feuillantines.

— Ah bon ?

— Ils ont eu le malheur de changer de pâtissier. Résultat : il leur a fallu six mois pour remonter la pente. Six mois ! À croire que les gens sont réfractaires au changement.

— C'est bien ça, le problème. On n'a pas six mois devant nous.

— Ah là là, soupire Iris. Pourquoi tout doit se résumer à une question d'argent ? Si les choses pouvaient être plus simples ? Pas d'argent, pas de galère.

— À qui le dis-tu… Finalement, j'ai de la chance d'être nourrie-blanchie chez maman, dans notre cage dorée.

— Mon petit oiseau précieux, dit Iris avant d'éclater de rire.

En vraie professionnelle, Iris, après la coiffure, s'attelle au maquillage d'Eva. Après le teint, elle ourle ses paupières d'un fard sombre qui approfondit son regard et parachève son œuvre en lui appliquant du mascara. Ce moment entre filles, comme une bulle d'insouciance qui les renvoie à leurs premiers essais maquillage quand Iris préparait son école, semble les libérer des soucis qu'elles ont en tête.

Eva ressemble à une Audrey Hepburn des temps modernes. Elle ne ressemble plus à une étudiante mais à la femme de vingt-six ans qu'elle est. Elle s'extasie devant le miroir.

— Bon, le plus difficile maintenant : le choix de la robe. Que penses-tu de celle-ci ?

Trop rouge.

Trop voyante.

Trop chargée.

— Tu n'as pas quelque chose de plus sobre ?

Iris revient avec la parfaite petite robe noire, droite, avec des manches en dentelle.

— Elle fera très bien l'affaire.

Quelques minutes plus tard, Eva s'est résolue à prendre le métro. Peu habituée à tant de fards, elle a l'impression que tous les regards sont braqués sur elle ! En chemin, elle repense à l'article qu'elle a lu sur Internet au sujet des personnes vivant seules en France.

Elle fait partie des quarante pour cent de célibataires qui sont des femmes, parmi les dix-huit millions d'âmes solitaires que compte le pays.

Ce qui est rassurant, c'est qu'elle n'est pas seule dans cette situation. Sa mère entre dans la même catégorie. En revanche, elles ne font pas partie de la majorité, dix-huit millions sur soixante-sept millions de Français. Comment font tous ces gens pour trouver l'âme sœur ? Comment vivent-ils leur amour au quotidien ? Eva n'en a pas la moindre idée, elle ne l'a encore jamais connu.

La plupart des garçons qu'elle a rencontrés se sont enfuis dès sa première crise d'angoisse. Elle devait sûrement leur faire peur. Ils lui disaient qu'elle était trop sensible pour eux, voire trop compliquée… Elle a même eu droit au discours pseudo-altruiste, le « Je ne suis pas assez bien pour toi, tu mérites mieux » plutôt que d'avouer : « Je n'ai pas la force de gérer le problème, je suis un gros naze », car après tout, c'est ce qu'elle pense être, un poids trop lourd à porter, une énigme impossible à déchiffrer, un cryptex digne des romans de Dan Brown et dont elle n'a, bien entendu, pas la clé pour décoder le message secret.

Comme dans les livres, Eva ne cherche pas l'amour, elle pense qu'il viendra à elle. En attendant, sa mère, Iris et Marcel la comblent de joie. C'est ainsi qu'elle a toujours vécu, et l'idée même de sortir de sa zone de confort la terrifie.

Devant le *Plaza Athénée*, une sensation de malaise l'envahit, celle de ne pas être à sa place. Une petite voix lui souffle à l'oreille : « Ce n'est pas ton milieu. Tu ne devrais pas être là. » Elle aurait préféré une bonne vieille brasserie et des frites maison à ce palace parisien.

Sa respiration s'accélère, ralentit, s'arrête, reprend puis devient incontrôlable. Un début de crise. Et si elle avait mal compris, si elle s'était trompée d'adresse et que Nathanaël avait prononcé « *Pizza Athéna* » mais que son cerveau avait interprété *Plaza Athénée* ? Elle sort un comprimé homéopathique de son sac à main et le place sous sa langue.

Allez, calme-toi, Eva, ça va bien se passer, se dit-elle pour se rassurer.

Le souffle de nouveau régulier, Eva, pile à l'heure, s'avance lentement vers le hall d'entrée. Elle lève les yeux et aperçoit un immense lustre en cristal qui surplombe la rotonde entourée de colonnes grecques. Elle tourne sur elle-même, bouche bée, et prend son temps pour se présenter à l'accueil afin de profiter quelques instants de la magie des lieux. C'est la première fois qu'elle pousse les portes d'un endroit aussi somptueux.

C'est avec son plus grand sourire qu'elle demande à la réception où se trouve le restaurant.

— Lequel ?

Eva écarquille les yeux. Elle n'en a aucune idée.

— Le principal ? s'aventure-t-elle.

L'hôtesse d'accueil semble gênée.

— Je suis désolée, mademoiselle, mais le restaurant est fermé le samedi et le dimanche, balbutie-t-elle.

Son visage se décompose.

— Euh… merci, bien sûr, j'ai dû me tromper de jour.

– 24 –

Quitter cet endroit au plus vite. Eva aurait dû se fier à son sixième sens, celui qui lui soufflait à l'oreille que venir ici était une mauvaise idée. Ce dîner étoilé était trop beau pour être vrai ! Elle qui espérait atteindre le septième ciel, la voilà parachutée en enfer.

Alors qu'elle est en train de maudire tout ce qui lui vient à l'esprit, Nathanaël en premier, puis les chaussures à talons, instruments de torture qui lui font un mal de chien et lui rappellent que ses pieds ne sont absolument pas dans une posture naturelle, et enfin ce couple qui la toise en faisant des messes basses parce qu'elle n'a pas sa place ici, un vieux monsieur en veste de cuisine blanche l'interpelle.

— Mademoiselle ! Mademoiselle, attendez !

Elle se fige et se tourne vers lui. Elle a sans doute oublié quelque chose, ce ne serait pas la première fois, surtout dans cet état.

— Vous êtes Eva ?

D'abord interloquée, elle rassemble ses esprits et hoche la tête en signe d'acquiescement.

— C'est Nathanaël qui m'envoie. Je vous en prie, si vous voulez bien me suivre.

— Pardon ?

Il tourne les talons, sans même prendre la peine de lui répondre. Elle hésite, mais maintenant qu'elle est plantée là, autant connaître le fin mot de toute cette histoire.

Ils pénètrent dans le restaurant, effectivement fermé au public. Eva se sent confuse face à ce vide et ce silence. Devant elle, une pluie de cristaux illumine le plafond. Le majordome lui fait signe de s'asseoir sur une banquette située dans une magnifique alcôve d'un blanc immaculé.

Son orgueil reprend de la vigueur. Est-ce un dîner en tête à tête ? L'euphorie est de courte durée, le temps que le majordome ouvre de nouveau la bouche.

— Nathanaël vous fait savoir qu'il ne viendra pas dîner avec vous en salle ce soir.

— Pardon ?

Eva n'a qu'une envie : prendre ses jambes à son cou – à moins qu'elle ne préfère d'abord gifler ce farceur qui joue avec ses nerfs. Ce coup-là, particulièrement bien exécuté de surcroît, on ne le lui avait encore jamais fait.

Elle se lève, prête à partir, mais le majordome poursuit.

— Ce soir, Nathanaël vous préparera le dîner, précise-t-il avant de s'éclipser aussitôt.

Eva est rouge écarlate en se rasseyant. Elle ne sait pas si elle ressent de la colère ou de la rancune, sans doute un peu des deux. Ses mains tremblent, signe infaillible de son émotivité et de sa fureur. *Pourquoi faut-il que ça m'arrive à moi ?* Elle n'a pas le temps de tergiverser, son hôte revient.

— Mise en bouche, mademoiselle. Désirez-vous du vin ?

Elle hoche la tête en signe d'approbation. Elle n'est pas contre un bon verre de vin rouge pour faire passer la pilule.

Intriguée, elle observe la petite assiette blanche et les trois cuillères posées sur la table. Chacune présente un contenu de couleurs différentes, vert, rouge et jaune. Elle saisit la première et la porte à ses lèvres, puis la suivante… Chaque bouchée est une extase gustative dans son palais. Elle ne saurait dire s'il s'agit de légumes, de poisson ou d'un autre aliment tant le mélange est subtil.

Chaque fois que son hôte revient, elle découvre des saveurs dont elle ne soupçonnait même pas l'existence. Au bout d'une heure, une lettre accompagne le dessert.

— Nathanaël doit débriefer avec le chef. Je ferai venir une voiture lorsque vous le souhaiterez.

— Vous pouvez en appeler une tout de suite, merci.

— Très bien, mademoiselle, comme vous voudrez.

Pressée, elle ouvre aussitôt l'enveloppe.

Chère Eva,

Je vous remercie d'avoir accepté l'invitation.

Je vais vous confier mon secret et la raison pour laquelle ma sœur ne me porte pas dans son cœur.

Après avoir terminé mes études d'ingénieur et travaillé dans l'industrie pendant cinq ans, j'ai décidé de tout quitter pour vivre ma passion : la gastronomie. J'ai suivi l'école de cuisine d'Alain Ducasse et m'apprête désormais à devenir son apprenti, ici, au Plaza Athénée.

Si je vous ai conviée ce soir, c'est d'abord parce que nous avions besoin d'un « cobaye », et ensuite parce que je commence mon apprentissage lundi soir. Vous comprenez bien que je ne pourrai plus m'occuper de mes neveux et de ma nièce. Or, ma chère et tendre sœur n'a toujours pas trouvé de remplaçante à Chloé.

J'ai une faveur à vous demander. Seriez-vous prête à faire des heures supplémentaires, au moins le temps que Chloé revienne de son congé maladie ? Inutile de vous rappeler que les enfants vous adorent.

J'espère que vous avez apprécié les noix de Saint-Jacques rôties ainsi que les autres plats que je vous ai concoctés (vous trouverez ci-joint le menu) et que vous répondrez oui à ma demande lorsque ma sœur vous posera la question. J'ai l'intention de lui en parler après notre non-rendez-vous de ce soir.

Amicalement,
Nathanaël

Elle plie la lettre en quatre et la glisse dans son sac à main. Le véhicule est là. En quittant le restaurant, elle lance un ultime regard en direction des cuisines, espérant apercevoir Nathanaël avec une toque de cuisinier sur la tête. Peine perdue.

Il est près de 23 heures lorsqu'elle rejoint enfin Iris chez elle. Celle-ci ne dort pas et trépigne d'impatience à l'idée de connaître tous les détails de la soirée.

— Le riz gluant croustillant au saumon et sa sauce au yuzu étaient un pur délice, confie-t-elle en se démaquillant.

— Eva, on dirait que tu as pris du plaisir avec… de la bouffe ? s'étonne Iris.

— C'est exactement ça ! J'ai eu un orgasme culinaire, ma merveille du jour. Et ce n'est pas de la « bouffe », dit-elle en mimant les guillemets avec ses doigts. C'est de la gastronomie. Sans doute l'un des meilleurs rancards de ma vie !

— Parce qu'il n'y avait pas de garçon à ta table… Eva, je t'adore, mais quand même, t'es vraiment bizarre.

— Ah oui, et il m'a invitée uniquement par intérêt. Tiens, voici la lettre qu'il m'a laissée à la fin.

Elle lui tend le papier. Iris la lit d'une traite.

— Chloé est toujours en congé maladie ?

— Non. Soit Nathanaël m'a menti, soit il n'est pas au courant. Figure-toi que j'ai croisé Chloé pas plus tard qu'aujourd'hui. Elle en avait assez des horaires. Apparemment, Garance l'appelait tous les jours et rentrait de plus en plus tard, c'est la raison pour laquelle elle l'a plantée…

— Tu m'étonnes ! Alors, qu'est-ce que tu vas faire ? On dirait qu'il ne te laisse pas vraiment le choix.

— Je n'ai pas encore pris ma décision.

– 25 –

Il y a vingt-sept ans.

Corinne était le genre de femme à douter de tout. Quand elle mettait les pieds dans une brasserie, elle hésitait toujours entre le plat du jour moins coûteux et le burger-frites maison qu'elle adorait, mais que son régime détestait. Le soir, elle désirait plus que tout se prélasser dans un bain, mais elle se décidait à prendre une douche rapide pour économiser l'eau chaude.

Cependant, le jour où elle avait dû prendre la plus grande décision de sa vie, cette fois-là, elle était sûre d'elle. Elle se souviendrait toujours de cette journée pluvieuse d'octobre 1991 quand elle avait appris qu'elle était enceinte.

La mort d'Enzo avait été une terrible épreuve, Corinne n'avait pas vraiment eu le temps de faire son deuil. Entre la gestion de sa peine incommensurable et les dispositions à prendre, sa grossesse était arrivée à son terme sans qu'elle en ait véritablement conscience.

Trois mois après un accouchement douloureux mais qu'elle qualifiait de béni, Corinne avait laissé, la mort dans l'âme, sa fille à la crèche pour reprendre le chemin du travail ; des ménages chez des particuliers aisés du cinquième arrondissement de Paris.

Elle avait commencé avec seulement deux clients, puis le bouche-à-oreille aidant, sa clientèle s'était développée. Ils avaient l'avantage d'être tous du même quartier, quand ils n'étaient pas dans le même immeuble, ce qui l'arrangeait.

Tous les soirs, Corinne rentrait épuisée, elle ne voulait pas de cette vie pour sa fille et rêvait pour elle d'un avenir meilleur. Contrairement à elle, Eva irait dans une école de choix, vivrait dans un beau quartier, car sa mère était convaincue qu'elle ne s'en sortirait dans la vie que grâce à une bonne éducation et de longues études.

Son bébé n'avait que six mois lorsqu'elle avait commencé à se renseigner sur les meilleurs établissements scolaires et les cursus de prestige, elle qui ne s'y était jamais intéressée pour elle-même.

Aux deux ans et demi de sa fille, Corinne savait déjà dans quelle école elle allait l'inscrire. Afin qu'Eva fasse sa maternelle dans le cinquième arrondissement de Paris, elle avait mentionné dans le dossier d'inscription l'adresse d'un de ses employeurs rue Geoffroy-Saint-Hilaire, espérant ainsi obtenir plus facilement une place. Après tout, le concierge, de mèche, lui remettrait le courrier et personne n'irait la dénoncer ou vérifier si elle avait vraiment élu domicile dans cet immeuble cossu. C'est du moins ce qu'elle espérait.

Mère et fille vivaient en banlieue et il leur fallait plus d'une heure pour se rendre à l'école, en train et en métro. Et même si le trajet les fatiguait (Eva s'endormait chaque fois sur les genoux de sa mère), Corinne était convaincue de son choix.

Son intuition s'était confirmée deux ans plus tard quand son complice pour le dossier lui avait annoncé qu'il comptait partir à la retraite et s'installer au soleil pour ses vieux jours, près d'Aubagne. Corinne postula immédiatement pour reprendre le poste et si elle ne l'obtenait pas, elle envisagerait d'autres solutions. Chaque chose en son temps. En attendant, elle poursuivait ses pénibles allers-retours entre son domicile et son travail.

Depuis que la maîtresse de moyenne section l'avait convoquée deux semaines plus tôt, Corinne ne dormait plus. Elle avait peur. Se pouvait-il que l'institutrice ait découvert la falsification de leur adresse ? Était-ce une cause suffisante pour faire renvoyer Eva ?

Ce matin-là, elle avait essayé plusieurs robes avant de se résoudre à enfiler la chemise blanche et le pantalon à pinces qu'elle avait achetés pour l'occasion. *Ça fait plus cinquième*, s'était-elle dit après avoir observé les mamans du quartier, mais elle se sentait très mal à l'aise dans ce style qui n'était pas le sien.

Elle avait certes menti sur son adresse, mais pas sur son métier. Après tout, elle pouvait très bien vivre dans un studio.

La maîtresse lui avait donné rendez-vous à l'heure du déjeuner. Elle rasait les couloirs de peur de croiser sa fille. Sa présence au sein de l'école n'aurait pas manqué d'éveiller ses soupçons ou de l'inquiéter. Eva posait toujours tout un tas de questions, le plus souvent reflet de ses angoisses et, pour se justifier, disait à sa mère : « C'est mon cerveau qui réfléchit. »

Corinne essayait tant bien que mal de cacher ses tremblements nerveux. Elle se liquéfiait, ce n'était pas des gouttes de transpiration mais des litres qui perlaient le long de son corps. Elle s'inventait des excuses pour justifier son adresse au cas où elle aurait été démasquée.

Elle pouvait toujours prétendre une histoire extra-conjugale avec M. Rastignac, du dernier étage de sa fausse adresse, un jeune cadre commercial, toujours en déplacement à l'étranger et accessoirement porté sur les hommes – juste un détail –, ou bien révéler qu'elle travaillait pour la CIA et qu'elle devait garder sa véritable adresse secrète, ou tout simplement qu'elle allait vraiment emménager dans l'immeuble sous peu, une fois qu'elle aurait obtenu le poste de concierge…

Elle s'était présentée pile à l'heure, attendant cinq interminables minutes devant la salle de classe. Elle avait sursauté lorsque l'enseignante lui avait ouvert la porte et fait signe d'entrer.

— Bonjour, madame, merci d'avoir accepté ce rendez-vous.

— Bonjour, c'est moi qui vous remercie de me recevoir.

— Je voulais vous dire qu'Eva est une petite fille… étonnante, dit-elle en cherchant ses mots.

— Oui, elle se plaît beaucoup dans votre classe. Elle adore venir à l'école. Elle vous apprécie énormément, ainsi que ses camarades.

— Je n'en doute pas. Eva est une excellente élève, sérieuse, appliquée, elle arrive déjà à déchiffrer quelques mots.

Corinne s'était mise à sourire franchement. L'idée que sa fille puisse être dotée d'une intelligence supérieure à la normale n'était pas pour lui déplaire.

— Eva a toujours adoré les livres, ajouta-t-elle, fière de sa fille.

— Elle sait presque lire. Est-ce vous qui lui avez appris ?

— Non, enfin je lui raconte des histoires tous les soirs, mais lui apprendre à lire, je ne saurais pas comment m'y prendre. J'imagine qu'elle connaît les livres par cœur.

— Je vois. Savez-vous pourquoi je souhaitais m'entretenir avec vous ?

Corinne avait secoué la tête et haussé les épaules, surprise par cette question. Allait-elle lui proposer que sa fille saute une classe ? Elle avait toujours senti qu'Eva était en avance pour son âge.

— J'ai remarqué qu'Eva pouvait parfois… paraître introvertie. En groupe, elle a beaucoup de mal avec les autres. Elle aime jouer dans son coin, mais dès que nous devons faire des activités tous ensemble comme le parcours moteur, elle se renferme dans sa coquille, quand elle ne se met pas à pleurer sans raison. Excusez ma question mais, tout va bien à la maison ?

— Pardon ? Euh… oui, avait balbutié Corinne, qui ne s'attendait pas à une telle mise en accusation.

Sous-entendait-elle qu'elle était une mauvaise mère ? Ou que sa fille avait un problème, voire *était* un problème pour la classe ?

— Vous savez, son père est décédé avant sa naissance, forcément il lui manque, mais je pense qu'il n'y a rien d'anormal, même s'il est vrai qu'elle a une petite tendance à pleurer facilement…

— Tous les jours, la coupa l'institutrice. Elle pleure presque tous les jours.

— J'ai lu un article qui expliquait qu'à cet âge, il est très courant pour un enfant de pleurer.

— Il y a autre chose. Eva n'est pas seulement très sensible, elle développe un mode de pensée propre qui est différent de celui des autres enfants. Elle me semble angoissée pour son âge.

— Vous êtes pédopsychiatre ?

L'agacement de Corinne était palpable. Que voulait-elle insinuer ? Qu'Eva avait un problème ? C'était impossible, elle ne souffrait ni de retard de croissance ni d'aucun autre handicap.

Selon elle, Eva souffrait de l'absence de son père. Comment pouvait-elle faire le deuil d'un père qu'elle n'avait jamais connu ? Toutes ces crises lui paraissaient normales. Pas de quoi s'inquiéter. Eva vivait avec le poids de ce fardeau. Combien de fois se réveillait-elle en sueur la nuit ? Combien de crises de panique avait-elle connues dans le métro face à la foule ?

— Non, ne le prenez pas comme ça…

— Ma fille souffre du manque de son père, tout simplement.

— Je ne pense pas que ce soit le problème…

L'institutrice, face à l'attitude défensive de Corinne, avait compris qu'il ne servait à rien d'insister ; plutôt que d'aller au conflit, elle préféra abandonner. Elle remercia la jeune mère de sa venue, l'année scolaire allait être longue, très longue même, pour la petite Eva.

– 26 –

Iris a consacré son dimanche à essayer de nouvelles coiffures, à organiser et à anticiper les imprévus de son mariage. *Et s'il pleut ?* Il faudra louer un chapiteau pour le vin d'honneur et prévoir des parapluies, au moins pour les mariés. *Et si Benjamin se casse une jambe ?* Il ne pourra pas monter les marches, il faudra vérifier que les ascenseurs fonctionnent à la mairie.

Heureusement, Eva a toujours réponse à tout. Plus la date approche, plus Iris devient anxieuse et ingérable, ce qui n'est pourtant pas son genre. À croire que le mariage, comme le vin, peut facilement monter à la tête.

Eva se demande si elle tiendra le coup. L'organisation de ce mariage et la responsabilité qui lui incombe commencent sérieusement à l'épuiser, au même titre que ses idées pour relancer la librairie, sans compter les heures supplémentaires qu'elle a accepté de faire chez les Donadieu.

Après avoir passé son jour de repos à rassurer Iris, elle s'attelle à essayer de convaincre Marcel, toujours aussi désespéré, que tout n'est pas fini. Le vieil homme est admiratif. Comment fait-elle pour dépenser autant d'énergie dans une cause perdue ? Son scepticisme vient d'atteindre un point culminant ; tout ce qu'il désire, c'est partir en paix. Il songe aux livres abandonnés qu'il faudra mettre en cartons. Des orphelins comme lui, que plus personne ne veut adopter.

À 16 heures, Eva récupère les enfants, qui s'étonnent de la voir rester à l'heure où devrait arriver leur oncle. On ne leur a sans doute encore rien dit du nouvel arrangement.

Plus d'une demi-heure après l'heure prévue, Garance passe enfin la porte. Sans se presser ni s'excuser, elle prend le temps de retirer ses chaussures pour se chausser d'une paire en tous points semblable à celle qu'elle vient de quitter. Iris avait raison ! Il s'agit de chaussures d'intérieur de luxe.

— Bonsoir, Eva, je suis ravie de vous revoir. J'ai discuté avec mon frère hier soir. Je suppose qu'il vous a expliqué la situation.

Eva hoche la tête, trop intimidée pour prononcer le moindre mot.

— Bien, poursuit-elle, dans ce cas, pouvons-nous en parler tranquillement mercredi soir ? Il faut encore que je réfléchisse à une proposition. Ce sera également l'occasion de faire le point. Je vous remercie. Vous pouvez disposer.

Eva quitte l'appartement des Donadieu sidérée par ces trois derniers mots, « vous pouvez disposer ». On n'est pas dans un épisode de *Downton Abbey*, mais bien dans la vraie vie, a-t-elle eu envie de rétorquer. Soit Garance a reçu une éducation du siècle dernier, ce qui l'étonnerait – il n'y a qu'à voir son frère –, soit c'est une garce, terme qui curieusement s'avère aussi être la contraction de son prénom.

La perspective de retrouver sa mère, avec qui elle n'a pas échangé un mot de tout le week-end, lui réchauffe le cœur après ces quelques minutes avec la reine des glaces. Mais son enthousiasme est de courte durée.

— Coucou, maman, ça va ?

Corinne ne répond pas. Elle est livide, comme dans un état second.

— Maman ? Qu'est-ce qu'il y a ?

Corinne semble incapable d'articuler le moindre mot, c'est tout juste si une drôle de plainte parvient à s'échapper de sa gorge, faisant durer le supplice d'Eva.

Il ne peut s'agir que d'une mauvaise nouvelle. Jamais elle n'a vu sa mère dans cet état, pas même lorsqu'elle était partie au lycée en laissant la porte ouverte, et que dix minutes plus tard, à son retour du marché, Corinne avait retrouvé la loge cambriolée et ses maigres économies envolées.

Le moment a l'air grave.

— Il y a eu l'assemblée générale des copropriétaires vendredi soir. Je ne voulais pas t'en parler, mais je n'ai pas envie que tu l'apprennes par quelqu'un d'autre. Ils ont voté le ravalement de façade, ça va coûter une fortune. Pour compenser ce lourd investissement, ils ont également voté la suppression du poste de gardienne… Mon poste.

— Quoi ?! Je ne vois pas le rapport ! Ils vont nous mettre dehors ? Et qui va s'occuper du nettoyage, du courrier, des poubelles ?

— Ils ont déjà tout prévu. Comme dans tous les immeubles sans gardien, j'imagine qu'ils vont faire appel à une société de nettoyage et installer des boîtes aux lettres, ainsi je deviens totalement inutile. Mon préavis est de trois mois comme stipulé dans mon contrat de travail, mais exceptionnellement, au nom de mes vingt ans de bons et loyaux services, ils veulent bien l'étendre à six mois.

— Mais ils n'ont pas le droit !

— Si, ils l'ont. Et ils ne vont pas se gêner.

— On ne va pas se laisser faire ! s'indigne Eva.

— Il n'y a aucun recours, tu entends, ils sont dans leur droit, il n'y a rien à faire. Il faut l'accepter. C'est comme ça.

— Et où allons-nous vivre ?

— C'est justement la question que je me pose, murmure-t-elle, dépitée.

Si aucun mot ne peut réconforter sa mère, Eva reste à ses côtés en espérant que sa simple présence suffise à combler le silence. Eva sait qu'elle ne fermera pas l'œil de la nuit, cette nouvelle vient troubler son esprit déjà si tourmenté.

C'est sans doute parce qu'elle sait qu'elle va devoir bientôt déménager qu'Eva savoure sa chance de jouir d'un lit double, de vieux rideaux violets décolorés, de coussins déchirés par endroits, d'étagères mal agencées, d'une armoire sur le point de craquer et d'une bibliothèque remplie de livres.

Elle envisageait de quitter ce bocal, voilà que le destin semble se jouer d'elle en la mettant à la porte. Si Eva était partie plus tôt, Corinne aurait été à son aise, ici, toute seule. Cette cage, c'est toute sa vie.

Elle aurait cessé de dormir sur le canapé et aurait enfin profité de sa propre chambre.

Existe-t-il une justice en ce bas monde ? Perdre son job est une chose, perdre à la fois son job ET son logement en est une autre. À en croire le proverbe, un malheur ne vient jamais seul. Pourvu que la série noire s'arrête là.

– 27 –

Comme tous les mercredis, Eva emmène Arthur, Rose et Louis à leurs activités. Ce n'est qu'en fin d'après-midi qu'elle peut enfin souffler un peu. Il pleut des cordes, un temps à rester à la maison bien au chaud avec un thé, un plaid sur les genoux et un bon livre. Le tableau du parfait cocooning.

— Evaaaaaaaa ! hurle Rose alors que son petit frère lui tire les cheveux.

Le tableau du parfait cocooning ne comporte pas… d'enfant qui hurle à s'en décrocher la mâchoire ! En fin de compte, c'est peut-être un mal pour un bien si Louis ne parle pas encore.

Après avoir détaché les mains de Louis des cheveux de sa sœur et s'être assurée que chacun jouait dans son coin, l'une avec des Lego, l'autre avec des figurines de dinosaures, Eva regagne le canapé. Elle a besoin de deux minutes de répit pour réfléchir.

Elle consulte sur son téléphone les annonces de location d'appartements à Paris. C'est bien ce qu'elle pensait, plus de mille cinq cents euros pour un quarante-deux mètres carrés dans le quartier, avec une seule chambre ! Sachant qu'il faut gagner au minimum trois fois le montant du loyer et avoir un emploi stable, ses chances de louer cet appartement sont de l'ordre de zéro pour cent. Jamais une équation ne lui a paru aussi simple.

Eva doit se résigner à dire adieu à ce quartier. Le compte à rebours a commencé. À présent, c'est concret, impossible de faire marche arrière.

Soudain, Eva est interpellée par le silence, un silence qui ne dit rien qui vaille. Alarmée, elle frappe à la porte de la chambre d'Arthur, qu'elle trouve scotché devant son ordinateur sous prétexte qu'il a terminé ses devoirs. Rose et Louis jouent toujours sagement ensemble. Tout va bien. Elle propose à Rose de lui raconter une histoire. La petite pousse des cris de joie et choisit un livre tandis que Louis vient s'asseoir sur les genoux de sa nounou.

Rose lui tend *Tchoupi déménage*.

— Eh bien, nous sommes en plein dans le thème !

— Qu'est-ce qu'il y a, Eva ? Ça va pas ?

— Non, au contraire, tu as bien choisi…

Elle achève la lecture de son troisième livre, la gorge sèche, lorsque Garance Donadieu rentre enfin.

— Les enfants ! les appelle-t-elle.

Aucun ne réagit, comme si revoir leur mère après une longue journée ne leur faisait ni chaud ni froid. Eva a presque de la peine pour Garance face à l'indifférence de ses enfants.

— Ah, vous êtes là ! Je vais dire à Arthur d'aller prendre sa douche et vous, Rose et Louis, vous allez jouer un moment. Maman doit discuter avec Eva.

— Quoi ? Eva aussi va partir ? s'inquiète Rose, habituée à voir se succéder les nounous.

À ces mots, Eva tressaille, c'est une éventualité à laquelle elle n'avait pas encore songé, mais qui devient tout à fait plausible.

— Eva ne va pas nous quitter, mais je dois simplement lui parler.

— On peut écouter ?

— Non, Rose. C'est une conversation entre adultes.

Garance et Eva s'installent dans la cuisine pour être plus à l'aise. La maîtresse des lieux propose un thé qu'Eva accepte volontiers. Elle ouvre un placard, en sort une magnifique théière en verre ainsi qu'une boîte de thé Mariage Frères.

— Bon, Eva, cela fait quoi, plus d'un mois déjà, que vous travaillez pour nous ?

— C'est à peu près ça, oui.

— Et alors ? Êtes-vous satisfaite ?

— Oui, madame. Les enfants sont très attachants.

— Bien, je dois avouer que contrairement à ce que j'ai pu penser au début, vous faites l'affaire, à ceci près que j'ai remarqué que vous avez très vite laissé tomber l'anglais…

— Ah oui, je…

— Ce n'est pas grave, la coupe-t-elle. Vous vous souvenez que lors de notre première entrevue, je vous ai parlé de disponibilité ? Eh bien, il est temps aujourd'hui de mettre à l'épreuve cette qualité. Mon frère m'a dit que vous avez passé un marché avec lui.

— Non, pas vraiment. Il m'a juste demandé de lui donner un coup de main.

— Je vais être honnête. Je n'ai pas le temps de chercher ni de rencontrer d'autres étudiantes pour qu'elles me lâchent au bout d'un mois. J'ai besoin de vous. Chaque jour, jusqu'à 20 heures, mercredi inclus.

Vous serez payée pour les heures supplémentaires et je propose que chaque heure entamée soit comptée comme une heure entière.

— Je ne sais pas, balbutie Eva.

Visiblement, Garance a bien préparé son discours. Face à son aplomb, Eva en perd ses moyens. Quelle somme représentent toutes ces heures ? Elle pense à Corinne, à ce travail qu'elle ne peut refuser alors que dans six mois elle sera sûrement partie. Ce n'est que six mois, six petits mois au cours desquels elle pourra économiser de l'argent pour son futur appartement.

— Et je serai payée combien de l'heure ?

— Combien souhaitez-vous ?

— Seize euros ? lâche-t-elle sans même y avoir réfléchi au préalable.

— C'est beaucoup, Eva. C'est vraiment au-dessus du prix du marché. Je vous propose quatorze euros de l'heure, à prendre ou à laisser.

Eva soupire. Elle sait que Garance ne rentrera pas à 20 heures, mais plutôt vers les 22 heures. A-t-elle le choix ? Elle n'a pas envie d'abandonner les enfants, du moins pas maintenant. Elle n'a pas menti à Garance quand elle lui a dit qu'elle s'était attachée à eux. Beaucoup même.

— Marché conclu, répond-elle en lui tendant la main.

Garance la serre sans savoir que l'engagement d'Eva ne vaut que pour les six prochains mois. Passé ce délai, elle devra se débrouiller.

– 28 –

Faute d’avoir eu le temps de déjeuner ensemble ou d’aller boire un verre, les deux amies discutent au téléphone.

— Quatorze euros ? La vache, tu n’y es pas allée de main morte. Ça, pour une négociation, c’en est une belle. Tu ne veux pas négocier avec le traiteur de notre mariage ? Le menu de mes rêves coûte cent vingt euros par tête. Nous n’avons pas le budget.

— Tu n’as qu’à retirer un plat du menu !

— Et puis quoi encore ? Pas question ! Plutôt le divorce qu’un mariage au rabais.

— Iris, tu exagères, personne ne va s’offusquer s’il n’y a pas de fromage.

Les deux amies poursuivent leur conversation jusque tard dans la nuit. Eva lui confie qu’elle n’a pas commencé sa recherche d’appartement. Depuis que Corinne lui a annoncé qu’elles devront partir d’ici six mois, Eva ne se focalise plus que sur la loge. Elle est partagée entre l’inquiétude de se retrouver sans logement et le soulagement de quitter enfin cette cage.

*

* *

Le couple Donadieu ne prend jamais de vacances pour la Toussaint, qu'ils estiment trop proche de la rentrée et pas assez éloignée de Noël.

La journée, Eva occupe Arthur, Rose et Louis en leur proposant des activités manuelles, rythmées par des sorties deux fois par jour, essentiellement au jardin des Plantes. Elle réalise leur chance d'être à deux pas d'un cadre aussi magnifique qu'éclectique : les enfants courent dans les allées arborées, grimpent jusqu'au labyrinthe, parcourent les serres tropicales, visitent les expositions du Muséum national d'histoire naturelle, observent les flamants roses de la Ménagerie. Cet endroit est un terrain de jeu inépuisable aux ressources illimitées.

Le soir, elle aide sa mère à rédiger son curriculum vitæ. Elle n'en avait pas eu besoin ces vingt dernières années. Eva ajoute en centres d'intérêt : décoration, récupération et transformation de meubles et d'objets.

Corinne a des doigts de fée, elle sait coudre, peindre, bricoler. Eva a toujours cru que c'était sans doute pour cela qu'au fond, elle n'avait besoin de personne. Changer une ampoule, monter une armoire, réparer une fuite d'eau ? Facile. Corinne se débrouille très bien toute seule.

Elle fait la chasse au gaspillage en donnant une seconde vie aux objets délaissés. Les habitants de l'immeuble le savent très bien et dès qu'ils envisagent de se débarrasser d'un mobilier, ils ont pris l'habitude de le déposer devant la loge. Récemment, Corinne a découpé, poncé et repeint un tabouret pour le transformer en table de chevet. Et lorsqu'elle ne sait plus quoi faire de ses créations, elle les confie à des associations du quartier pour en « faire profiter d'autres qui en ont besoin ».

— Maman, tu es sûre que tu veux être femme de ménage ?

Corinne a l'intention de déposer son CV et sa lettre de motivation dans diverses agences d'intérim d'aide à domicile.

— Je ne sais faire que ça.

— C'est faux ! Regarde ces étagères ! Tu te souviens ? C'était une commode. Je me demande encore comment tu as réussi à la démonter pour en faire ça ! Tu as un don !

— C'est un loisir, rien de plus. Je ne peux pas en faire mon métier. C'est trop précaire.

Eva n'insiste pas plus pour le moment. Elle voit bien que sa mère n'est pas prête à envisager une reconversion professionnelle, encore moins à engager la discussion.

Heureusement, toutes les nouvelles ne sont pas mauvaises. À la librairie, le chiffre d'affaires remonte doucement. Eva n'a pas encore osé annoncer son prochain déménagement à Marcel. Elle a réfléchi toute la nuit à sa situation. À être sur tous les fronts, elle a l'impression de tout faire de travers. Et elle ne doit pas oublier que la librairie est son premier objectif.

Eva ne cesse de tourner en rond et de ruminer lorsqu'on apporte un énorme colis.

— Nous n'avons rien commandé, assène Marcel au livreur qui n'y est pour rien.

— Je suis bien à la librairie *Les mots dansent*... ?

— Oui.

— Alors ce colis est pour vous. Une signature ici, s'il vous plaît ?

Marcel signe le récépissé à contrecœur. Eva l'entend rouspéter : « Encore un éditeur à l'eau de rose, non merci. »

— C'est pour toi, Eva. Merci de renvoyer ça.

Elle se penche sur le comptoir. Le colis est lourd. Ce ne sont pas des livres de poche. Curieuse, elle saisit une paire de ciseaux et découvre avec surprise qu'il s'agit d'exemplaires du dernier livre de cuisine d'Alain Ducasse. Elle les a commandés il y a plusieurs semaines, mais l'ouvrage, victime de son succès, était en rupture de stock.

Soudain, une idée de génie lui traverse l'esprit. Pourquoi n'y a-t-elle pas pensé plus tôt ?

– 29 –

Eva a attendu ce jour avec impatience : l'anniversaire surprise d'Arthur. Personne n'est au courant. Elle croise les doigts pour que Gabin ait tenu sa langue. Elle l'avait mis dans la confidence et avait compté sur sa complicité pour l'aider à inviter quelques copains à la maison.

Un quart d'heure avant l'arrivée des convives, Eva file dans la cuisine, où elle a pris soin de cacher aux enfants le gâteau, les gobelets, les assiettes en carton et les serviettes en papier achetés spécialement pour l'occasion.

Soudain, elle se rend compte qu'elle a oublié les bougies. Elle fouille dans les tiroirs. Après une recherche approfondie, le constat est sans appel et sa détresse si forte qu'elle est au bord de l'apoplexie. Comment est-il possible qu'un foyer avec trois jeunes enfants ne possède pas de bougies ? C'est impensable !

« Diiing dooong !! »

Ils sont déjà là ?!

Rose et Louis, dans la confidence, se précipitent dans le hall. Ils sautent partout, peu habitués à recevoir de la visite en plein après-midi.

— Les enfants, calmez-vous !

Elle ouvre la porte, un sourire triomphant aux lèvres, avant de le perdre aussitôt : Gabin n'a pas seulement invité quelques copains, il a invité… toute la classe !

— Où est Arthur ? Arthuuuuur ? se mettent-ils à bramer.

Devant elle, une horde d'enfants, filles et garçons en furie, est sur le point de s'engouffrer dans l'appartement tels des acheteurs compulsifs et insensés, prêts au lever de rideau d'un magasin le premier jour des soldes. Les parents et nounous les tiennent par la main, tout sourire, impatients de les lâcher, non mécontents d'avoir deux heures de répit. Leur bonheur, son cauchemar. On dirait des fauves qui n'attendent qu'à se jeter dans l'arène.

Il faudra qu'elle songe à passer un savon à ce Gabin. Elle ne lui a jamais dit d'inviter TOUTE la classe. Dans la demi-heure qui suit, on n'arrête pas de sonner. Finalement, Eva compte une vingtaine de têtes blondes, brunes, rousses.

Arthur, passé l'effet de surprise, semble ravi et fier. Il montre sa chambre à ses camarades de classe, allume la console pour certains. D'autres s'engagent dans une monumentale bataille de coussins sur le lit des parents. Eva intervient aussitôt :

— Ah non, les enfants, enlevez au moins vos chaussures si vous sautez sur le lit.

Ce n'est pas croyable ! Il faut tout leur dire, à ces mômes !

C'est vrai qu'à leur place et à leur âge, elle aurait sans doute fait la même chose… mais sans chaussures. Maintenant qu'elle y pense, ils devraient tous ôter leurs souliers. Elle constate que dans les autres pièces, la plupart les ont retirés d'eux-mêmes. *Bien élevés malgré tout !*

L'appartement n'a jamais été aussi vivant et animé. Rose et Louis se sont joints à la fête. Certaines petites filles jouent même à la poupée. Rose est la poupée et Louis le serviteur : « Louis, notre serviteur, tu peux nous brosser les cheveux ? Louis, tu dois nous servir le thééééé !! On attend ! » Le petit semble obtempérer de bon gré, trop heureux de participer à ce grand jeu de rôle. Rose se fait ballotter, câliner, coiffer. Elle rit aux éclats, ravie d'avoir plein de nouvelles mamans.

Au bout d'une heure éprouvante, Eva prépare la table pour le goûter. Elle espère qu'il y aura assez de gâteau marbré pour tout le monde. Elle vide les sachets de bonbons dans des assiettes. Voilà, tout est prêt.

Alors que tout se passait très bien jusque-là, la fête tourne au vinaigre au moment où les enfants se réunissent autour de la table. Il manque des chaises. Certains se tiennent debout. Pourtant, cela devait être l'apogée de ce joyeux anniversaire, la cerise sur le gâteau en attendant les bougies.

Tous les enfants se mettent à rire. Arthur devient rouge comme une tomate.

— Désolée, les enfants, je n'ai pas trouvé les bougies.

— Ce n'est pas ça, madame.

Eva entend des rires étouffés et d'autres qui éclatent. *Bon sang, qu'est-ce qu'ils ont ?* Son cœur se met à battre à mille à l'heure. Elle sent l'angoisse monter. *C'est le gâteau ! Ils n'aiment pas le Savane ?* Elle a la gorge en feu.

— Madame, votre gorge !

— Oui, je sais, je connais cette sensation !

Ma peau est en train de se pigmenter de rouge écarlate à cause de l'afflux sanguin qui monte trop rapidement jusqu'à mon cerveau !

— Madame, Spiderman, c'est pour les CE2 ! Nous, on est en CM2 ! disent-ils, les yeux rivés sur les assiettes, gobelets et serviettes.

Quoi ? Tous les enfants aiment Spiderman. Eva s'est évertuée à rechercher un thème pour la décoration. Elle ne voit pas pourquoi Arthur devrait avoir honte. Pourtant, il semble être au bord de l'explosion. Elle aurait peut-être dû se renseigner davantage… pour éviter de lui infliger une humiliation publique. Et vu l'état d'hilarité de ses camarades, cet anniversaire restera à jamais gravé dans leur mémoire. Arthur sort de table et se réfugie dans sa chambre. Il n'en ressortira pas.

La fête est finie.

– 30 –

Après cet incident, Eva est dans tous ses états. Ses yeux cernés et ses traits tirés trahissent le sentiment de culpabilité qui la ronge. Elle se sent affreusement mal et Marcel en a le cœur retourné. Il tente de lui remonter le moral en lui offrant un livre, mais le cœur n'y est pas. Elle revoit tous ces sourires carnassiers et leurs sarcasmes résonnent dans sa tête. La cruauté n'a pas d'âge.

Après le drame du goûter Spiderman, Arthur s'était enfermé dans sa chambre. À peine avait-elle fini de ranger le bazar qui régnait dans l'appartement que Garance était rentrée. Quand Eva lui eut tout raconté, Garance, partagée entre colère et tristesse, avait rejoint Arthur. Eva était restée un long moment avec Rose et Louis dans le salon alors qu'ils jouaient à imiter Spiderman, comme pour enfoncer le couteau dans la plaie.

Elle ne pouvait pas se douter que ce genre de décorations n'était plus de son âge. Rose, comme si elle lisait dans ses pensées, lui avait lâché :

— Piderman, c'est pour les bébés, Arthur, il aime *Star Wars*.

— Ah, voilà, j'ai confondu, c'est presque la même chose, non ?

Les deux petits avaient secoué la tête. Comment des enfants de trois et cinq ans pouvaient-ils être mieux avertis qu'elle ?

Eva ne sait pas comment se rattraper. Prise de remords, elle se réfugie derrière le comptoir de la librairie et attend d'en finir avec cette journée interminable. Aucune idée ne lui vient à l'esprit pour rectifier le tir, l'envie de pleurer lui étreint la gorge. La voix de Marcel s'adressant à un client la tire de ses sombres pensées.

— Vous avez besoin d'aide ?

— Non merci, ça ira, en fait, je suis venu voir Eva.

Elle lève la tête, elle n'attend personne…

— Bonjour, Eva.

Nathanaël.

— Que faites-vous ici ? Euh… bonjour !

Le plaisir de revoir Nathanaël s'évanouit à l'instant où elle réalise que sa venue est certainement de mauvais augure.

— C'est ma sœur qui m'envoie.

— Vous ne travaillez pas ?

— Si, ce soir.

— Alors je suis virée à cause de ce qui s'est passé avec Arthur ?

Certes, tout est ma faute, mais quand même, virée pour une histoire de Spiderman, c'est vraiment ridicule, songe-t-elle.

— Pas du tout ! Ma sœur n'est pas aussi cruelle qu'elle en a l'air. Elle ne voulait pas que vous restiez sur une note négative.

— Elle aurait pu m'appeler.

— Vous connaissez Garance ! Elle n'a pas le temps, elle n'a jamais le temps. Arthur n'a pas ouvert la bouche de la soirée, comme si Louis avait déteint sur lui. J'étais la seule personne qu'il voulait voir, mais je travaillais au restaurant hier soir. Je suis passé ce matin. Ça allait mieux. Eva, qu'est-ce qui vous a pris ?

— J'ai confondu Spiderman et *Star Wars*, ça arrive, non ?

— Je ne parle pas de ça. Je parle de l'anniversaire. Les Donadieu ne fêtent pas les anniversaires.

Des clients entrent dans la boutique, Marcel tousse, leur faisant comprendre que ce n'est peut-être pas le meilleur endroit pour ce genre d'explication.

Eva tire Nate vers le fond de la boutique et l'invite à s'asseoir sur un strapontin. Marcel les a récupérés il y a une dizaine d'années au théâtre de la Contrescarpe et en a installé trois ici. Beaucoup viennent s'y asseoir, surtout pour lire des bandes dessinées. Même si ce n'est pas une bibliothèque, pour Marcel, toute librairie qui se respecte doit avoir pour principe de rendre les livres accessibles. D'ailleurs, Eva reconnaît qu'elle a elle-même profité et abusé de ces strapontins !

— Visiblement, vous n'étiez pas au courant. Ma sœur et son mari ne fêtent jamais les anniversaires, car lorsque Arthur était petit, Garance et Marc-Antoine manquaient invariablement ce jour : soit ils étaient en déplacement, soit ils oubliaient. Au bout de trois ans, ils ont décrété qu'ils ne fêteraient plus aucun anniversaire, ce qui résoudrait le problème. D'où l'absence de bougies dans la maison.

Cette règle paraît à Eva aussi stupide qu'injuste pour les enfants ; elle ne sait même pas quoi rétorquer à Nate. Mais vu l'organisation, ou plutôt le manque d'organisation du couple, elle n'est pas plus étonnée que ça et au moins les enfants ne risquent pas d'être déçus. En contrepartie, la famille passait une journée à Disneyland pour compenser les non-anniversaires. Du moins officiellement ; en réalité, depuis la naissance de Louis, entre les déplacements de Marc-Antoine et la surcharge de travail de Garance, ils n'y étaient jamais retournés.

— OK, je vais organiser une autre fête pour réparer mon erreur.

— Non, Eva, vous ne comprenez pas ? Plus de fête chez les Donadieu, s'il vous plaît. Croyez-moi, ce n'est pas une famille comme les autres. N'essayez pas de changer ça. Ils ont leur propre fonctionnement, il faudra vous y faire, essaie-t-il de la convaincre.

— Je sais, mais je ne veux pas les changer, je ne les juge pas d'être différents, je voulais juste aider, je pensais que cette initiative permettrait à Arthur de…

— Faites-moi confiance, Eva, la coupe-t-il. Je sais que ça partait d'une bonne intention. Cela peut vous paraître étrange, mais n'organisez plus aucune fête. J'espère qu'il n'y aura pas de conséquence.

À midi, Eva retrouve sa mère dans la loge. Affalée sur le canapé, celle-ci regarde « Les Douze Coups de midi », son émission préférée. Marcel, compatissant, lui a exceptionnellement proposé de prendre tout le temps qu'elle jugeait nécessaire pour sa pause déjeuner.

Leur principal sujet de conversation est la famille Donadieu. Comment des parents peuvent-ils en arriver à oublier l'anniversaire de leurs enfants ? Corinne n'a jamais oublié celui de sa fille : même si elles ne faisaient rien d'aussi extraordinaire qu'aller à Disneyland,

Eva avait toujours droit à un petit fraisier. Souffler les bougies était devenu un rituel. Elle adorait ce jour qui était différent de tous les autres. C'était un jour spécial de l'année, *son* jour. Tous les enfants devraient connaître ça !

D'après Corinne, Eva ne devrait pas juger ces gens, mais c'est plus fort qu'elle. Qu'est-ce qui peut être plus important que l'anniversaire de son propre enfant ? À la limite, elle peut comprendre Marc-Antoine, le père, toujours en voyage, qu'elle n'a d'ailleurs jamais rencontré, pas une seule fois en deux mois, à croire qu'il n'existe pas vraiment. Mais Garance ? Elle est quand même leur mère. Son travail a beau être très prenant, comment peut-elle le faire passer avant ses trois enfants ?

– 31 –

Garance est l'incarnation de la femme, épouse et mère parfaite qu'impose la société de ce siècle, et elle en est fière. Mariée à vingt-huit ans à Marc-Antoine, maman à trente ans d'Arthur, associée depuis deux ans dans un prestigieux cabinet d'avocats à la suite d'un début de carrière fulgurant. Rien ne semble l'arrêter, comme si elle s'était fixé pour objectif d'atteindre le sommet du mont Blanc, mais qu'elle s'était rendu compte en cours d'ascension que c'était finalement trop facile : quitte à se lancer des défis, autant gravir l'Everest.

Garance est une bosseuse. Certes. Pourtant, rien ne la prédestinait à ce brillant parcours. Derrière son apparente réussite, Eva ignore que toutes deux partagent beaucoup plus qu'elle ne le croit. Elle est issue d'un milieu modeste. Nathanaël et elle ont grandi en banlieue parisienne avec une mère caissière à mi-temps et un père ouvrier que son petit frère, Nathanaël, n'a jamais connu puisqu'il est parti juste après sa naissance. Tout ce qu'ils savent, c'est que leur père est monté dans un train pour rejoindre une femme plus jeune que lui à Nice, et qu'il avait acheté un aller simple. Chaque fois que leur mère raconte cette histoire, elle insiste sur l'aller simple, preuve qu'il n'avait pas l'intention de revenir.

Petite, Garance a connu la faim. Certes, leur réfrigérateur était toujours rempli, voire trop rempli en début de mois lorsque sa mère recevait sa paie, mais il était souvent vide trois semaines plus tard. Elle a connu des moments gênants, comme quand son frère et elle se rendaient à l'école avec des chaussures trouées. Elle s'était alors juré que, plus grande, elle ne porterait que des escarpins à talons comme ceux qu'elle voyait dans les magazines, qu'elle découpait et collait dans un carnet. Ce carnet était son jardin secret. On y trouvait des photos de la Sorbonne où elle désirait poursuivre ses études, mais aussi des lieux qu'elle rêvait de visiter. C'était son carnet des merveilles, celles qu'elle ne possédait pas, mais qu'elle obtiendrait un jour. C'est avec cet esprit revanchard sur la vie que Garance avait grandi.

Elle a connu le vrai lèche-vitrines, celui qui consiste à saliver d'envie devant les vêtements qu'on ne peut pas s'offrir, elle se rappelle encore le jean auquel elle avait droit dans l'année, pas n'importe lequel, un Levi's qu'elle s'achetait avec l'argent reçu à Noël. Elle avait souvent posé cette question à sa mère : « Maman, pourquoi tu ne changes pas de travail ou tu ne travailles pas à temps plein ? Tu sais, ça ne m'embêterait pas d'aller à la garderie avec mon frère, il me l'a dit, et puis si ça peut permettre qu'on achète tout ce qu'on veut, ça vaut le coup ! » Sur le moment, elle ne pouvait pas se douter combien cette remarque pouvait blesser sa mère, qui avait précisément fait le choix de travailler à mi-temps pour pouvoir s'occuper de ses deux enfants. Elle qui se sacrifiait pour eux reprochait son ingratitude à sa fille lorsque celle-ci se plaignait de ne pas avoir tout ce qu'elle voulait.

Si sa mère avait la fâcheuse habitude de ramener à la maison des types peu fréquentables qui la laissaient invariablement tomber, il fallait bien lui reconnaître certaines qualités, comme celle d'encourager ses enfants à poursuivre leurs études et de vouloir pour eux un quotidien plus favorable.

Garance avait choisi le droit, et là encore, pas n'importe lequel. Le droit de la famille. Elle se disait qu'elle rencontrerait des femmes seules comme sa mère et qu'elle les aiderait à s'éloigner de ces hommes violents ou alcooliques, ou les deux à la fois. Sa mère avait des œillères. Elle était la seule à ne pas les voir.

À la fac, Garance obtenait les meilleures notes. Majore de promotion au concours d'entrée à l'école du Barreau, elle rêvait d'une grande carrière, une carrière qui avait un sens comme le droit de la famille, des personnes et de leur patrimoine, « pour aider des âmes en détresse et améliorer leur quotidien ».

Nathanaël, de son côté, avait intégré sans grande conviction une école d'ingénieur, comme en témoignaient ses nombreuses années sabbatiques à travers le monde avec pour seul compagnon son sac à dos. Lorsque sa grande sœur modèle avait appris qu'il avait tout quitté pour vivre sa passion, la gastronomie, elle n'y était pas allée de main morte et avait proféré ces paroles : « Tu es insensé, irresponsable, fou, c'est du grand n'importe quoi, tu es en train de gâcher ta vie, tu n'as aucun avenir. » Nate ne l'avait pas écoutée. Depuis, c'était la guerre froide entre eux. Comme Garance avait besoin de lui pour garder ses enfants, il venait chez elle de temps en temps pour la dépanner.

Garance ferait en sorte que ses enfants ne manquent de rien, ni de chaussures ni de jeans et encore moins de nourriture. Elle travaillerait autant que nécessaire pour leur offrir tout ce dont elle avait manqué durant son enfance. Plus jeune, elle aurait tant voulu suivre des cours de danse ou de piano, mais sa mère n'avait pas les moyens de les lui offrir et préférait de toute façon que sa fille se concentre sur ses études « plutôt que de se distraire et de se divertir ». Elle s'était promis que ses enfants auraient accès à toutes les activités possibles et imaginables pour leur ouvrir l'esprit, leur apporter une curiosité intellectuelle qui, selon elle, lui avait fait défaut.

Elle aurait pu demander à sa mère, à la retraite, de l'aider, de garder les enfants de temps à autre, mais depuis son mariage avec Marc-Antoine, elle ne la côtoyait presque plus, comme honteuse de ses origines. Elle avait élevé un mur entre elle et sa mère, son passé et ses frustrations. Elle avait choisi son camp, celui des gagnants, des plus forts.

Garance était fière, heureuse, comblée. Du moins, en apparence. En réalité, depuis des années, elle s'oubliait. Par exemple, elle qui adorait les livres avait cessé de lire sous prétexte qu'elle n'en avait plus le temps. Elle ne faisait les courses ou du shopping que via Internet et ne prenait plus vraiment soin d'elle autrement que pour ses rendez-vous professionnels. À la naissance d'Arthur, alors que sa carrière était en pleine ascension, elle avait sombré dans un profond baby-blues. Les naissances de Rose et de Louis avaient suivi, davantage pour parachever l'image de la famille modèle que par réel désir d'enfant. D'ailleurs, depuis la venue au monde de son cadet, elle ne voyait presque plus son mari, qui ne cessait de voyager. Il lui arrivait de se demander s'il ne la trompait pas, mais au fond elle s'en moquait. Après tout, elle le trompait aussi, à sa façon, avec son travail, auquel elle était entièrement dévouée. Heureusement d'ailleurs qu'elle exerçait ce métier, c'est grâce à lui qu'elle ne craquait pas.

Chaque chose avait une place précise dans sa vie et cela lui convenait. Le mari à l'étranger, les enfants à l'école et elle au travail. C'est elle qui avait convaincu Marc-Antoine de prendre une nounou, mais cela ne suffisait pas, il lui en fallait une deuxième pour les soirs où elle terminait plus tard. Finalement, ce qui ne devait être que ponctuel était devenu régulier. Une mauvaise habitude, diraient certains parents, une nécessité d'organisation, disait Garance. Chaque pièce de sa vie était une roue dentée qui s'imbriquait et tournait autour d'une autre comme un engrenage. C'était son équilibre mécanique, et tant que tout fonctionnerait comme elle l'avait toujours souhaité, rien ne pourrait détruire l'empire qu'elle avait construit. Rien ni personne.

– 32 –

Après la visite de Nathanaël, Eva a reçu un message de Garance lui annonçant qu'elle avait pris sa journée ainsi que son vendredi pour garder Arthur. Elle venait d'arriver à son cabinet après l'avoir déposé à l'école quand la directrice l'avait appelée pour lui demander de venir le chercher. Des élèves avaient enfermé son fils dans les toilettes et bien que l'enseignante l'eût libéré et eût tenté de le rassurer, il restait depuis cloîtré dans la cabine, trop terrorisé pour en sortir. Malgré ses multiples relances pour obtenir un rendez-vous, il avait fallu un malheureux événement pour que l'institutrice d'Arthur rencontre enfin Garance.

Eva était indignée, en colère. Comment pouvait-on faire ça à un enfant ? Elle s'interrogeait sur les raisons d'un tel geste, même si au fond, elle savait qu'il n'y avait pas vraiment d'explication. Le harcèlement scolaire a toujours existé. Eva se sent si impuissante face à ce fléau. Elle brûlait d'envie d'aller chercher Louis et Rose à l'école, comme à l'accoutumée, mais n'en a rien fait. Garance ne le lui avait pas demandé.

De retour chez elle, Eva tente de se raisonner : *Je ne dois pas trop m'attacher aux enfants. Dans moins de six mois, je ne les verrai plus.* Elle se répète cette phrase comme un mantra. D'ailleurs, il faudra qu'elle se trouve une remplaçante. Cette simple idée la bouleverse. Elle, « remplacée » ? Elle doit l'admettre, garder ces enfants est devenu bien plus qu'un travail d'appoint, garder ces enfants la rend joyeuse, l'émeut, même si elle n'aurait jamais cru cela possible. Lorsqu'elle n'est pas avec eux, elle se demande si Rose a bien mangé, si Arthur a fait ses devoirs, si Louis a lâché sa tablette. C'est comme s'ils occupaient son esprit en permanence.

— C'est triste pour le petit Arthur, mais ce n'est pas ton problème, lui objecte Corinne.

— Oui, mais je ne peux pas laisser les enfants comme ça, sans savoir qui va prendre le relais quand je serai partie.

— C'est à leur mère de s'en charger. Tâche de la prévenir suffisamment tôt pour qu'elle ait le temps de se retourner. C'est tout.

— D'ailleurs, maman, à propos d'organisation, il faudrait qu'on discute de notre départ…

— Je sais, Eva. De mon côté, j'ai réfléchi, tu devrais te trouver un petit studio.

— Quoi ? Et toi, maman ?

Eva se sent prise au dépourvu. Comment Corinne peut-elle aborder ce sujet aussi sereinement et avec un tel aplomb ?

— Je me débrouillerai. Je t'en prie, ne t'en fais pas pour moi. Tu ne peux pas continuer à vivre à mes dépens.

— Je paie quand même les courses…

— Ce n'est pas ce que j'ai voulu dire, tu ne me déranges pas du tout, mais il faudra bien que tu t'assumes et que tu vives toute seule un jour.

Eva n'avait pas prévu que sa propre mère la chasserait de leur foyer. C'est le monde à l'envers !

Elle sait bien que Corinne a raison, mais elle ne peut s'empêcher d'être un brin nostalgique. Sa vie était ici, avec ce canapé, ces étagères faites maison et ces boîtes de conserve recyclées en pots de fleurs.

Il va falloir qu'elle accepte de quitter cet endroit, ainsi que les souvenirs qui s'y rattachent, et surtout, surtout, sa mère.

Dans la soirée, elle écume les sites de location. Il n'y a pas grand-chose, à moins de quitter Paris intramuros, ce qu'elle ne peut se résoudre à envisager pour le moment.

Elle repense à la famille Donadieu, à leur grand appartement, au luxe qui les entoure. Pourtant, les enfants ne débordent pas de joie de vivre. Leur problème est plus profond, ce n'est pas d'espace qu'ils manquent, mais plutôt de sollicitude, d'attention, de tendresse. Imaginer Arthur pleurant dans les toilettes de l'école la rend triste, si ce n'est folle de rage, comme si elle était à sa place et vivait ce harcèlement. Elle se revoit accroupie dans un coin, en train de pleurer alors qu'un groupe d'élèves tente de l'intimider avec une grosse araignée. La première peur de sa vie. Heureusement qu'Iris avait été là. Ce qu'elle déteste par-dessus tout, ce sont les injustices. Elle ne veut pas qu'Arthur subisse les mêmes persécutions que celles qui ont longtemps constitué un frein à son bien-être. Elle aimerait prendre des nouvelles, mais n'ose pas téléphoner à Garance, qui doit être en train de s'amuser à détacher les doigts de Louis des cheveux de Rose ou encore d'essayer de nourrir sa fille qui n'accepte que des biberons, comme si elle refusait de grandir.

Appeler Nate lui semble une option envisageable, mais elle n'a pas son numéro. Et puis soudain, une idée lui vient à l'esprit : le restaurant ! À cette heure-ci, il doit y être. Elle risque de le déranger, mais elle ne tergiverse pas longtemps, sa curiosité est plus grande que sa crainte de l'importuner.

Elle saisit son téléphone et compose le numéro du restaurant. Au bout de deux sonneries, elle demande à parler à Nathanaël. « C'est de la part de qui ? » « Sa sœur », ment-elle.

— Allô, Garance ? Quoi encore ? peste-t-il à l'autre bout de la ligne.

— Bonsoir, petit frère ! dit-elle en essayant de se faire passer pour Garance.

— Eva ? demande-t-il en l'ayant reconnue. Pourquoi m'appelez-vous ici ? Il n'y a rien de grave, j'espère. Ce sont les enfants, c'est ça ?

— Non, ne vous inquiétez pas, je ne les ai pas vus aujourd'hui. Arthur n'allait pas bien et Garance a pris sa journée. J'espérais que vous auriez des nouvelles.

— Eh bien, pour tout vous dire, ce n'est pas vraiment le moment. Je passerai les voir demain matin et ensuite je viendrai vous voir à la librairie, si ça vous va.

— Ce serait formidable. Merci, Nathanaël.

— De rien, Eva.

Elle raccroche, à la fois impatiente de savoir si les enfants vont bien et fébrile à l'idée de revoir Nate.

– 33 –

Eva se ronge les ongles tout en travaillant sur l'ordinateur derrière le comptoir, tandis que Marcel, avachi sur l'un des vieux strapontins, est plongé dans la lecture du dernier Goncourt, même si d'après lui, ce prix n'est plus ce qu'il était.

Elle lance de temps à autre un regard vers la porte d'entrée, guettant l'arrivée de Nathanaël. Qu'espérait-elle ? Qu'il se pointe à la première heure ? Si elle ne s'était pas fait un brushing qui lui a pris une bonne demi-heure, elle se serait arraché les cheveux. Il faut qu'elle arrête de se voiler la face, chaque fois qu'il est question de Nathanaël, son cœur bat la chamade.

Au bout de deux interminables heures, Nathanaël finit par daigner pointer le bout de son nez ; les cheveux défaits, des cernes marqués, la mine des lendemains de longue nuit de travail. Malgré son teint blafard, Eva le trouve irrésistible.

— Arthur va mieux, il retournera à l'école lundi.

— Et je devrai aller les chercher comme d'habitude ?

Eva ressent un pincement au cœur. Les parents Donadieu auraient-ils décidé de se passer de ses services ?

— Oui, je suppose. Garance ne m'a rien dit à ce sujet. Elle semblait préoccupée par l'état d'Arthur.

Eva est soulagée, mais ne parvient pas à se défaire d'un sentiment de culpabilité.

— Tout ça, c'est ma faute, si je n'avais pas organisé cet anniversaire…

— Non, ça n'a rien à voir, le problème n'est pas nouveau. C'est compliqué avec Arthur, dit-il avec amertume.

— C'est ce que j'ai cru comprendre. La maîtresse a demandé à de nombreuses reprises à voir ses parents, je ne sais pas pourquoi.

— Eh bien, Arthur semble être victime de harcèlement à l'école. Au début, ce n'était rien, des petits gestes mal placés, un peu tous les jours. Rien de bien méchant, mais ça s'est aggravé. Par exemple, une fois, il était en train de refaire ses lacets quand on l'a poussé. On a cru qu'il s'était cassé une dent. L'année dernière, juste avant les grandes vacances, il est rentré avec un coquard. L'école a cherché à joindre ma sœur pour l'alerter, mais comme vous le savez, elle est peu disponible. Arthur a soutenu qu'il s'était pris le coude d'un camarade en jouant, mais je sais pertinemment que ce n'était pas un accident. J'ai bien tenté de le faire parler… Il n'ose pas… J'ai peur qu'on le menace. C'est pourquoi sa fête d'anniversaire était une très mauvaise idée, ou plutôt une fausse bonne idée. Garance envisage de le changer d'école, mais je doute que ce soit la solution, ça ne fera que repousser le problème, ça se reproduira ailleurs.

Eva sent la colère la gagner. L'école est un terrain fertile pour les violences psychologiques et physiques, où les plus forts s'en prennent aux plus faibles.

C'est presque mathématique. Eva a toujours refusé cette logique. Au nom de quelle règle faudrait-il faire de ce constat sociologique une fatalité ? À défaut d'empêcher toute forme d'injustice sociale, pourquoi faudrait-il s'y résigner ?

— Je compte sur votre discrétion. Je préfère que vous n'en parliez pas à ma sœur, qui jusque-là ne voulait pas admettre qu'il y avait un problème, continue Nathanaël. Apparemment, la maîtresse d'Arthur voudrait également qu'il passe un bilan psychologique. J'ai réussi à convaincre ma sœur d'accepter.

— Quel genre de tests ?

— D'après la maîtresse, Arthur aurait du mal à gérer son hypersensibilité et ses émotions, il est souvent mis à l'écart par les autres enfants, il peut se mettre en colère pour un rien. En revanche, rien à dire sur ses résultats scolaires, il apprend vite, très vite même, peut-être trop, il s'ennuie facilement. Il est peut-être précoce, ce qui ne m'étonnerait pas, connaissant son oncle, ajoute-t-il en se désignant fièrement du doigt. La génétique y est pour quelque chose !

— Nate, on vous a déjà dit que vous aviez un très mauvais sens de l'humour ? Pour en revenir à Arthur, je m'en veux terriblement, je croyais bien faire, je n'ai fait qu'aggraver la situation. Si vous saviez comme je regrette…

— Vous ne pouviez pas le deviner, ma sœur en est consciente. Rassurez-vous, c'est de l'histoire ancienne. Attendons déjà les résultats des tests. Tout finira par rentrer dans l'ordre, prophétise-t-il, optimiste. Oh, mais que vois-je ? s'interrompt-il soudain. Vous avez reçu le livre du chef !

Dès qu'elle les avait reçus, Eva avait eu une étincelle. L'idée d'organiser une rencontre-dédicace avec Alain Ducasse à la librairie avait mûri jusqu'à ce jour où, prévoyante, elle avait fait en sorte de disposer les exemplaires du livre de recettes en évidence, sur une table à l'entrée de la boutique.

— Oui, il était temps ! Rupture de stock depuis des semaines. On en a vendu deux hier, et j'en ai mis un de côté pour une cliente qui devrait passer tout à l'heure. Pas mal pour une librairie de quartier ! dit-elle en souriant.

— Alors, les affaires marchent ?

Elle soupire à l'idée d'accepter la réalité… *Non, les affaires ne marchent pas*. Elle jette un œil vers Marcel, plongé dans sa lecture. Il faut qu'elle lui parle de son nouveau stratagème. Son cœur s'emballe. C'est certainement *l'idée* qui va les aider à remonter la pente.

— Est-ce que vous lisez ?

Nathanaël éclate de rire. Visiblement, la réponse est non.

— Je n'ai pas touché un livre, hormis de cuisine, depuis voyons… je ne me souviens même plus !

Eva lui lance un regard réprobateur avant de s'éloigner. Elle se dirige vers un rayon et revient avec *No Home*, de Yaa Gyasi, un roman sur l'esclavage. Elle aurait pu choisir *Petit Pays*, de Gaël Faye, ou *La Vraie Vie*, d'Adeline Dieudonné, qu'elle recommande souvent à ses clients. Mais son cœur, pour une raison qu'elle ignore, a choisi celui-ci.

— Vous devriez essayer celui-là. Je vous l'offre. En échange, j'ai un petit service à vous demander. Je sais qu'il doit être très pris, mais pensez-vous qu'Alain Ducasse accepterait de venir dédicacer son livre dans notre librairie ? Je n'ai pas osé m'adresser à sa maison d'édition, mais vous, c'est différent.

— Hum, je ne sais pas, ce n'est pas trop son genre… répond-il, gêné.

— Allez, s'il vous plaît ! le supplie-t-elle en joignant ses mains en signe de prière et en lui décochant un regard implorant.

Il soupire.

— Vous pouvez être convaincante quand vous vous y mettez. Bon, OK, je lui en toucherai deux mots si je peux, mais ne vous faites pas d'illusions !

— Merci, vous êtes… fabuleux ! J'en parlerai à Marcel le moment venu, alors.

— Qui est Marcel ?

Elle lève le menton en direction de son patron, toujours assis sur son strapontin. Il n'a pas levé une seule fois la tête depuis que Nathanaël a mis les pieds dans la boutique.

— Si on pouvait organiser ça rapidement, je ne vous cache pas que ça m'arrangerait !

Nate, le livre sous le bras, quitte la librairie, ennuyé. Il ne s'attendait sûrement pas à une telle requête d'Eva, dont il sait qu'elle n'a aucune chance d'aboutir.

*

* *

Comme chaque vendredi, Eva a retrouvé Iris au *SweetSpot* pour leur pause déjeuner. Elles se sont installées à leur table habituelle et Eva confie à son amie ses dernières mésaventures. La catastrophe de l'anniversaire d'Arthur fait rire Iris aux éclats, mais Eva la reprend aussitôt.

— Ce n'est pas drôle, franchement. La vie d'un enfant est en jeu.

— Arrête, pour une histoire de Spiderman ? Il y a plus grave…

— Comme quoi ?

— La pièce montée, par exemple ! Tu te rends compte ? Benjamin en voudrait une en forme de garage – tu imagines l'horreur –, alors que j'ai pensé à quelque chose de classe, de sophistiqué, comme un buste de femme avec un chignon banane, sa coiffure préférée.

Eva ronge son frein, c'est sûr qu'un « problème » de pièce montée est plus important que les moqueries dont Arthur est victime…

Tout en terminant son assiette, Iris lui rappelle :

— Tu te souviens que demain on a rendez-vous dans une boutique de robes de mariée près des Galeries Lafayette ?

— C'est demain ?

Bien entendu, Eva avait complètement oublié.

Dans son lit, ordinateur portable sur les genoux, elle passe la soirée à écumer les sites de location d'appartement. Eva ne s'explique pas que Corinne, d'ordinaire plutôt stressée, ne semble pas angoissée à l'idée de se retrouver bientôt à la rue. Une pièce du puzzle doit lui manquer. Comment sa mère peut-elle paraître si distante et détendue ? Elle est peut-être en plein déni ?

Il ne manquerait plus qu'elle fasse une dépression nerveuse, sous le coup de la sidération. À moins que son détachement soit un moyen de détourner l'attention d'Eva ? Mais dans ce cas, pourquoi ?

– 34 –

Le premier réflexe d'Eva en ouvrant les yeux le matin n'est plus de s'étirer, de se frotter les paupières ni même de bâiller. Non, rien de tel. La première chose qu'elle fait est de saisir son téléphone portable posé sur sa table de chevet près de ses anxiolytiques, de désactiver le mode avion, qui selon elle la protège des ondes nuisibles lorsqu'elle dort, et de découvrir ses nouvelles notifications.

Elle pourrait passer des heures à lire les avis des « bookstagrameuses » en matière de lecture, ou à regarder les looks des « instafashionistas ». Au bout d'une demi-heure, elle s'aperçoit qu'elle a reçu un texto de Nate.

« Cc, ma sis m'a donné ton 06. C'est mort pr AD. Fo que tu trouves une autre idée Dsl Nate. »

Eva n'est pas sûre de comprendre. Elle doit relire cinq fois son message pour déchiffrer son langage codé. Ses yeux saignent. Ce tue-la-communication lui a fait oublier le contenu du message. « Fo que tu trouves une autre idée. » Des idées, elle n'a que ça, des idées. Ce qu'il lui faut, c'est du concret, du succès.

Elle soupire, déçue par cette mauvaise nouvelle. La journée ne pouvait pas plus mal commencer. Malgré tout, elle rejoint sa meilleure amie pour les essayages de robes de mariée. Jour qu'Iris attend depuis qu'elle a décidé qu'elle se marierait, soit ses douze ans. Eva est épuisée à l'avance…

La boutique *Love Wedding* (plus à l'eau de rose que ça, tu meurs) est située au fond d'une cour intérieure pavée au cœur d'un ensemble d'immeubles cossus. Iris ne lui pardonnera jamais ses cinq minutes de retard, peu importe le malaise voyageur qui a bloqué la rame bondée de la ligne 7 entre Pont-Marie et Châtelet, lui déclenchant une belle sueur froide au passage. Suivant les indications de la « bridezilla » du jour qui l'a bombardée de textos, elle sonne à l'Interphone ; une voix mélodieuse lui indique de se rendre au deuxième étage.

Moquette rouge, innombrables portants de robes de mariée, vitrines de chaussures et d'accessoires, cabines – ou plutôt salon d'essayage.

Loin d'être furieuse comme elle le craignait, Iris lui saute au cou :

— Evaaaaaaa !

La voir si euphorique l'emplit de joie et valait bien de passer l'épreuve du métro.

Iris a sélectionné des robes sur Instagram, qu'elle montre à l'une des deux vendeuses.

Pour la première robe, Eva se demande si la vendeuse veut en finir avec la vie. Iris ne lui a montré que des robes de princesse assez volumineuses avec un jupon en tulle, et la vendeuse lui a proposé une robe sirène qui, selon elle, correspondrait mieux à ses formes.

— Je comprends, s'exclame Iris. Vous commencez par me présenter une robe qui ne va pas du tout m'aller pour éliminer tout ce qui ne va pas et ensuite me proposer *la* robe, c'est bien ça ?

La vendeuse semble hésiter.

— Heu… c'est ça. Attendez, je reviens avec une deuxième.

La suivante est pire. Rien ne va : le bustier en strass et paillettes lui écrase la poitrine, et les découpes sur les côtés laissent entrevoir ses poignées d'amour.

Iris a les larmes aux yeux. Ce moment qu'elle imaginait comme l'un des plus beaux de sa vie vire à la catastrophe. Elle remontre les photos qu'elle a sélectionnées sur Instagram.

Les quatre robes suivantes ne sont guère mieux. Le ventre d'Iris crie famine, cela fait deux heures qu'elles sont dans ce showroom. Iris a sans doute dépassé le temps imparti, car la mariée suivante, accompagnée de toute sa famille, sœur, tante, cousine et mère, attend désespérément que la cabine se libère.

— Peut-être que je me suis trompée de boutique…

Piquée au vif, la vendeuse finit par lâcher :

— Je vous le confirme, avec votre budget, vous trouverez peu de modèles chez nous.

— Qu'est-ce qu'il a, mon budget ? Si cela ne vous semblait pas suffisant, il fallait le dire dès le début ! Pourquoi m'avoir fait essayer ces six robes pour rien ? C'est une perte de temps pour tout le monde, s'écrie Iris.

Règle n° 1 : ne jamais contrarier une future mariée en plein essayage.

Règle n° 2 : ne jamais contrarier une future mariée en plein essayage, surtout lorsqu'elle a faim.

Eva tire Iris par le bras pour l'exfiltrer de ce paradis devenu enfer et l'emmener satisfaire son estomac.

– 35 –

Après cinq minutes de marche silencieuse, elles entrent dans le très chic restaurant du palais Garnier. Ce sera leur petit bonheur du jour, une folie qu'elles ne se permettent qu'en de rares occasions. Et celle-ci en est une bonne. Eva entreprend de remonter le moral de sa meilleure amie, qui est toujours au bord des larmes.

— Allons, Iris, remets-toi, ce n'est pas grave, ce n'est qu'une première session, et puis tu as encore l'essayage chez *Pronovial*.

— Je sais, mais je m'attendais à ce que ce premier essayage soit magique, grandiose. Tu vois, un essayage de comédie romantique. Et à la place, ça… Un vrai désastre et ces vendeuses étaient si antipathiques !

— Ce n'était pas la bonne boutique, c'est tout. Tu trouveras mieux ailleurs.

Pour une fois, c'est Eva qui a la lourde tâche de rassurer son amie, d'habitude si enjouée et optimiste.

Tandis que le serveur leur apporte une mise en bouche, Eva a subitement une révélation.

— Eva, tu es là ?

Eva fixe son plat. Lorsqu'elle relève la tête, un sourire illumine son visage.

— Oui, je suis là, je viens d'avoir une idée.

— Tu as toujours des idées, ma belle. C'est quoi, cette fois-ci ?

Eva lui confie son nouveau plan : une animation gastronomique dans la librairie, sous la direction de Nathanaël. Tellement impatiente, elle saisit son téléphone et l'appelle pour lui faire part de sa proposition, en le mettant au défi de réaliser tout un menu avec entrée, plat et dessert sans four, puisqu'il est impossible d'en installer un dans la boutique.

« C'est de la folie », lui répond Nate sans toutefois lui donner une réponse négative.

Elle raccroche, un sourire satisfait aux lèvres.

— Tu sais à quoi tu me fais penser ? demande Iris. À un pitbull qui ne lâche pas prise. Tu es vraiment coriace quand tu t'y mets. C'est pour ça que je t'aime !

— Nate ne peut pas me refuser ça, pas après m'avoir demandé de dépanner sa sœur. Il faut qu'il comprenne que c'est donnant-donnant. D'ailleurs, pour ta pièce montée, tu devrais en faire deux : un garage en nougatine pour faire plaisir à ton fiancé et une pièce montée de choux en portrait, comme tu le voulais.

— Comment tu fais pour passer du coq à l'âne ? J'ai encore quelques mois pour le faire changer d'avis. Je ne désespère pas. Eva aimerait avoir autant de certitudes que son amie, une vie stable dont les seuls soucis se résumeraient au modèle de sa robe de mariée et à la forme de sa pièce montée. Comme il doit être apaisant de ne pas avoir à se soucier constamment de son travail ou de sa future perte de logement. Et encore, elle n'a pas d'enfant ! Elle songe à sa mère qui l'a élevée seule, à Garance, qui doit gérer sa carrière et ses trois enfants, et s'estime finalement chanceuse de n'être responsable que d'elle-même.

Elle quitte Iris, lessivée de l'avoir écoutée parler des préparatifs du mariage, tout en songeant que les couples sont vraiment fous de dépenser une telle fortune pour une seule journée. Eva n'a qu'une hâte : retrouver les enfants Donadieu et, surtout, rattraper son erreur avec Arthur.

– 36 –

L'approche de Noël est généralement synonyme d'une augmentation des ventes et Eva s'accroche à cette perspective, contrairement à Marcel qui a de plus en plus mauvaise mine. Son visage est émacié, il s'essouffle de plus en plus vite, quant à porter le moindre carton, il ne faut plus y penser. Eva se souvient encore de sa vigueur il y a cinq ans. Marcel était robuste, infatigable. Aujourd'hui, il paraît dix ans de plus que son âge, comme si le temps avait décidé de grignoter sa peau, ses organes, son corps tout entier, d'aspirer sa vitalité.

Le voir décliner comme un arbre qui dépérit à l'automne lui fend le cœur. Elle fait de son mieux pour l'aider, mais Marcel est fatigué de tout, de la vie, et il lui arrive de remonter chez lui en plein milieu de l'après-midi pour aller faire la sieste.

Le contraste est saisissant : alors que Marcel se retire peu à peu de tout engagement, Eva, elle, redouble d'efforts, prend plus de responsabilités au sein de la librairie. Elle accueille les représentants des maisons d'édition et fait sa propre sélection des prochaines parutions. Nouveau rôle qu'elle prend très à cœur.

Marcel, du coin de l'œil, observe la jeune fille qui le tient éloigné de l'obscurité, comme le ferait la flamme d'une bougie. Une petite, toute petite lueur de vie qui se consume et s'éteint peu à peu. Il n'a plus de force, il sait que son heure approche. Il n'a pas peur, non, en un sens il est impatient de rejoindre Bernadette.

Il est comme absent à lui-même. Aux *Mots dansent...*, il se contente d'ouvrir le rideau le matin et de le descendre le soir, pour tenir la promesse qu'il a faite à son épouse. Elle l'a bien dupé en réalité. Elle savait que la librairie serait la seule chose qui le ferait tenir.

*
* *

En attendant Rose et Arthur devant le portail de l'école, Eva essaie de cuisiner Louis sur les événements de ces derniers jours. Elle aurait moins de mal à battre un muet à « ni oui ni non ». Il secoue ou hoche la tête et, lorsqu'il faut répondre à une question ouverte, il hausse les épaules, ce qui signifie tout et rien à la fois : *peut-être*, *c'est possible*, *je ne sais pas*, *je m'en fiche* ou encore *laisse-moi tranquille*.

Avec le temps, Eva est parvenue à mieux le comprendre. Leur arrêt à la boulangerie est devenu un rituel. Louis n'a pas besoin de parler, il parle avec ses mains, sa tête, ses yeux, son cœur, tout sauf avec sa bouche, tout sauf avec des mots.

Devant l'école, à présent, les autres parents et nounous la saluent. Elle a désormais sa place ici, on la reconnaît même en tant que énième nounou des Donadieu.

Rose arrive enfin, tout sourire, puis Arthur.

Il arbore une nouvelle coupe de cheveux très courts. Eva est sur le point de le complimenter sur son nouveau look lorsque Rose lui explique qu'elle n'a jamais vu autant sa mère à la maison que ces trois derniers jours et que si elle a accompagné son frère chez le coiffeur, c'est parce qu'on lui a collé des chewing-gums dans les cheveux à l'école, avant de l'enfermer dans les toilettes.

L'injustice de trop.

Comme elle le craignait, Arthur ne lui adresse pas le moindre mot, pas même un regard. Rose, en digne pipelette, parle pour trois, lui racontant avec force détails l'élevage d'escargots qu'elle a entrepris dans sa classe.

Quand ils arrivent à la maison, le téléphone d'Eva vibre. C'est Nathanaël. Elle prie pour qu'il lui annonce enfin une bonne nouvelle.

— Allô ?

— Eva ? Bonjour, j'ai réfléchi à votre histoire d'atelier. C'est d'accord, à une condition : je refuse d'être payé. Je trouve ça amusant et ça tombe bien, je suis libre ce samedi.

Eva éloigne son téléphone et crie sans retenue un « YESSSS ! » de joie. Louis lève la tête de sa tablette, incrédule, avant de replonger dans sa vidéo.

— Alors, heureuse ? Je vous ai entendue crier.

— Merci, Nate, dit-elle en reprenant ses esprits. Je vais préparer l'affiche, informer notre clientèle, ça va être génial !

— J'espère bien !

Eva respire un grand coup. Une chose après l'autre. Ne pas vouloir tout régler en même temps. Qu'est-ce qui est le plus urgent ? La librairie ? Arthur et l'école ? Rose et Louis ? Trouver un appart ? Aider Iris ?

Les questions tournent en boucle dans sa tête. Ce n'est pas le moment de baisser les bras, mais elle est découragée d'avance… Tenir bon, respirer, une chose après l'autre…

– 37 –

Le fossé se creuse de plus en plus entre Eva et Marcel. L'exemple le plus patent étant l'animation qu'elle a proposée à Nate. Impatience et excitation *versus* incompréhension et indifférence. Le vieil homme ne voit pas le rapport entre cet événement et les livres, mais il ne dit rien qui puisse émousser l'enthousiasme de son employée. Après tout, il n'est plus à un échec près.

Pourtant, grâce à l'affiche réalisée par Eva, dans la matinée, l'atelier compte déjà trois inscrits. Eva est aux anges. Elle le tient, son succès.

Lorsqu'elle prend conscience que l'atelier culinaire de Nate tombe le même jour que les nouveaux essayages d'Iris, elle envoie à son amie un long texto rempli d'excuses et de mots doux. Mais la réponse est sans appel : un simple « OK » lapidaire qui en dit long sur sa déception… Eva est prise de remords, elle lui fait faux bond alors que sa meilleure amie a toujours été là pour elle. Elle a beau retourner la situation dans tous les sens, il n'y a pas d'autre solution. Elle sent sa poitrine se comprimer, mais elle n'a pas le choix. Si elle pouvait faire autrement, elle le ferait.

Son ébauche de crise de panique est un lointain souvenir lorsqu'elle retrouve les enfants, prête à attaquer ce qu'elle appelle sa « deuxième journée ».

Chaque soir, Garance rentre chez elle la mine rompue. Elle paraît si fragile. Eva se demande comment ce petit bout de femme peut élever trois enfants à elle seule, puisque son mari n'est jamais là. Elle n'est pas à plaindre et pourtant, elle fait de la peine. Eva se tue à la tâche pour que Mme Donadieu en fasse le moins possible : les enfants sont douchés, peignés, ont dîné (sauf Rose qui n'en fait qu'à sa tête) et Arthur a terminé ses devoirs. Il reste toujours discret à propos de ses mésaventures en classe, mais il semble que le harcèlement dont il était victime ait cessé. Du moins pour le moment.

Pour la première fois, Eva s'apprête à rencontrer Marc-Antoine. Après deux semaines de voyage, il s'est décidé à rentrer plus tôt le vendredi pour « profiter » pleinement du week-end en famille.

Marc-Antoine est tellement grand qu'Eva doit lever la tête pour l'observer. Elle comprend mieux pourquoi Garance est toujours perchée sur de hauts talons. Même avec ça, elle doit encore faire une tête de moins que lui. Il est élancé et son costume bleu ciel assorti à la couleur de ses yeux lui donne un air de pilote de ligne.

— Bonjour, vous devez être Eva ?

— Oui, bonjour, monsieur, je suis enchantée de faire votre connaissance.

— Ma femme m'a beaucoup parlé de vous… en bien, je précise. Hormis l'anniversaire d'Arthur, vous semblez gérer la situation. Sachez que nous ne vous en voulons pas. Cela partait d'une bonne intention et vous ne pouviez pas vous douter de ce qui allait advenir.

Bref, cela ne vous dérangerait pas de rester encore deux petites heures ? Jusqu'à ce que Garance rentre ? Le temps que je me pose.

— Pas du tout. Faites comme chez vous, dit-elle en tentant de plaisanter, le sourire crispé.

Visiblement, la blague n'est pas au goût du maître de maison. Celui-ci s'enferme dans la chambre parentale après avoir embrassé sur le front chacun de ses enfants, sans aucune tendresse ni marque d'affection. Eva est étonnée de la retenue dont les enfants font preuve à son égard. Peut-être n'osent-ils pas lui sauter au cou devant elle ? Chacun retourne à ses occupations, comme si les deux semaines d'absence de leur père n'avaient eu aucun impact. Arthur l'observe et, comme s'il venait de lire dans ses pensées, lui glisse à l'oreille : « Ce n'est rien, on a l'habitude. »

Eva termine ses tâches quotidiennes avant d'accueillir le week-end comme un ravissement qu'elle peine à cacher.

Quelle étrange famille, pire que la famille Adams, songe-t-elle.

– 38 –

Garance n'a pas prévu de rentrer plus tôt pour le retour de son mari. Lorsqu'elle avait pris la décision d'embaucher une puis deux nounous, c'était surtout pour tenter de sauver son couple, qui battait de l'aile depuis plusieurs années. Elle pensait qu'ainsi, elle dégagerait du temps pour son mari, mais ce qu'elle croyait être un acte salutaire n'avait fait qu'aggraver la situation : Garance n'en avait consacré que plus de temps à son travail, voyant de moins en moins les enfants.

La famille. Dans son métier, la famille, c'est sacré. C'est même plus que ça, Garance en a fait son cheval de bataille. Ce soir, comme tous les soirs, elle fait des heures supplémentaires. En ce moment, elle soutient un couple qui essaie d'adopter un enfant au Rwanda. Enfin un sujet réjouissant, après une affaire sordide de viol sur mineure. Ce couple, c'est sa bouffée d'oxygène. Cela fait un an, après des mois de procédures administratives, que leurs papiers sont en règle, mais l'administration rwandaise, bien qu'elle ait reconnu l'adoption, refuse de laisser le petit garçon quitter le territoire. Pour quelles raisons ?

Tout le monde l'ignore. Les taxes et les traducteurs ont été payés, tout ce que l'administration locale leur demandait. Sa cliente a fini par démissionner de son travail pour vivre sur place avec l'enfant, en attendant de trouver une solution.

Il y a un an, lorsqu'elle avait accepté le dossier, Garance leur avait promis qu'ils récupéreraient leur enfant. « Je le ramènerai moi-même en France s'il le faut, je vous le promets, mais cela risque de prendre un peu de temps. » Mais du temps, elle n'en avait plus, une année s'était écoulée, le couple n'allait pas tenir encore longtemps, aussi bien financièrement que psychologiquement. Il allait voler en éclats, Garance ne tiendrait pas sa promesse. Elle devait boucler ce dossier au plus tôt.

Dans le taxi qui la ramène à la maison, en longeant les quais de Seine, le musée d'Orsay, le palais de justice et d'autres sublimes monuments parisiens défilent derrière la vitre sur laquelle de fines gouttelettes se sont déposées. Parfois, son reflet apparaît, parsemé de ces petites gouttes de pluie. Elle sait qu'elle a le visage marqué, les traits tirés à cause des dossiers qui croulent sur son bureau, des affaires non résolues, des clients frustrés.

Elle se demande comment elle a bien pu en arriver là. Défendre toutes ces familles, c'est ce qu'elle sait faire de mieux, alors qu'elle devrait plutôt s'occuper de la sienne. Cela fait des mois qu'elle n'a pas eu une conversation de plus de trois minutes avec sa mère. Elle ne se souvient même pas de la dernière fois qu'elle a discuté de la pluie et du beau temps avec elle. Elle l'a croisée cet été, quand elle est allée déposer les enfants chez elle pour quelques jours, ou plutôt quelques semaines. Leur dernier repas ensemble remonte à un an, à Noël dernier – et encore, elle était arrivée en retard, mais juste à temps pour la dinde.

Garance a pris du temps pour s'occuper d'Arthur, elle l'a même emmené chez le coiffeur. C'était une nécessité. Elle ne l'a pas fait par plaisir. La maîtresse lui a rappelé qu'elle devait être là pour son fils. En tant que parent, elle sait qu'elle est tenue à certains devoirs. En revanche, elle ne ressent aucun plaisir à passer du temps avec ses enfants. Elle met cela sur le compte d'un post-partum qui dure depuis près de trois ans – ou depuis toujours ? Elle ne sait plus.

Lorsque Garance rentre à la maison, Marc-Antoine est toujours dans la chambre. Elle ôte son trench ainsi que ses escarpins pour enfiler aussitôt ses fameuses pantoufles de verre de dix centimètres de talon.

Aussi joyeuse qu'un rat mort, elle appréhende de retrouver son mari. Les enfants restent dans leur coin, comme pour éviter les retrouvailles de leurs parents. Eva, mal à l'aise, n'a aucune envie de les abandonner dans cette mauvaise ambiance, mais Garance ne lui laisse pas le choix. Elle la remercie et lui fait comprendre d'un signe de tête qu'elle peut disposer et rentrer chez elle.

En chemin, Eva s'inquiète. Au lieu d'être une bénédiction, le retour de Marc-Antoine prend des allures de cataclysme. Les enfants avaient l'air tout sauf heureux de le revoir et Garance semblait au bord de la dépression. Quel genre de père et de mari peut-il bien être ?

– 39 –

Après une nuit agitée à repasser sa rencontre glaciale comme un iceberg avec Marc-Antoine, Eva se lève d'un bond. Son réveil n'a pas sonné.

Corinne est absente. Eva se souvient que les travaux de l'appartement de la famille Cohen commencent aujourd'hui, alors qu'ils sont toujours en vacances. Comme d'habitude, serviable et dévouée, Corinne s'est proposé d'accueillir les ouvriers, alors même que les Cohen ont peut-être voté en faveur de son licenciement lors de la dernière réunion du conseil syndical.

À la librairie, comme d'habitude, Marcel se rend invisible. Assis sur son tabouret fétiche, où l'on est aussi confortablement installé que sur le dos d'un chameau. Une personne non avisée ne risquerait pas de deviner sa présence derrière la pile de cartons qui le cache complètement.

— Bonjour, Marcel ! Tu pourrais faire un effort, le sermonne Eva en s'emparant de deux cartons. On dirait une librairie fantôme ! On ne te voit même pas ! Ce sont sûrement les commandes pour le collège Saint-Hilaire. C'est parfait, je les attendais.

Marcel n'a pas pris la peine d'ouvrir les cartons qu'Eva dépose près du tabouret.

— Je les ouvrirai tout à l'heure. Je dois préparer l'atelier.

— Quel atelier ?

— Marcel, tu as encore oublié ? Je te l'ai déjà dit : fais des sudokus pour entretenir ta mémoire. L'atelier culinaire !

— Ah, ça ! Je n'avais pas oublié. C'est juste que je ne vois pas l'intérêt. Nuance ! Bon, je te laisse faire.

— Oui, ne t'en fais pas pour moi, Marcel, j'ai l'habitude.

Au fond de la boutique, Eva pousse les tables sur le côté et retire quelques livres. Elle installe deux tables en Formica ainsi qu'une nappe blanche que Corinne lui a prêtée.

Son téléphone vibre. C'est Nate. Il l'informe qu'il aura une dizaine de minutes de retard. Les premiers participants, ponctuels et impatients, arrivent. Eva les accueille, leur présente le livre de cuisine d'Alain Ducasse. Au bout de cinq minutes, le groupe est au complet et réclame le chef.

— Je vous invite à faire un tour dans la librairie. Je vais aider le chef à transporter son matériel. Je reviens tout de suite.

Eva s'éclipse et, devant la librairie, à l'abri des oreilles indiscrètes et du regard à la fois moqueur et fataliste de Marcel, passe un coup de fil à Nate.

— Allô ? Mais où êtes-vous, bon sang, tout le monde vous attend ! L'heure, c'est l'heure !

— Derrière vous ! crie-t-il dans le combiné.

Eva sursaute. Lorsqu'elle se retourne, il se tient à une quinzaine de centimètres d'elle.

— Vous aviez l'intention de me faire peur ? C'est réussi ! peste-t-elle.

— Bonjour, c'est également un plaisir de vous voir ! répond-il sur un ton ironique.

Eva est dans tous ses états, stressée par l'organisation de cet événement et désorientée par la proximité du jeune chef. Il est encore plus impressionnant de près. Elle sent son souffle dans ses cheveux et respire son parfum suave aux notes boisées. Elle est prête à tout lui pardonner, même son retard. Est-ce son parfum entêtant qui lui fait tourner la tête ? Une chose est sûre : il lui est impossible de lui en vouloir.

— Les participants s'impatientent, balbutie-t-elle, déstabilisée comme une quille qu'une boule de bowling viendrait de frôler.

— Désolé pour le retard. Pourtant, je me suis levé de bonne heure, j'étais à Rungis. Tenez, aidez-moi.

Il lui tend un sac en papier et porte dans l'autre main une glacière. Eva l'aide à déballer ses affaires.

— Eva, à ce que je sache, vous n'êtes pas inscrite ?

Elle secoue la tête.

— Pour votre information, cet atelier est privé. Je vous prie donc de déguerpir et de ne pas rester dans mes pattes, lui souffle-t-il.

Vexée, elle rejoint Marcel, qui n'a rien manqué de la scène, planqué derrière le comptoir.

— Ce retard fait partie de ton plan ? Non, parce que je viens de faire de très belles ventes. Les participants ont tous profité de l'attente pour acheter des livres pour eux ou pour offrir.

Eva sourit. Bien sûr que non, tout ce cirque n'était pas prévu. « L'imprévu réserve quelquefois de belles surprises », comme le lui répète souvent sa mère.

Eva fait mine de ranger les livres, mais elle écoute Nate : « Et donc voici notre magnifique carpaccio de courgettes vertes et jaunes. » Elle n'est pas la seule, des badauds se sont arrêtés et observent d'un air dubitatif le cours de cuisine qui se déroule sous leurs yeux.

Chaque participant écoute studieusement et reproduit avec minutie les gestes du chef. À la fin du cours, cerise sur le gâteau, chacun repart avec le livre de cuisine (qu'ils ont acheté) dédicacé par Nate, à défaut d'avoir la signature d'Alain Ducasse.

Nathanaël prend soin de remettre les tables en place avant de repartir aussitôt pour ne pas déranger Eva, en pleine discussion avec des clients satisfaits. Grâce à cette énergie positive insufflée par l'atelier, d'autres passants se sont arrêtés et, pour une raison que Marcel et Eva ignorent, il y a un monde fou dans la librairie. Sans doute la loi de l'attraction. Marcel est en joie. C'est exactement ce que Bernadette et lui espéraient des *Mots dansent*... un lieu de partage et d'échange convivial, chaleureux, comme à leurs débuts.

En fin de journée, Marcel fait les comptes : + 200 % de chiffre d'affaires par rapport à la même date l'année dernière.

— Bravo, Eva ! Finalement, ton idée n'était pas si mauvaise.

Si ça pouvait être comme ça tous les jours !

Pour la première fois depuis longtemps, Marcel exprime son enthousiasme sans retenue. Eva n'est pas peu fière d'elle. Enfin, ce sourire lumineux qui lui avait tant manqué se dessine sur le visage du vieil homme.

– 40 –

— Alors, comment ça s'est passé chez *Pronovial* ? Iris, je suis vraiment désolée d'avoir manqué ce rendez-vous ! Mais je n'avais pas le choix. Tu ne m'en veux pas trop, j'espère ?

Comme si elles n'y passaient pas assez de temps, Eva et Iris se sont retrouvées au *SweetSpot* pour un brunch dominical.

— Bien sûr que je t'en veux, ma meilleure amie rate le moment le plus important de ma vie de fiancée, et je ne vais pas lui en vouloir ? Bon, tu as de la chance… car je crois bien avoir trouvé LA robe parfaite ! J'ai un deuxième essayage dans trois mois. J'espère que tu pourras être là cette fois-ci !

— Je te le promets !

— Et toi ? L'atelier ?

— C'était génial. L'événement a attiré pas mal de curieux qui ne s'attendaient pas à voir ce genre d'animation dans la librairie. Je dirais que ça a plu, des clients m'ont même demandé quand aurait lieu le prochain cours !

— Incroyable ! Bravo, Eva ! Je savais que tu y arriverais, à force de tenter de nouvelles choses. Tu vois, le travail paie. Tu penses que Nate va accepter de renouveler l'expérience ?

— Je ne sais pas. Il semble très occupé et je n'ose pas lui en demander plus. Il va falloir que je trouve d'autres solutions, et vite.

Pour ne pas changer, Iris n'a que le mot « mariage » à la bouche. Quant à Eva, après avoir évoqué sa rencontre avec Marc-Antoine Donadieu, elle lui raconte qu'elle ne voit pas beaucoup sa mère ces derniers jours et qu'elle s'inquiète pour elle.

— Tu connais ta mère, elle aime toujours rendre service.

— Tu as raison, mais je ne sais pas pourquoi, je me fais du souci pour elle. Elle semble prendre la situation avec tellement de distance.

— Tu devrais en faire autant !

Eva soupire. Elle sait qu'Iris a raison, mais c'est plus fort qu'elle, elle ne peut s'empêcher d'en faire une montagne. Elle se met à trembler.

— Ah non ! s'exclame Iris. Tu ne vas pas nous faire une crise d'angoisse maintenant. Respire, Eva. Tu as tes cachets ?

Eva hoche la tête avant de reprendre ses esprits. Au fond, elle sait que le manque de sommeil la rend plus vulnérable et ne l'aide pas à réduire son anxiété. Au contraire, il l'amplifie. Face à toutes ses préoccupations, entre la peur de se retrouver sans logement et son inquiétude pour sa mère, pour Marcel et pour les enfants Donadieu, Eva développe un stress intense, irrationnel. C'est pourquoi elle préfère écourter le brunch et rentrer chez elle.

Corinne n'est toujours pas à la maison. Eva, de plus en plus inquiète, lui envoie un message. Sa mère lui répond aussitôt. « Je suis au 5e étage du bât. D, je passe la serpillière dans la cage d'escalier. Si tu voyais la poussière à cause des travaux chez les Cohen. » Eva soupire. Corinne est beaucoup trop dévouée à son travail. Elle pourrait faire une pause le dimanche, ce ne sont pas les résidents qui vont lui payer les heures supplémentaires.

Au réveil de sa sieste, la scène du brunch défile dans sa tête, Iris lui parlait, mais elle n'entendait pas un traître mot. C'est souvent ce qui arrive lorsque la panique commence à s'emparer d'elle. Respiration saccadée, vertiges, jusqu'à la perte de connaissance. Tapies dans l'ombre de son esprit, les crises qu'elle redoute tant s'évertuent à refaire surface. Plus elle les empêche de resurgir, plus elle lutte, et plus elle est angoissée et plus… C'est un cercle vicieux qu'elle ne connaît que trop bien.

Eva réalise que ses crises ne peuvent pas continuer. Même si avec le temps la jeune femme a appris à les canaliser, elles ne sont jamais loin, lui pompent toute l'énergie dont elle a besoin. Depuis qu'elle est petite, elle connaît ces moments d'angoisse. Elle a appris à vivre avec. Les médicaments ont beau agir sur les effets, ils ne peuvent en annihiler les causes. Pourtant, c'est ce qu'elle souhaite. Se sentir bien, durablement bien, pour mieux prendre soin des autres.

Corinne rentre enfin. Ses cheveux sont défaits. Ses mains moites. Elle a donné de sa personne.

— Maman, tu devrais lever le pied. Ils ne vont pas revenir sur leur décision, ils vont nous virer.

— Je sais, mais c'est plus fort que moi. Il faudrait que j'arrête tout du jour au lendemain ? C'est impossible, même si je sais très bien que nous n'avons plus aucun avenir ici. Et cesse de te faire du souci pour moi, ça ne marche pas comme ça. Et si moi, je ne m'inquiète pas, pourquoi faut-il que tu te rendes malade à ma place ? Crois-tu que cela va nous aider à trouver des solutions ?

Depuis la plus tendre enfance de sa fille, Corinne cherche en vain à soulager ce mal qui la ronge. Elle aimerait tant pouvoir la libérer de cette anxiété et de ces peurs qui l'empêchent d'aller de l'avant et de se construire une vie d'adulte.

– 41 –

Quand Eva avait eu six ans, Corinne avait finalement cédé aux demandes insistantes de la directrice de l'école et accepté de faire passer une batterie de tests psychologiques à sa fille. Elle s'était néanmoins promis que, quel que soit le résultat, elle ne changerait rien à son mode de vie. Elle savait pertinemment qu'Eva était un petit oiseau fragile et hypersensible.

Eva souffrait de manifestations d'anxiété précoce : elle se rongeait les ongles jusqu'au sang, s'arrachait la peau ou les cheveux, faisait souvent des insomnies ou des cauchemars, ne mangeait pas ou au contraire trop, mais rien ne durait suffisamment longtemps pour alarmer sérieusement Corinne. Ce n'étaient que par périodes, *tous les enfants traversent des moments de troubles, c'est dans l'ordre des choses, ça va se tasser*, se disait-elle pour se rassurer. Comme préconisé par la pédiatre et l'équipe pédagogique, Corinne avait donc emmené sa fille chez un pédopsychiatre, mais elle n'avait été convaincue ni par sa proposition de médication pour son jeune âge ni par le suivi qu'elle trouvait trop lourd et qu'Eva détestait. Elle s'était donc résolue à s'occuper elle-même de sa fille. Pour la protéger, elle passait le plus de temps possible avec elle, ne la mettait pas à la garderie après l'école. Pendant les vacances scolaires, elle n'était jamais loin de sa fille, qui lisait dans un coin alors qu'elle passait la serpillière dans les escaliers.

Parfois, elle regardait dormir la petite. Des larmes perlaient alors le long de ses joues, qu'elle essuyait d'un revers de main. Eva lui rappelait tant Enzo, qu'elle avait aimé passionnément. Corinne ne l'avait eu pour elle toute seule que si peu de temps. Et que dire d'Eva, qui ne connaîtrait jamais son père ?

Élever seule une enfant tout en travaillant n'était pas de tout repos. Les journées étaient intenses, rythmées par les horaires de l'école, et les mois, puis les années avaient filé en un éclair. Elle se souvenait comme si c'était hier de toutes les premières fois d'Eva : ses premiers pas, son premier mot, sa première dent… Quand elle a su lire et faire du vélo, arrêté de faire des cauchemars la nuit, goûté aux huîtres, enfilé ses baskets toute seule, récité par cœur une poésie, mais aussi la première fois qu'elle a fait une crise dans le métro, refusé de se rendre chez son pédopsychiatre puis de parler pendant trois jours, la première fois aussi que sa maîtresse a appelé Corinne pour venir chercher sa fille, qui ne cessait de pleurer. Des moments heureux et d'autres plus difficiles qui lui semblaient à la fois proches et lointains.

Eva allait avoir vingt-sept ans. Ce n'était pas rien. Elle avait la chance de l'avoir encore près d'elle, la chance d'avoir pu profiter de sa fille de si longues années. Mais elle s'inquiétait de ne pas la voir construire une vie d'adulte, une carrière, sortir, rencontrer quelqu'un, penser à l'avenir. Elle ne la retenait pas comme un oiseau en cage, au contraire ! Elle l'encourageait à prendre son envol, à ne pas penser sa vie en fonction de ses empêchements. Elle n'était pas dupe, et voyait bien qu'au fil des années, alors que Corinne avait accepté de la voir grandir, l'avait soutenue dans ses choix en la reconnaissant comme une adulte responsable, ne lui demandait plus de comptes sur son emploi du temps ou ses sorties depuis longtemps, Eva n'était pas réticente à l'idée de rester auprès de sa mère.

Si la loge était devenue une cage, ses barreaux étaient composés des barrières mentales de sa fille.

*

* *

Et si Corinne traversait une mauvaise passe, une dépression ? Eva se sent responsable. À force de trop penser à la librairie et aux enfants Donadieu, elle a fini par faire l'impasse sur la personne qui compte le plus dans sa vie et qui a tout sacrifié pour elle. Eva ne se souvient pas, par exemple, de la dernière fois où elles ont eu une conversation sérieuse sur les attentes de Corinne, ses espoirs, ses envies, ses relations. Elles ont bien discuté du travail et de ce fichu problème de logement, mais au fond Corinne est restée très discrète. Elle ne parle jamais d'aucun ami, encore moins d'hommes. Eva est son seul et unique lien à la vie, et en retour, elle a laissé sa mère à la dérive.

– 42 –

Eva recycle des cartons vides à la librairie pour construire un théâtre de marionnettes avec les enfants. Après tout, eux aussi ont droit à leurs petits bonheurs du quotidien. Aujourd'hui ce sont des cartons, la prochaine fois, ce seront des rouleaux de papier toilette qu'ils transformeront en papillons, des idées qu'elle a dénichées sur Pinterest. Elle ne désespère pas d'éloigner Louis des écrans et de l'entendre parler un jour…

Lorsqu'elle récupère les enfants à la sortie de l'école, elle s'aperçoit immédiatement qu'Arthur ne va pas bien. Sur le chemin du retour, il serre les poings, son visage vire au rouge écarlate. Il refrène une rage qui ne demande qu'à éclater.

Dès qu'ils franchissent le seuil de l'appartement, Arthur file s'enfermer dans sa chambre en claquant la porte. Eva pose les cartons dans le salon ainsi que le gros scotch. Rose et Louis, intrigués, se demandent ce qu'ils vont faire avec. Préoccupée par le comportement d'Arthur, Eva frappe à la porte de sa chambre.

— Je peux entrer ?

— …

— Arthur ?

Sans même attendre son autorisation, Eva fait irruption dans la chambre du garçon.

— Tu viens nous aider à construire le théâtre des marionnettes ? Allez…

Arthur, allongé sur son lit, la tête enfouie dans son coussin, sanglote. Eva s'assied au bord du lit. Au moment où sa main frôle celle de l'enfant, elle est accueillie par un déchaînement de violence verbale :

— Va-t'en ! Tout ça, c'est ta faute ! Je te hais !

Arthur respire bruyamment. Ses joues sont inondées de larmes.

Eva, choquée par cet éclat de voix et ce regard rempli de haine, repart aussitôt, droite comme un I. Elle aurait voulu l'enlacer, le serrer contre elle, le consoler, le réconforter, mais a préféré le laisser seul afin qu'il puisse se calmer.

Au fond, elle reconnaît qu'il n'a pas tort. Après tout, elle est responsable de ce qui lui arrive. À cause de ce fichu anniversaire. Elle se demande juste : pourquoi maintenant ? Pourquoi déverse-t-il toute sa colère au moment où tout semblait enfin rentrer dans l'ordre ? Qu'est-ce qui a bien pu le mettre dans cet état ?

Eva s'occupe des deux petits, qui s'en donnent à cœur joie : ils coupent, collent, peignent, scotchent les cartons pour former le cadre qui servira de scène de théâtre pour les marionnettes. Louis observe sa sœur, qui raconte sa journée sans reprendre son souffle.

Au bout d'une bonne heure, Arthur sort de sa chambre.

— Eva… dit-il, hésitant, je voudrais te demander pardon.

— Pourquoi, Arthur ?

— Pardon de t'avoir crié dessus, tu n'y es pour rien.

— Excuses acceptées. Tu veux en parler ?

Il secoue la tête, mais Eva ne peut s'empêcher de lui emboîter le pas alors qu'il s'apprête à regagner sa chambre.

— Arthur, dit-elle en s'asseyant près de lui sur son lit, tu peux me dire ce qui se passe, je ne le répéterai à personne.

— Promis ?

— Juré, craché ! lance-t-elle en levant la main droite et en faisant mine de cracher par terre.

— Même pas à la maîtresse ?

— Surtout pas à la maîtresse.

— Aujourd'hui… plusieurs élèves de ma classe m'ont traité de gros lard. C'est ce que je suis, un gros cochon ? Je sais que je suis nul en sport, mais je n'y arrive pas, je déteste ça et mon ventre, j'essaie de le cacher, mais je suis comme ça, j'y peux rien. Pourquoi est-ce qu'on n'a pas le droit d'être différent dans la vie ?

À ces paroles, Eva a la gorge serrée, le souffle coupé. Elle réprime des larmes qui sont montées d'un seul coup. Comment des enfants peuvent-ils se montrer aussi cruels envers leur propre camarade de classe ?

Le droit à la différence, *si tu savais comme je te comprends*, songe-t-elle.

Eva l'enlace, essaie de trouver les mots pour le réconforter. Elle-même doit contenir sa colère face à tant de méchanceté. À son âge, il devrait connaître l'insouciance, l'innocence, les joies de l'enfance.

Arthur fond en larmes dans ses bras.

— Papa ne me prend jamais dans ses bras, lâche-t-il entre deux sanglots.

C'est la double peine. Il souffre non seulement de harcèlement à l'école, mais aussi du manque d'attention de son père et sans doute un peu de sa mère.

Au fond d'elle, Eva sait qu'elle ne tiendra pas sa promesse, elle ne peut pas le laisser dans cet état, le regarder se briser chaque jour un peu plus sans rien faire. Ce ne sont pas seulement des mots ou des coups que le garçon doit encaisser, c'est une violence psychologique qu'il devra traîner derrière lui toute sa vie comme le boulet d'un prisonnier enfermé dans la cellule de ses traumatismes. C'est décidé, même si elle doit rompre sa promesse, elle ne peut pas garder ça pour elle. Elle ira en parler à la maîtresse dans l'espoir de libérer ce pauvre bonhomme.

– 43 –

Quand Eva rentre, Corinne sommeille sur le canapé même pas ouvert. Trop préoccupée par l'état de santé et de détresse d'Arthur, la jeune femme n'aurait pas eu la force d'engager la conversation avec sa mère.

Le lendemain matin, Eva n'est pas étonnée de trouver la loge vide. Ces derniers jours, sa mère est plus insaisissable qu'un courant d'air.

Marcel ne cesse de harceler la jeune femme à propos de Nathanaël, le *chef*, comme il l'appelle. Il faut qu'il revienne au plus vite animer un atelier culinaire, lui répète-t-il. Les participants ont apprécié l'initiative, et le bouche-à-oreille a bien fonctionné : certains curieux n'hésitent pas à se renseigner pour connaître la date du prochain cours. Le monde à l'envers !

Eva a déjà relancé deux fois Nathanaël par texto. Il ne lui a pas répondu. Elle décide alors de l'appeler, sachant qu'elle ne tiendra pas une matinée de plus avec Marcel sur les talons.

— Allô ? Nate ?

— Bonjour, Eva, grommelle-t-il.

— Je vous réveille ?

— Hum, non…

— Oh ! Je suis désolée, je vous réveille.

— Je me suis couché tard hier soir, ou plutôt, tôt ce matin.

— Je vous rappellerai, alors !

— Non, c'est bon, Eva. Maintenant, je suis vraiment réveillé.

— Très bien, je voulais vous demander quand vous pourriez revenir à la librairie. Votre atelier a fait fureur ! Encore bravo !

— Écoutez, je suis vraiment content si vous êtes contente. En revanche, vous ne m'aviez pas dit qu'il y aurait un autre atelier. Ai-je raté un épisode ?

— Effectivement, mais vous êtes victime de votre succès.

Nathanaël marque un temps d'arrêt. Eva ferme les yeux et croise tout ce qu'elle peut, jambes, bras, doigts, et manque de perdre l'équilibre.

— Bon, soupire-t-il. C'est OK pour un autre samedi. À une condition : cette fois-ci, ce sera un atelier pour enfants.

— Très bien, ça me va !

— Attendez, une autre condition : je ne vous garantis pas que je referai un autre atelier après ça !

— D'accord ! Marché conclu ! Merci, Nate, même si vous êtes dur en affaires. À très bientôt !

Marcel est aux anges, comme s'il arrivait au bout d'un tunnel, il retrouve la lumière, le sourire et l'espoir de voir son commerce relancé.

– 44 –

Plus Eva observe sa mère, plus elle constate son changement physique : Corinne a perdu du poids, ses yeux sont surlignés d'un trait d'eye-liner et ses joues sont rosées. Cette transformation constitue sans doute les prémices de son changement de vie.

Elle voit bien que Corinne l'évite, ou plutôt évite tous les sujets de fond : le travail, l'appartement, le déménagement. Elle oriente volontiers les discussions sur les résidents et l'organisation du mariage d'Iris. Si bien qu'Eva n'ose pas engager la conversation avec elle, de peur de la mettre mal à l'aise. La jeune femme ne veut pas non plus courir le risque de faire une crise, elle n'a pas le temps de gérer ses propres états d'âme… Ses journées sont suffisamment longues et harassantes comme ça !

Dans le couple Donadieu, il n'y en a pas un pour rattraper l'autre. À croire qu'ils se tirent la bourre pour être le dernier rentré chaque soir, au point qu'Eva ne part jamais avant 20 heures, au minimum. La plupart du temps, c'est Marc-Antoine qui gagne. Eva ne l'a pas beaucoup croisé ces derniers jours, à son plus grand soulagement. Même si Corinne lui rappelle souvent qu'il ne faut pas juger les gens, Eva ne comprend pas l'attitude de ce père de famille. Ne fait-il pas preuve de pur égoïsme en faisant passer son bien-être avant celui de ses enfants ?

Les mercredis sont toujours aussi sportifs. Eva ne sent plus son dos, et le soir, elle n'a qu'une envie : s'écrouler sur son lit. Elle n'en fait rien, préférant travailler sur son ordinateur pour préparer l'affiche du prochain atelier, animer les réseaux sociaux de la librairie. Elle rêve de faire venir de grands auteurs comme Tatiana de Rosnay ou Joël Dicker, mais elle pense n'avoir aucune chance : pas assez de passage, donc pas assez de ventes. C'est le jeu.

Eva ne désespère pas pour autant. Elle reste convaincue de pouvoir faire de la librairie un lieu qui compte, un lieu de rassemblement dans le quartier comme il fut un temps.

Aujourd'hui, Eva a parlé à la maîtresse d'Arthur pour lui faire part de ses inquiétudes concernant le garçon. Discrètement, alors que les trois enfants Donadieu patientaient calmement devant le portail de l'école, celle-ci lui a rétorqué qu'elle était parfaitement au courant de la situation. Ses formules rhétoriques d'usage – « l'affaire est prise au sérieux », « des sanctions sont prévues à cet effet » – n'ont pas rassuré Eva le moins du monde. Elle botterait bien les fesses d'un ou deux élèves pour faire justice elle-même, mais sa bonne conscience l'en dissuade aussitôt. Elle se souvient de cette citation du grand Martin Luther King : « La violence n'apporte jamais de paix durable. »

Bien sûr, la paix !

La paix est la solution. La paix intérieure. Elle est persuadée que si Arthur se sentait mieux dans sa peau, il aurait davantage confiance en lui et ses camarades cesseraient peut-être de l'importuner. Pourquoi n'y a-t-elle pas pensé plus tôt ? Quel genre d'activité pourrait lui faire plaisir ? Il n'y a que lorsqu'elle prépare les repas qu'il vient spontanément vers elle, et lui donne à l'occasion un coup de main toujours bienvenu. Il déteste le sport, il aime les jeux vidéo. Elle ne peut pas l'encourager à jouer plus à la console, sachant que ses parents lui ont expressément demandé de le surveiller afin de limiter son temps d'écran.

Eva laisse Louis et Rose jouer dans le salon et leur propose de préparer un spectacle de marionnettes. Elle aide Arthur à faire ses devoirs. Après que celui-ci a appris puis récité sa poésie par cœur, tous les deux assistent enfin au spectacle, mais ce que les enfants leur présentent laisse Eva sans voix.

– 45 –

Il est près de 21 heures lorsque Garance Donadieu rentre à la maison. Les traits tirés, le teint blême, c'est à peine si elle a la force de prononcer un « bonsoir ».

Rose et Louis viennent de s'endormir. Quant à Arthur, il termine de lire une bande dessinée dans son lit. Malgré l'heure tardive, Eva insiste pour engager une discussion avec la maîtresse de maison, qu'elle le veuille ou non.

— Madame Donadieu, si vous avez un moment, j'aimerais vous parler.

L'espace d'une seconde, Garance a l'impression d'être toujours à son cabinet. Cette question, elle l'entend à longueur de journée. Ses collaborateurs ne cessent de l'interrompre pour l'interroger, avoir son avis, valider des projets d'e-mails ou de conclusions, pour bénéficier de son expérience. Elle soupire. Bien sûr qu'elle a un moment, si elle ne leur accordait pas ce temps, comment pourraient-ils avancer dans leur dossier ?

Sauf que cette fois-ci, elle est chez elle et que tout est différent. Eva ne va pas faire tourner son cabinet.

Elle invite la jeune fille à prendre place sur le canapé. Elle s'attend à ce que sa baby-sitter lui annonce qu'elle va la lâcher, comme toutes les précédentes. Après tout, ce ne serait que justice : depuis plusieurs jours, elle n'arrive plus à rentrer à l'heure.

— C'est au sujet de vos heures supplémentaires ? Elles vous seront réglées en même temps que votre prochaine paie.

— Non, ce n'est pas ça. Je voulais vous dire que le Dr Bernard a reçu Louis en consultation cette semaine.

— C'est une plaisanterie ? Pourquoi ? Il ne gagne pas assez d'argent avec Arthur ? Je pensais que c'était un bon pédopsychiatre…

— Il l'est. À vrai dire, c'était à ma demande.

— Pardon ? demande-t-elle, ahurie. Voyons, Eva, qu'est-ce qui vous est passé par la tête ? De quel droit ? Louis n'a pas besoin de ça ! Surtout à son âge ! Vous auriez dû me consulter avant de prendre une telle initiative ! s'indigne-t-elle.

Eva aurait adoré lui en parler avant, si seulement Garance lui en avait laissé le temps ou si elle était rentrée plus tôt le soir. Elle ne l'a pas mentionné dans le carnet de liaison, car elle souhaitait lui en faire part de vive voix.

— Je vous promets que cela n'a duré qu'un court instant. Je m'inquiétais, je me disais qu'il y avait peut-être une raison au fait qu'il ne parle pas. Vous m'aviez dit que c'était normal, mais je me suis renseignée sur le sujet et je voulais juste vérifier que Louis était capable de parler, qu'il n'avait pas un problème de mâchoire ou de dentition. C'était pour son bien, je ne voulais pas être intrusive.

— Eh bien, j'apprécie vos initiatives, mais ce n'est pas à vous de juger ce qui est bon ou non pour mes enfants ! Vous ne vous êtes pas dit que je l'avais déjà emmené voir un orthophoniste, tout simplement ?

Elle marque un point. Eva sait qu'elle s'aventure sur un terrain glissant et que Garance n'acceptera pas cet affront susceptible de remettre en cause ce qu'elle prétend être : une femme parfaite en toutes circonstances qui se préoccupe de sa famille.

— Je l'ignorais… Le Dr Bernard m'a confirmé que Louis savait parfaitement parler. Apparemment, ils ont même échangé quelques mots. Je n'ai pas pu assister à la séance.

— Très bien. Vous m'en direz tant. Vous êtes contente de vous ? Autre chose à me dire ?

Un seau d'eau glacée vient de tomber sur la tête de Garance. Louis parle ? Son petit dernier parle avec un inconnu alors qu'avec elle, il n'a jamais prononcé un seul mot ? Pourquoi ? Garance demeure impassible. Elle cache sans peine ses émotions, comme elle sait si bien le faire dans un prétoire, vêtue de sa robe d'avocat. En réalité, à l'intérieur, elle bouillonne, prête à exploser. Non, une nounou ne lui rappellera pas son devoir de mère ; la maîtresse d'Arthur, à la rigueur, mais pas Eva, pas une gamine qui n'a même pas d'enfant et qui ne sait pas ce que c'est. Elle doit mettre un terme au plus vite à cette conversation.

— Vous savez que nous avons construit un théâtre de marionnettes avec Rose et Louis ? reprend Eva.

Garance hoche la tête. Même si elle l'avait voulu, elle n'aurait pas pu rater l'immense et affreux carton qui trône désormais dans la chambre de Rose. Elle soupire d'impatience pour manifester son agacement, comme si Eva ne lui apprenait rien et lui faisait perdre son temps.

— Louis tenait les marionnettes du papa et de la maman pendant que Rose imitait les voix. En gros, voilà ce que donnait le spectacle.

Eva sort son téléphone de sa poche et montre la vidéo qu'elle a prise. Garance, attendrie, sourit. Deux poupées dépassent du cadre du castelet et bougent dans tous les sens. Elle aperçoit la tête de Louis, qui ne tient pas en place, et reconnaît la voix de Rose. Son visage s'obscurcit aussitôt et se ferme au moment où la fillette prononce ces paroles :

« Ce sera mieux pour les enfants, et puis Rose me répète qu'elle rêve d'avoir deux maisons, comme Cindy, ma copine. Tu sais, ses parents ont dit "vorcé" et elle a eu deux chambres. Je crois que c'est une sorte de formule magique. Elle ne voit son papa que le week-end. Quelle chance ! Au moins, s'ils se séparent pour de bon, je ne verrai plus leurs disputes, j'aimerais bien que mes parents disent "vorcé" eux aussi, comme ça, un coup de baguette magique et hop, deux maisons ! »

Eva arrête la vidéo à ce moment-là. Elle sait combien Garance doit être affectée par ces images, même si cette dernière demeure imperturbable, telle une statue de marbre dépourvue d'âme. L'air est devenu glacial.

— Je suis désolée, mais je pensais que vous deviez voir cette vidéo.

— Merci, Eva, pour ces deux informations. Bonne soirée, à demain, dit-elle avant de la diriger vers la porte.

Garance ne laisse rien transparaître, même si, au fond d'elle, son cœur vient de se briser en mille morceaux.

– 46 –

Garance est lasse. Elle se demande si elle n'est pas en train de faire un burn-out. Mais non, c'est impossible, le travail, c'est ce qui la fait tenir, qui donne un sens à sa vie. Certes, elle ressent une fatigue intense et a l'impression de perdre le contrôle de son existence, mais d'un point de vue professionnel, elle est irréprochable. D'ailleurs, ses associés viennent de la féliciter. Elle a dépassé ses objectifs.

Alors pourquoi se sent-elle si mal ? Pourquoi ces félicitations qui tombent à point ne semblent-elles plus la satisfaire ? Qu'est-ce qui cloche ?

Elle a pourtant l'intime conviction qu'elle n'a commis aucune erreur. La nounou qu'elle emploie pour s'occuper de ses enfants lui coûte une fortune. Si elle ne se préoccupait pas d'eux, elle les mettrait à la garderie tous les soirs, en centre aéré les mercredis et pendant les vacances, ne prendrait pas la peine de les inscrire à des activités périscolaires. Elle est persuadée que tout ce qu'elle entreprend, toutes ses décisions sont ce qu'il y a de mieux pour eux.

Certes, elle n'est pas la parfaite petite épouse, mais à sa décharge, Marc-Antoine n'est jamais là. Il passe son temps dans les avions et les aéroports de Tel-Aviv, Londres, Bruxelles, New York, et puis il y a Anvers, la capitale de la pierre précieuse, où il aurait pu élire domicile dans le quartier des diamantaires.

Son mariage bat de l'aile depuis la naissance d'Arthur ; alors que Marc-Antoine aurait dû se montrer plus présent, il a créé sa boîte, qui nécessitait un investissement personnel considérable. Très vite, la famille avait disposé de plus d'argent qu'elle n'avait de temps pour le dépenser. Marc-Antoine, exalté par son succès, en voulait toujours plus et n'était pas près de lever le pied. Ainsi, il consacrait un quart de son temps au sommeil, un autre pour ses pauses déjeuner et dîners d'affaires ou son sport, et les deux derniers quarts au travail. Sa famille n'avait plus aucune place dans son agenda de ministre, et le temps qu'il lui dédiait se réduisait comme peau de chagrin. Le week-end, quand il n'était pas en déplacement, il emmenait la petite marmaille en Normandie, ce qui pour lui était un signe incommensurable de don de soi et de sacrifice.

Garance ne devrait pas se plaindre de son absence. Son mari lui offre souvent des diamants lorsqu'il parvient à dégoter de gros contrats, mais elle observe ses mains qui ne disposent pas d'assez de doigts pour porter toutes ces bagues luxueuses. Que va-t-elle faire de tous ces bijoux ? À quoi lui servent-ils ? À afficher socialement la réussite professionnelle qu'inspire leur couple ? Des diamants ne peuvent pas remplacer un mari. Aucun objet ne le peut, quelle qu'en soit la valeur.

Garance ne se rend pas compte que cette navrante situation est l’exact reflet de celle de ses enfants, qui ne veulent ni diamants, ni argent, ni activités extrascolaires. Ce qu’ils veulent ne s’achète pas, ce qu’ils veulent n’a pas de prix.

– 47 –

Eva se remémore l'époque pas si lointaine où elle allait rejoindre Iris au café *Saint-Médard* pour prendre un verre avant de rentrer à la maison. Ce petit rituel a cessé depuis qu'elle travaille le soir pour les Donadieu. Désormais, elle doit se contenter des déjeuners, et encore, seulement quand Iris en a le temps.

Lorsqu'elles se retrouvent dans leur salon de thé préféré, c'est en coup de vent. Iris raconte ses négociations avec le traiteur de son mariage, Eva ses doutes concernant ses projets. Un vrai chœur de lamentations à elles deux !

— Je n'y arriverai jamais. J'ai l'impression que je ne fais rien de bien. Et puis, je m'inquiète pour ma mère. Elle est de plus en plus distante, je la trouve changée. J'ai l'impression qu'on n'arrive plus à communiquer, comment a-t-on pu en arriver là ?

— Arrête, Eva. Ta mère va très bien. Tu te fais des films, comme d'habitude. J'avais oublié que tu avais une imagination débordante. À force de trop lire, tu crois que ta vie est un polar. Ne t'inquiète pas, ce n'est pas le cas.

— Merci, Iris, tu me rassures ! dit-elle ironiquement. Je te signale qu'il nous reste quoi… quatre mois avant d'être mises à la porte ? L'heure tourne et nous n'avons toujours pas de solution de repli.

— *Tu* n'as pas de solution.

— Qu'est-ce que tu veux dire par là ?

— Je pense que Corinne est grande, elle t'a élevée seule et s'en est très bien sortie. La preuve… regarde-toi !

— Merci pour le compliment, je prends. Mais quand même, elle est bizarre en ce moment. Tu verrais sa nouvelle coupe !

— Je sais ! C'est moi qui la coiffe ces derniers temps.

— Quoi ? Elle vient te voir ? Pourquoi tu ne m'as rien dit ?

— Tu veux que je te parle de toutes mes clientes ?

— Non, mais ma mère n'est pas une cliente comme les autres.

— C'est vrai, elle est marrante.

— Et alors je peux savoir ce qu'elle te raconte quand elle vient te voir ?

— Quoi ? Je ne suis pas sa psy !

— C'est tout comme !

— Eh bien, dans ce cas, figure-toi que je suis tenue par le secret professionnel. Tu crois que nous n'avons pas de déontologie, nous, les coiffeuses ? Fais-moi confiance, tout ira bien pour elle. Il faut que tu arrêtes de toujours t'en faire pour les autres, pense un peu à toi !

— Tu dis ça comme si tu savais…

Eva s'interrompt, le regard figé comme si une ombre venait de le voiler. Et si sa meilleure amie en savait plus qu'elle sur sa mère ? Il n'en faut pas davantage à Iris pour cerner la situation. Afin de rassurer et réconforter son amie, elle lui propose une heure de massage où elles auront tout le loisir de se détendre, proposition qu'Eva accepte volontiers. Si elle continue à ce rythme, ses cervicales ont une grande probabilité de se retrouver bloquées.

En retournant à la librairie, Eva se demande à quel moment les liens avec sa mère se sont distendus. Corinne a toujours su tenir la bonne distance avec sa fille, présente pour elle sans jamais l'étouffer (malgré quelques commentaires sur ses tenues qui pouvaient l'agacer), mais dans l'ensemble la colocation entre mère et fille n'a jamais vraiment posé de problème. La preuve : les années passent et Eva est incapable de s'éloigner plus de quelques jours de sa mère. Si elle était si malheureuse, elle aurait claqué la porte depuis un moment.

– 48 –

Une nouvelle fois, les enfants ont épuisé leur nounou. Ils n'y sont pas allés de main morte. Ils ont joué aux chasseurs de dragon. Eva tenait le rôle du vilain dragon et Rose et Louis celui des chasseurs. En général, les jeux se terminent de la même façon : Eva mange les petits chasseurs en commençant par le ventre, ce qui provoque à tous les coups leur hilarité. Elle aime entendre leur rire. Même si Louis ne parle pas, il ne peut s'empêcher de glousser. Après avoir mis l'appartement sens dessus dessous, il leur a fallu plus d'une demi-heure pour tout ranger.

De retour à l'appartement, surmenée, à fleur de peau, plus essorée qu'après une séance intensive de vélo d'appartement en mode brûle-graisse, Eva se décide malgré tout à engager la discussion avec sa mère.

— Maman, tu es là ?

Corinne sort de la salle de bains, une serviette enroulée autour de la tête.

— Oui ?

— Je voulais te parler.

— Tu ne veux pas dîner d'abord ?

Eva s'affale sur le canapé-lit pendant que Corinne lui réchauffe un plat de lasagnes. Elle prend une grande inspiration avant de se lancer. Pas la peine d'y aller par quatre chemins.

— Maman, dis-moi, tu as l'air distante et je te félicite de prendre tout ce qui t'arrive avec beaucoup de recul, mais j'ai l'impression que tu ne me dis pas tout, je me trompe ? Est-ce que tu as réfléchi à ce qui va se passer après, quand nous devrons rendre la loge ?

— Je te l'ai déjà dit et je te le répète, ne t'inquiète pas pour moi. Je t'ai élevée seule jusqu'à présent et tout s'est très bien passé, non ?

Ça dépend de quel point de vue on se place, songe Eva.

— Eva, tu es tout pour moi. Je crois que je suis prête à prendre un nouveau départ et tu devrais en faire autant. Même si nous ne vivons plus ensemble, je serai toujours là pour toi. Tu te souviens de notre dispute à propos de tout ça, de la loge de gardienne ? Tu avais raison, moi aussi, j'étouffe ici. J'ai besoin de respirer. Je vais quitter Paris.

— Quoi ?! dit Eva en faisant les gros yeux.

— Tu as parfaitement entendu. J'ai trouvé un emploi. En fait, c'est grâce à Mme Blois, du troisième étage. Dès qu'elle a su que j'allais devoir quitter la loge, elle m'a proposé d'aider ses parents. Ils vivent dans le Luberon et n'ont plus la force de tenir leur gîte. Je serai logée sur place, je m'occuperai des tâches ménagères, de la cuisine et surtout de l'accueil des clients. Je ne trouvais jamais le bon moment pour t'en parler…

— Mais pourquoi vas-tu t'isoler avec deux personnes âgées ? Tu quittes une cage pour une autre !

— J'ai besoin de respirer, comme je te l'ai dit. Je n'exclus pas de refaire ma vie un jour avec un homme, je sais qu'en étant loin de tout, cela risque d'être difficile, mais j'ai besoin de cette parenthèse, tu comprends ? C'est ma bouffée d'oxygène.

Eva ne s'attendait pas à cette révélation. Non, elle ne comprend pas pourquoi Corinne éprouve soudainement le besoin de se mettre au vert. Les premiers signes de l'approche de la cinquantaine. Mais elle comprend maintenant pourquoi sa mère ne lui a pas fait part de son projet plus tôt, elle s'y serait opposée. Malgré tout, Eva sait que ce n'est pas le moment de la juger.

— Je ne comprends pas trop, mais je trouve ce choix très courageux et rien que pour ça, je valide ton projet.

Elles s'enlacent. Dans les bras de sa mère, Eva s'enivre de son doux parfum floral, le même depuis des années, faisant ainsi rejaillir ses souvenirs d'enfance. Dans ses bras, elle lui pardonne de l'avoir tenue à l'écart de son secret.

Il est temps pour Corinne de faire sa vie, et Eva la sienne.

– 49 –

— Ta mère se débrouillera très bien ! s'écrie Marcel.

— C'est ce qu'elle m'a dit. Je comprends mieux pourquoi elle paraissait si détachée de tout ces derniers jours. Elle ne sera pas à la rue comme moi. Elle va partir vivre chez ce couple âgé.

— Tu peux venir chez moi !

— Chez toi ? Je ne suis pas certaine qu'il y ait de la place. Il faudrait commencer par faire du rangement ! le taquine-t-elle. Je vais trouver, Marcel, ne t'en fais pas pour moi, je vais me dégoter un petit studio sympa, j'en suis sûre.

Ses mots sonnent faux, elle n'y croit pas un seul instant.

En attendant le prochain atelier de Nathanaël, Eva a organisé une séance de dédicace avec un écrivain que Marcel voulait, une fois n'est pas coutume, à tout prix inviter. Cet auteur a écrit un roman inspiré de la vie de Saint-Exupéry.

Il y a foule ce samedi-là. Marcel se réjouit de voir autant de monde autour de lui et souffle même à l'oreille d'Eva : « C'est une affaire qui tourne, ton histoire », accompagné d'un clin d'œil.

Cette lueur d'espoir dans son regard emplit Eva de joie. Le visage marqué par les rides et le désespoir laisse de nouveau place aux sourires portés par un enthousiasme débordant. Marcel a les yeux pétillants et emplis d'ambition, ce qui la rend heureuse.

— On ne s'en sort pas trop mal, si on continue comme ça, on ne va peut-être pas mettre la clé sous la porte le mois prochain ! lui rappelle-t-il d'un air optimiste.

Eva entrevoit enfin le bout du tunnel. Et si ces difficultés de la vie quotidienne n'étaient pas une punition, mais plutôt des épreuves à surmonter pour accéder à un confort et à un cadre de vie idylliques ? Et si cette adversité constituait le feu qui lui permettrait d'attiser les flammes du bonheur ? Eva en a l'intime conviction, elle est proche du but.

L'atelier culinaire proposé par Nathanaël affiche complet. Eva a choisi de l'organiser le premier samedi des vacances de Noël et une dizaine de parents y ont inscrit leurs enfants.

Cette fois-ci, le chef se présente à l'heure et il n'est pas seul. Ses trois neveux l'accompagnent.

— Rose, Louis, Arthur ! Je suis contente de vous voir aujourd'hui ! s'écrie-t-elle avant de les embrasser.

Eva n'en revient pas. Jusqu'à présent, elle avait toujours tenu à séparer ses deux emplois. Désormais elle se rend compte qu'inclure les enfants dans sa vie à la librairie, sa vie de tous les jours, n'est pas pour lui déplaire.

— Surpiiiiise !!! s'exclame Rose.

— Votre oncle est un sacré cachottier. Je ne savais pas que vous alliez participer à l'atelier !

— Bonjour, Eva, ce seront mes assistants aujourd'hui.

Les bras chargés de sacs en papier, Nate entre dans la librairie et va s'installer au fond du magasin.

Proposer un atelier pour les enfants est finalement une très bonne idée. Sachant que le cours dure quarante-cinq minutes, la plupart des parents, qui ont laissé leurs marmots entre les mains du chef, flânent dans la librairie. À la fin de la séance, chacun repart avec plusieurs livres.

Eva s'avance pour féliciter Nathanaël. Tous deux en profitent pour ranger le matériel, pendant que les enfants grignotent le carpaccio de tomates au fromage de chèvre.

Même Rose s'en délecte.

— Incroyable ! Rose, tu manges ?

La petite fille feint de ne pas l'entendre et continue d'engloutir le reste du plat.

— Rose mange volontiers quand c'est Arthur qui cuisine. Sans doute parce qu'elle sait que c'est sa pass…

Il s'interrompt comme si ce qu'il s'apprêtait à révéler était un crime inavouable.

— Donc, Arthur, tu aimes cuisiner ? Pourquoi ne pas me l'avoir dit plus tôt ? C'est pour ça que tu me rejoins tout le temps dans la cuisine ? J'ai cru que c'était parce que tu me trouvais vraiment trop nulle ! s'écrie Eva.

— Mince, ne dites rien à ma sœur, s'il vous plaît. Vous savez combien elle me déteste parce que j'ai décidé de plaquer mon job du jour au lendemain pour devenir chef ! Il faut absolument que ça reste entre nous. Elle en fait une fixation et a peur qu'Arthur ne devienne comme moi… Vous imaginez si ça arrivait ? L'horreur, ironise-t-il.

— Eva, tu promets de ne rien dire ? renchérit le garçon.

— Je te le promets, Arthur.

— Tu m'as dit ça la dernière fois, et puis tu as quand même parlé à la maîtresse…

— La dernière fois, c'était parce que je m'inquiétais pour toi. Cette fois-ci, je ne dirai rien.

Même si dans les deux cas, elle s'inquiète tout autant pour lui, elle n'a pas besoin qu'on lui fasse un dessin, révéler ce secret à Garance serait tout sauf une bonne idée.

— Il a pour interdiction de cuisiner, poursuit Nathanaël, mais il adore ça ! On cuisine ensemble dès que nous le pouvons, je note dans le carnet de liaison qu'on joue à la console, mais en réalité je passe mon temps à lui apprendre deux ou trois trucs de cuistot. On a ça dans le sang, pas vrai, p'tit chef ?

Nate lève le bras et Arthur tape dans sa main.

— C'est donc ça, vos soirées clandestines jeux vidéo quand je ne suis pas là ? Mais c'est formidable ! Tu aurais dû me le dire. Tu pourras m'apprendre à cuisiner, Rose va peut-être se mettre à manger et Louis à parler ?

— Avec un peu de chance… affirme Nathanaël, mais faut pas trop rêver non plus !

– 50 –

Les feuilles d'automne sont passées du rouge flamboyant au jaune doré depuis un moment. Elles se détachent une à une des platanes taillés en rideau et virevoltent dans les allées du jardin des Plantes, où Eva se promène avec ravissement. Elle y croise tous types de sportifs et d'activités, des joggeurs solitaires au club de tai-chi du troisième âge en passant par des yogis. Ce matin-là, Eva a beau essayer de se motiver, d'enfiler ses baskets, elle n'en fait rien. Le temps est trop froid, il va pleuvoir. Toutes les excuses sont bonnes pour ne pas faire de sport. Elle préfère encore marcher, en parfaite communion avec les arbres centenaires du jardin. Comme eux, et avec eux, elle respire la sérénité. Cette marche l'apaise et, ici, la crainte de voir surgir une crise d'angoisse se dissipe. Tout semble enfin rentrer dans l'ordre, sa mère est heureuse d'aller vivre dans le Luberon. La librairie se redresse pas à pas. Que demander de plus ?

Eva est plongée dans sa lecture lorsque Iris la rejoint sur un banc.

— Tu savais pour ma mère ? demande Eva en refermant le livre.

— Bonjour à toi aussi, Eva, et oui, je savais, répond-elle, le regard implorant le pardon.

— Pourquoi tu ne m'as rien dit ?

— À ton avis ? Parce qu'elle m'a demandé de garder le secret et que ce n'était certainement pas à moi de te l'annoncer !

— Depuis quand es-tu au courant ?

— Deux mois environ. Tu m'en veux ?

Eva soupire.

— Même si je le voulais, je n'y arriverais pas. Non, bien sûr que non, je ne t'en veux pas, mais un peu quand même… On peut remettre les compteurs à zéro ? J'ai raté ton dernier essayage de robes de mariée et toi, tu m'as caché la vérité concernant les projets de ma mère.

Iris acquiesce avec un sourire complice.

À la maison, mère et fille ont inversé les rôles. Corinne est aux petits soins avec Eva, comme pour se faire pardonner d'une faute qui n'en est pas vraiment une. Elle vit une seconde jeunesse. Elle semble légère, comme soulagée du poids du secret et de la culpabilité.

Eva ne reconnaît plus sa mère. Elle ne lui fait même plus de réflexions ! Aujourd'hui, la jeune femme porte un tee-shirt décoré d'une immense paire d'yeux en dentelle bleue et une jupe plissée vert sapin qui lui arrive aux chevilles. Corinne va même jusqu'à la complimenter, laissant Eva stupéfaite. Oui, sa mère a changé, pour le meilleur. Moins conformiste, plus insouciante, moins rigide, plus ouverte. Comme quoi, il n'y a pas d'âge pour tout recommencer. Ou pour changer, tout simplement. Corinne a surmonté cette mauvaise passe et ses peurs. Elle a cessé de se poser des questions pour prendre sa vie en main.

– 51 –

Comme à la Toussaint, le couple Donadieu a une nouvelle fois décidé de faire l'impasse sur les vacances de Noël, confiant la garde des enfants à Eva.

Les vacances s'annoncent cauchemardesques. La veille, ils n'ont cessé de se chamailler en mettant en prime la maison sens dessus dessous. Eva doit rapidement leur trouver une occupation, sinon elle ne s'en sortira jamais.

— Que diriez-vous de faire une soupe de légumes ce midi et un gâteau au chocolat cet après-midi ?

— Et le repas que maman a prévu ?

— Ce sont des pizzas surgelées, on va les laisser dans le congélateur.

Arthur enfile le tablier que son oncle lui a offert et qu'il cache précieusement dans le placard de sa chambre. Il se lance dans l'épluchage des carottes, des courgettes et des pommes de terre sous les yeux épatés d'Eva, qui n'en attendait pas tant. Arthur semble enfin dans son élément. Face à sa détermination, elle se met également à la tâche et émince les blancs de poireau.

Rose et Louis, peu intéressés par la cuisine, et surtout parce que Eva leur interdit de toucher aux couteaux, finissent par se construire une cabane avec tous les draps et coussins de l'appartement. Eva soupire ; l'essentiel, c'est que tout soit rangé avant l'arrivée des parents.

Arthur, très enthousiaste, ne tient pas en place, expliquant tout ce qu'il fait, agissant avec une assurance impressionnante.

— On pourrait ajouter des aromates ? suggère-t-il.

— Bonne idée.

Très détendu, il en vient même à se confier sur sa passion, son rêve de monter sa chaîne YouTube pour des petits chefs comme lui, mais…

— Imagine que mes parents l'apprennent, je serai privé d'Internet à vie !

— Qui te dit qu'ils seront au courant ?

— Comment ça ? Ils me tueraient s'ils le savaient !

— Je suis sûre qu'on peut les convaincre et trouver des solutions en attendant ! Et puis, tu peux créer un pseudonyme. Tu n'es pas obligé de montrer ton visage. Tu peux faire des plans uniquement sur tes mains et la table de la cuisine. Sans compter que ta chaîne sera privée tant que tu n'auras pas l'accord de tes parents.

Les yeux du garçon s'écarquillent comme si on venait de lui tendre une glace à l'italienne, Eva sait combien il en raffole. Il est au paradis.

— C'est vrai ? Tu me laisserais faire ça ?

Eva hoche la tête, et pour la première fois, Arthur lui saute au cou, l'entourant de ses petits bras potelés.

— Merci, Eva ! C'est le plus beau cadeau qu'on puisse me faire.

La jeune femme est émue aux larmes. Le petit Arthur en train de s'activer dans la cuisine n'a rien à voir avec le garçon qu'elle récupère tous les soirs après l'école. Il est plein de vie, débordant d'énergie, heureux. Et si c'était tout simplement ça, la recette du bonheur ?

À midi, Louis déguste silencieusement sa soupe. Rose, sachant que c'est son frère qui a cuisiné, ne se fait pas prier et termine même son bol.

Eva n'en croit pas ses yeux.

Hormis les 24 et 25 décembre, Eva travaille tous les jours. Les enfants s'émerveillent de leurs nouvelles créations, leurs petits bonheurs quotidiens. Le matin, Arthur concocte des recettes en vue de sa vidéo pendant que Rose et Louis organisent leur prochaine pièce de théâtre : *Les Trois Petits Cochons*. Pour cela, il leur faut créer les décors ainsi que les personnages.

L'après-midi, Louis fait la sieste. Eva aide Arthur à monter sa vidéo, intervenant pour le filmer et le conseiller sur la sélection des séquences ou le choix des musiques. Quant à Rose, Eva l'a inscrite à un concours de dessin en ligne. La petite fille doit réaliser chaque jour une illustration sur un thème différent. Lundi, le thème était « dessine-moi un mouton », mardi, « nous n'irons plus aux bois », et ainsi de suite. Chaque soir, Eva charge une photo du dessin sur le site Internet qui, à la fin des vacances, communiquera le nom du gagnant ou de la gagnante. L'enjeu est à la hauteur du prix : trois séances de cours de dessin dans le prestigieux musée des Arts décoratifs, aux Ateliers du Carrousel.

Lorsque Louis se réveille de la sieste, Eva les emmène tous les trois faire un tour au jardin des Plantes.

De retour, il ne lui reste que deux petites heures pour les doucher, leur préparer le dîner et aider Arthur à faire ses devoirs. Eva ne se pose sur le canapé qu'une fois Louis endormi.

— Eva ?

— Oui, Rose, répond-elle en refermant le livre qu'elle s'apprêtait à lui lire.

— Je peux arrêter la danse pour faire que du dessin ?

— Ce n'est pas possible, tu sais très bien que ta maman ne serait pas d'accord.

— Mais j'aime pas la danse !

— Rose, tu es inscrite et tu dois y aller jusqu'à la fin de l'année scolaire.

— C'est encore loin la fin de l'année scolaire ?

Eva soupire et hausse les épaules. Elle n'a pas le courage de lui dire qu'il lui reste encore six mois, six mois de supplice. Elle n'a pas non plus le courage de lui avouer qu'elle ne sera plus là, qu'elle sera partie à Pâques, date limite qu'elle s'est fixée, et que Rose va terriblement lui manquer, ainsi que ses frères.

Avant la fin des vacances, Arthur a déjà posté sa seconde vidéo sur sa chaîne YouTube, qu'il a nommée « P'tit Chef ».

Eva le trouve soudain changé. Il est plus expressif, plus enjoué. Il ne rechigne pas lorsqu'il faut passer à table ou s'occuper de son petit frère ou de sa petite sœur. Il ne traîne plus pour faire ses devoirs. Il est concentré et n'a qu'une envie : créer de nouvelles recettes faciles à réaliser pour des enfants de son âge.

A-t-il enfin trouvé la paix intérieure ? La petite Rose en est certaine, elle n'a jamais vu Arthur aussi enthousiaste et ne cesse de remercier Eva.

— Pourquoi me remercies-tu, Rose ? Qu'est-ce que j'ai fait ? lui demande Eva.

— Grâce à toi, Arthur pétille de mille feux !

Eva ne peut s'empêcher de la serrer contre elle. Rose est si petite, et pourtant, elle est capable d'éprouver un si grand amour pour ses frères et de l'empathie pour les autres. D'ailleurs, elle s'est mise à manger presque par plaisir. Enfin, Eva ne pourrait pas dire qu'elle s'est remplumée. L'essentiel, c'est qu'elle ne rejette plus son déjeuner. Elle est tellement fière de son grand frère qu'elle est prête à tout pour lui faire plaisir, y compris manger.

Louis ne parle toujours pas, mais ses sourires sont plus éloquents que des mots. Il joue avec beaucoup plus d'entrain que d'habitude. Leur pièce de théâtre avance lentement mais sûrement. Alors que Rose récite par cœur l'histoire qu'Eva lui a fait apprendre, tout en y apportant sa touche personnelle, Louis s'amuse à faire défiler les personnages en carton, collés avec du scotch sur des branches en bois qu'ils ont ramassés au cours d'une balade dans un square, près des arènes de Lutèce, ce grand amphithéâtre gallo-romain niché en plein cœur du quartier.

En étant à l'écoute des enfants et en les laissant s'exprimer, Eva a finalement permis à chacun de trouver son équilibre, et elle a l'impression, pour la première fois, de (presque) faire partie de la famille.

– 52 –

Garance est à deux doigts de boucler le dossier d'adoption sur lequel elle travaille depuis des mois. Faisant feu de tout bois, elle a contesté le refus sans motif de l'administration rwandaise de délivrer le visa de l'enfant et a engagé en parallèle une procédure d'exequatur. Cela permettra de faire reconnaître au plus vite l'adoption du petit garçon en France. Si le juge français « exequatur » la décision d'adoption de l'enfant en la considérant comme une adoption plénière, celui-ci obtiendra automatiquement la nationalité française. Dès lors, la demande de visa ne posera plus aucune difficulté.

Ne leur avait-elle pas promis qu'ils reviendraient en France avec leur petit ?

Pourtant, Garance est inquiète. Lorsqu'elle en aura terminé avec cette famille, elle pourra se consacrer à la sienne, qu'elle a laissée s'enliser dans des sables mouvants. Au fond, elle sait que c'est une bombe à retardement. Elle vit en sursis et n'imagine même pas le jour où tout explosera. Elle a indéniablement plus de facilités à aider les familles des autres qu'à résoudre les problèmes de la sienne. Pourtant, elle sait qu'elle doit faire face à la réalité : elle ne consacre pas assez de temps à ses enfants, à sa mère, encore moins à son mari. Elle fuit ses responsabilités familiales en se consacrant corps et âme à son travail.

Elle doit reconnaître, après réflexion, que ces deux jours de congé pour rester auprès d'Arthur lui ont fait le plus grand bien. Elle a ri à perdre haleine, comme cela ne lui était pas arrivé depuis des mois, lorsque Rose a posé sa compote de pommes sur un banc et qu'Arthur s'est assis dessus sans le faire exprès, faisant exploser le tube sous ses fesses. Leurs éclats de rire se sont mêlés pour s'accorder et siffler un air de légèreté. Pour la première fois, Garance avait eu l'impression d'être touchée en plein cœur par une grâce divine, le bonheur d'être maman. Ce moment l'a foudroyée. Une révélation. Et elle s'est souvenue d'avoir aimé chacun de ses enfants alors qu'elle les portait dans son ventre.

Puis, il y a eu les post-partum et plus récemment cette vidéo d'Eva montrant cette fameuse représentation théâtrale lors de laquelle sa fille parlait de divorce avec ses mots d'enfant. Elle avait pris son courage à deux mains pour tenter d'engager une conversation avec Marc-Antoine. En vain. Il s'était emporté, comme d'habitude.

Il venait de se glisser sous la couette, et tout ce qu'il voulait, c'était un câlin ou dormir : « Tu me fais chier ! » avait-il lâché sans écouter les diatribes de Garance, avant de lui tourner le dos, d'éteindre sa lampe de chevet et de s'endormir.

Garance avait passé une partie de la nuit à pleurer. Depuis quand n'avaient-ils pas fait l'amour ? Elle avait pris la décision cette nuit-là d'arrêter la pilule. Il n'y avait aucun risque qu'elle retombe enceinte puisque depuis lors, comme elle s'y attendait, il ne l'avait pas touchée.

Si, dans son travail, elle adore se creuser les méninges pour aider des familles à s'en sortir, pour son couple, en revanche, elle n'envisage aucune issue possible : un conseiller conjugal ? Hors de question, Marc-Antoine est trop fier pour consentir à étaler leur vie privée et prendre ce genre de rendez-vous au sérieux. Le voilà, le fond du problème de son mari : le rapport à l'argent. Les diamants lui font tourner la tête et lui ont fait perdre le sens des priorités. Du moins, sa famille ne semble plus en faire partie et passe toujours en dernier. Si par malheur elle osait lui proposer un rendez-vous avec un psychologue, il s'emporterait, refuserait d'écouter et puis cesserait de lui parler pendant un temps.

Plus les jours passent, plus leur intimité s'égrène. Garance sent son couple se dérober comme le sable qui s'écoule lentement du sablier. Que restera-t-il après ? Garance a peur du vide. Elle retourne sans cesse le sablier, ne faisant que repousser les difficultés et retarder l'échéance fatidique.

Eva lui a ouvert les yeux sur l'état lamentable de sa famille. Depuis, il lui est impossible de les refermer. Elle ne trouve plus le sommeil, ressassant les ennuis qui l'accablent.

La présence d'Eva, sur qui elle peut compter, est la seule chose qui la soulage. Elle s'occupe si bien de ses enfants. C'est la première fois qu'une baby-sitter s'intéresse réellement à eux, s'inquiète de leur bien-être, leur propose mille et une activités avec toutes sortes d'objets qu'elle récupère, des trouvailles.

Jenny, la précédente nounou qui parlait anglais à un niveau certes correct mais somme toute limité, échangeait finalement très peu avec les enfants. Elle se contentait de noter le minimum dans le cahier de liaison, et d'un « *Hello/Goodbye* » avec Garance.

Eva, elle, ne parle pas anglais, ce qui est quand même plus simple, elle doit le reconnaître, pour interagir avec les enfants. C'est peut-être à cause de Jenny que Louis ne parle pas ? Ne fait-il pas un blocage à force de confondre le français et l'anglais approximatif de sa précédente nounou ?

Bientôt, il parlera avec elle et elle sera fière de lui. Bien sûr, elle l'est tout autant de son aîné ou de Rose, mais ils ont l'esprit rebelle de leur père. Ils n'écoutent jamais leur mère, n'en font qu'à leur tête. Heureusement pour elle, elle ignore qu'ils ne sont pas du tout comme ça avec Eva. Louis, lui, est différent, il n'est pas (trop) têtu. Il est beaucoup plus complice avec sa mère que son frère et sa sœur. Peut-être parce qu'il est encore petit ?

Quant à Eva, même si Garance a connu des moments difficiles avec elle, elle doit admettre qu'elle est la meilleure chose qui lui soit arrivée depuis longtemps.

– 53 –

L'estime de Garance pour sa baby-sitter ne cesse de grandir. Eva oublie souvent de remplir le carnet de liaison, en revanche elle envoie régulièrement à Garance des photos des enfants au parc ou déguisés à la maison. Chaque fois, Garance esquisse un sourire, elle qui n'en prend plus depuis que Marc-Antoine, après la naissance d'Arthur, a prononcé ces terribles mots : « Garance, ça ne sert à rien de prendre toutes ces photos, il te faudrait une vie entière pour les regarder, tu n'auras jamais le temps, et le temps, c'est de l'argent. » Il n'avait pas tort. Elle s'évertuait à faire des dizaines et des dizaines de clichés d'Arthur sous tous les angles, sachant qu'elle ne les imprimerait jamais et les collerait encore moins dans des albums pour les admirer ensuite.

Depuis qu'Eva lui envoie des vidéos des enfants, elle réalise combien ces images lui ont manqué. Elle n'en a quasiment aucune de Louis, et lorsqu'elle le voit au parc avec Rose et Arthur en train de glisser sur un toboggan, elle envie Eva, elle l'envie d'être aussi proche de ses enfants, elle l'envie d'avoir une telle complicité avec eux, elle l'envie tout simplement de passer du temps avec eux. Elle n'avait jamais vraiment su comment apprécier ces moments de partage avec ses enfants, pire, cela ne lui manquait pas. Aujourd'hui qu'Eva lui envoie ces photos, elle éprouve des regrets, regret du temps qui passe trop vite, regret de ne pas voir grandir ses petits trésors, regret de ne pas être auprès d'eux. Elle se console comme elle peut en visionnant en boucle les vidéos de ses enfants, dans son bureau entre deux réunions, puis dans le métro, comme si elle passait vraiment du temps avec eux via son Smartphone.

Eva est l'une des meilleures nounous qu'elle ait jamais eues. Elle se garde pourtant de le lui dire. Elle ne voit que des inconvénients à la complimenter : il ne manquerait plus qu'elle réclame une augmentation ou des jours de vacances. Le moment serait mal venu.

Quant à Marc-Antoine, il ne voit aucune différence entre Eva et toutes celles qui l'ont précédée. Ce qui compte pour lui, ce ne sont ni les activités ni les sorties. Il se soucie peu de l'emploi du temps de ses enfants, tant qu'il a l'assurance de retrouver sa petite tribu en pleine forme le soir.

Il avait mal digéré l'épisode de l'anniversaire d'Arthur, mais Garance l'avait convaincu de passer l'éponge au nom de son ignorance. Elle avait parlé comme une avocate. « Eva, en organisant cette surprise, a voulu bien faire. Elle n'y est pour rien. » Il lui avait alors répondu : « OK pour cette fois-ci, mais la prochaine fois, ce sera un avertissement, voire un licenciement sur-le-champ pour faute grave. » Garance avait feint d'acquiescer. Quoi qu'il arrive, c'est toujours à elle qu'incombe la tâche de licencier et de recruter les nounous.

Le jour du réveillon de Noël, Eva termine plus tôt. Garance a tenu à lui offrir un cadeau avant qu'elle retrouve Corinne pour la traditionnelle dinde de Noël. Le petit paquet est accompagné d'un dessin du Père Noël de Rose et signé par les trois enfants. Eva ne peut se départir d'un sourire qui s'étend jusqu'aux oreilles. Elle est aux anges, ou plutôt avec des petits anges.

— Ouvre ! s'écrie Rose.

Eva détache le nœud en soie et ouvre l'écrin blanc. Ses yeux sont aussitôt éblouis par une pierre.

— C'est un pendentif en or blanc dont le cœur est en saphir serti de douze petits diamants. J'espère qu'il vous plaît.

Eva rougit. C'est trop pour elle. Jamais elle n'a reçu un cadeau aussi beau.

— C'est magnifique ! Mais il ne fallait pas, Garance…

— Joyeux Noël ! Corinne doit vous attendre !

Eva ne s'attarde pas, mais avant de partir, elle offre à chacun des enfants un livre, de cuisine pour Arthur, de dessin pour Rose et sur les dinosaures pour Louis. Les enfants sont ravis du cadeau personnalisé et embrassent leur nounou, se languissant déjà de la revoir.

Depuis toujours, Corinne et Eva ont pour habitude, ce soir-là, de dîner simplement et de s'offrir des livres. Eva ne cache pas son émotion devant sa mère. Au-delà du précieux objet, elle est touchée par le geste de Garance. Ce cadeau marque une certaine forme de reconnaissance qu'elle savoure avec ravissement.

*

* *

Cela fait plus de dix jours qu'Eva garde Arthur, Rose et Louis du matin au soir. Ils ont trouvé leur rythme et ont maintenant leurs petites habitudes (activité du matin, déjeuner, sieste ou activité de l'après-midi et sortie en fin de journée) ainsi que leur rituel : dès qu'Eva arrive le matin, Arthur court vers elle pour lui détailler la recette qu'il a concoctée pour sa prochaine vidéo, tandis que Louis et Rose lui sautent au cou.

Comment dire à ces petites têtes blondes qu'elle ne les verra bientôt plus ? Qu'elle sera remplacée par une nouvelle nounou, sans doute étrangère, parlant l'anglais avec un accent pourri mais meilleur que le sien, qui ne s'intéressera ni à la chaîne YouTube d'Arthur, ni aux dessins de Rose, ni au mutisme de Louis ?

— Arthur, j'ai essayé ta dernière recette et je dois sincèrement te dire que c'était une réussite !

— Merci, Eva, répond-il fièrement. Tu pourras envoyer le lien à tonton Nate ?

— Bien sûr ! Et…

Eva s'agite soudain en lisant un message sur son téléphone portable.

— Waouh… Nonnnn ! C'est merveilleux !!

— Quoi ? demande Arthur, curieux.

— Roooose ?! Rose ! Viens voir ! Tu as gagné !

La petite se précipite vers sa baby-sitter. Elle ne comprend pas l'image qu'Eva lui montre sur son téléphone. Cependant, elle reconnaît son prénom, qu'elle sait lire et écrire, ainsi que sa photo. C'est bien elle…

Rose a remporté le concours et gagné des cours de dessin aux Ateliers du Carrousel. Elle saute sur place en tapant des mains et en poussant des cris de victoire sous les yeux ahuris de son petit frère Louis, qui aurait bien aimé crier comme ça lui aussi. Juste pour voir ce que ça fait, de crier haut et fort.

— J'ai gagné ! J'ai gagné ! hurle de joie la petite fille. Mais maman, elle voudra jamais…

— Ne t'en fais pas, Rose, j'en parlerai à ta maman. Le stage aura lieu pendant les vacances de Pâques. Je pourrai t'y accompagner.

Plus précisément, le stage se déroulera la première semaine des vacances, celle où Garance a demandé à Eva de garder les enfants, tout en ignorant que ce seront ses derniers jours de travail.

– 54 –

Ces deux semaines de vacances ont été pour le moins sportives. Heureusement qu'elle était en congé de librairie ! Porter Louis quand il avait trop mal aux jambes pour continuer de marcher, aider Arthur à préparer, faire mijoter ses plats, ranger et nettoyer la cuisine, ramasser les épluchures, jouer à la dînette avec Rose. La liste des tâches paraît sans fin, et surtout, elle se renouvelle sans cesse. Eva a dû redoubler d'efforts pour leur accorder toute son attention et veiller sur eux afin d'éviter qu'ils ne se cassent une jambe ou un bras. Néanmoins, elle ne peut s'empêcher d'aller faire un tour à la librairie.

Marcel est recroquevillé sur son tabouret. Il est plongé dans la lecture d'un roman dont il semble vouloir cacher la couverture avec ses mains. Eva penche la tête sur le côté pour déchiffrer le titre.

— Incroyable ! Marcel ?! Tu lis le tome 2 de *Fifty Shades of Grey* ?

Pris en flagrant délit.

— Oh non, ça ? J'étais en train de le ranger !

— Tu parles ! Mais je croyais, enfin… Tu détestes ce genre de romance !

— Oh, tu sais, il n'y a que les imbéciles qui ne changent pas d'avis et puis ce n'est pas si éloigné de *La Philosophie dans le boudoir* du marquis de Sade, dans les faits et gestes…

Sacré Marcel ! Cette découverte ravit Eva. Ne fait-il pas preuve d'ouverture d'esprit en lisant ce qu'il a toujours dénigré ?

— Oh, passe-moi les détails, je ne veux rien savoir, mais je suis heureuse que tu te mettes à lire de tout, enfin surtout des livres contemporains.

Marcel referme le roman, ennuyé d'avoir été interrompu au beau milieu d'un chapitre.

— Comment s'est passée cette semaine ?

— Bien, et si on continue comme ça, avec les animations et ton aide pour la communication et les réseaux sociaux, on peut tenir jusqu'à Pâques ! J'ai bon espoir pour la suite.

Eva prend le vieil homme dans ses bras.

— Je le savais ! Tu vois ? Tu peux me faire confiance.

— Tu avais raison, et moi tort. Il faut vivre avec son temps, être plus ouvert d'esprit. Je t'ai sous-estimée ; pardon, Eva !

— Ce n'est rien, Marcel. Faute avouée à moitié pardonnée, comme on dit !

— C'est ton jour de congé, non ? Tu ferais mieux de rentrer chez toi. On s'en occupera la semaine prochaine.

— Très bien, acquiesce-t-elle avant de le quitter.

En chemin, elle fait une halte chez Iris, qui vient tout juste de terminer sa journée. Trop occupée avec les enfants Donadieu, elle ne l'a pas vue des vacances.

— Je n'en peux plus ! Quinze brushings aujourd'hui, un record. J'ai les bras en compote, se lamente Iris en s'affalant sur le canapé.

— Alors, quoi de neuf ? demande Eva en s'asseyant en face d'elle.

— Mme Giraud, tu sais, la prof de dessin ? Elle a fait des avances à Tom, le serveur de la brasserie *Monge*. Mais elle s'est pris un gros vent ! Il faudrait qu'elle perde dix ans et cinq kilos pour l'intéresser. Et c'est elle-même qui le dit !

— Elle t'a raconté ça ?

Iris hoche la tête.

— Et toi, tu as des nouvelles de Nathanaël ?

Rien qu'en entendant ce nom, le cœur d'Eva se met à cogner dans sa poitrine et son rythme cardiaque à s'emballer. Lors de leur dernière rencontre, elle l'avait trouvé encore plus charismatique, attentionné, attendrissant avec les enfants. Elle aime son côté sauvage et énigmatique, qui se mêle tout naturellement à la douceur de ses gestes. Un agneau dans un corps d'ours.

— Non, pas depuis notre dernier atelier. Il semble très occupé.

— On l'est tous. Tu devrais l'inviter à dîner.

— Et ne pas y aller ? Je te rappelle que la seule et unique fois qu'il m'a invitée à dîner, je ne l'ai pas vu de la soirée.

— C'est normal. Il était en cuisine ! Si c'est toi qui l'invites, il y a de fortes chances pour qu'il soit à ta table cette fois.

Au fond, Eva meurt d'envie de dîner en tête à tête avec Nathanaël, mais elle est trop intimidée pour le lui proposer.

*
* *

— Ce soir, ma chérie, on sort ! Je t'invite au bistrot gastro de la rue Berthollet !

Eva est ravie de passer une soirée avec sa mère. Elle ne se souvient même pas à quand remonte la dernière fois. Elle se scrute dans le miroir. Depuis qu'elle garde les enfants, elle s'est oubliée. Elle ne se maquille plus et porte toujours les mêmes tenues basiques, mais confortables au possible : la combinaison jean/baskets.

Elle se décide à faire un effort et enfile une robe rouge ceinturée d'un nœud vert émeraude et ses ballerines souris, avant de rejoindre sa mère. Le dîner se déroule à merveille et réveille une certaine nostalgie chez Corinne. Sa petite fille est devenue une belle jeune femme. Elle se souvient comme si c'était hier de sa première rentrée des classes dans cette école en plein cœur de Paris, si chic. De sa fierté quand elle a eu son bac, ou encore lors de son entrée à la Sorbonne… Comment sa fille a-t-elle pu grandir aussi vite ? Corinne pensait qu'elle ferait une classe prépa ou irait à la fac de médecine comme la plupart des gamins du quartier, mais rien de tout cela. Dès les premières crises d'Eva, Corinne avait vite compris que l'avenir qu'elle avait tracé pour sa fille était compromis et qu'il était nécessaire à son épanouissement d'accepter ce changement de plan.

Aujourd'hui, elle peut être fière. Sa fille, la prunelle de ses yeux, est responsable et bientôt autonome. Dans quatre mois, Eva devra se débrouiller seule, mais elle a toute confiance en elle.

— Si tu as besoin de quoi que ce soit, n'hésite pas. Je serai toujours là pour toi, assure Corinne. Je ne serai pas loin et tu seras toujours chez toi chez moi.

Un peu étourdie par les deux verres de vin du dîner et le trop-plein d'émotion, Eva, une fois dans sa chambre, ne peut s'empêcher de repenser à leur conversation et de s'inquiéter du vide dans sa vie quand sa mère sera partie. Comment fera-t-elle sans elle ? Au moment de s'allonger dans son lit, son cœur cogne plus fort que jamais dans sa poitrine, sa respiration se fait saccadée, des bouffées de chaleur l'envahissent. Les quatre murs de sa chambre se resserrent autour d'elle jusqu'à l'écraser. Eva est tétanisée, elle a peur, si peur de se retrouver toute seule, et ce sentiment l'oppresse à tel point qu'elle a l'impression qu'elle n'y survivra pas. Elle inspire profondément, saisit un cachet et se focalise sur sa cage thoracique qui se gonfle et se vide d'air avant de s'endormir enfin, presque malgré elle, au rythme régulier de sa respiration.

– 55 –

Sur les conseils de son amie, Eva a pris son courage à deux mains pour inviter Nathanaël. Il lui a fallu des heures pour composer, effacer, recomposer, re-effacer et re-re-recomposer le message qui s'est finalement limité à sept mots et une émoticône représentant un sourire aux dents ultrablanches : « Quand est-ce qu'on se revoit ? : -D ».

Nathanaël lui a aussitôt répondu : « OK sa ma 26.01 avec les enfants ». Il lui a d'abord fallu déchiffrer le message : « sa » pour samedi et « ma » pour matin. Eva avait oublié combien les rédactions d'Arthur étaient mieux rédigées que les textos de Nate !

C'est malin ! Il n'a pas compris qu'elle lui proposait un rendez-vous et pas un nouvel atelier. Néanmoins, elle vérifie que le créneau est libre. Une dédicace est prévue dans l'après-midi. Elle lui confirme aussitôt le rendez-vous. Il lui faudra attendre le prochain atelier pour renouveler sa demande, et surtout se montrer plus claire.

Eva a également fini par décrocher son téléphone et appeler les agences immobilières pour visiter des appartements. « Appartement » est un grand mot, chambre de bonne ou studio serait plus approprié.

Elle a visité un studio au rez-de-chaussée dans le neuvième arrondissement. Studio qui était en réalité une ancienne loge de gardien sans lumière et à peine réaménagée. Autant dire qu'elle n'a pas eu de coup de cœur. Il s'agissait d'une version catastrophe de son actuel logement, l'humidité et les cafards en plus.

Sa deuxième visite était mieux située, dans le cinquième arrondissement, sauf qu'il s'agissait cette fois d'une chambre sous les toits, au sixième étage sans ascenseur avec des toilettes à partager avec les quatre autres habitants du palier. *Hors de question !*

Pour rentrer dans son budget, Eva n'a pas le choix, elle doit changer de quartier, voire quitter le centre et passer le périphérique !

Marc-Antoine est reparti en voyage. Elle ne l'a croisé qu'une ou deux fois avant son départ tandis que Garance rentre toujours aussi tard. Eva ne se hasarde à aucune remarque sur les horaires de sa patronne. Elle serre les dents.

C'est une Garance trempée qui franchit le seuil de l'appartement. Dehors il fait noir, un nuage de grêle s'abat sur la ville. Eva soupire, elle aimerait attendre que la tempête se calme.

— Vous feriez mieux de rester ici pour la nuit !

Garance a toujours le même air sérieux, si bien qu'Eva ne peut déterminer s'il s'agit d'une blague ou d'une réelle proposition.

Les enfants, enfin Rose et Arthur, crient de joie :

— Ouiiii ! Eva, reste !

— Je vois que les enfants aimeraient que vous passiez la nuit chez nous. Que diriez-vous de lundi prochain ?

— Heuh… Pardon ? bafouille Eva, pas certaine de comprendre.

— Marc-Antoine ne sera pas rentré de voyage et il se trouve que je dois partir à l'étranger. Je vous paierai bien entendu pour les nuits…

— LES nuits ?

Les yeux d'Eva trahissent son inquiétude quand Garance développe son idée. La jeune femme adore les enfants, mais de là à passer trois jours ET trois nuits seule avec eux… C'est une autre histoire !

– 56 –

Les doudounes et les bottes de pluie sont de sortie. Eva et Iris ont l'impression d'être trempées jusqu'aux os lorsqu'elles atteignent leur petit salon de thé de la rue Mouffetard.

— Tu as accepté ? demande Iris tout en mélangeant son cappuccino.

— Tu as détruit le cœur !

— Quoi ?

— Le cœur dessiné sur le cappuccino.

— Oh, ça ? On s'en fout, Eva. Ne change pas de sujet, tu vas dormir chez ton employeur, oui ou non ? Ça paraît bizarre. Bientôt, elle va te demander de faire un quatrième gosse à sa place avec son mari…

— Arrête de dire des bêtises. C'est un travail rémunéré. Elle va me payer trois cents euros pour trois nuits, c'est bien, non ?

— Je t'avais dit dès le départ de fixer tes limites.

— Je m'en fiche, dans un peu plus de trois mois, j'en aurai fini avec ce boulot.

— Au fait, tu sais où tu vas habiter ?

— Pas encore. Je n'ai visité que des taudis. Tu veux que je te dise ? C'est scandaleux de mettre des apparts miteux en location, ça devrait être puni par la loi. J'ai l'impression que je ne trouverai jamais, c'est impossible de se loger décemment avec mon budget.

— Il y a des coins super chouettes en banlieue, tu sais, au moins, on a de l'espace. Tu as tes petites habitudes ici, c'est normal, mais tu vas vite t'y faire, crois-moi !

*

* *

Eva a pris un sac de voyage et des affaires pour quatre jours.

Le soir, après avoir couché les enfants et envoyé un texto à Garance pour l'informer que tout va bien, Eva s'installe enfin dans la chambre réservée aux amis qui ne viennent jamais. Tout lui paraît incroyablement beau ; pourtant, le mobilier est minimaliste, composé seulement d'une table de chevet près du lit et d'une immense armoire – vide – en bois massif. Néanmoins, les draps en soie doux au toucher et les lourds rideaux qui effleurent le sol doivent valoir une fortune.

Eva est allongée sur le lit, un livre dans les mains, lorsqu'on frappe à sa porte. Il est plus de 22 heures. Inquiète, elle se précipite pour ouvrir. Rose et Louis, en pyjama et doudou à la main, se tiennent devant elle, somnolents.

— On peut venir dormir avec toi ? demande Rose.

Eva soupire. Elle examine ces petites bouilles implorant son consentement, puis soupire. Comment leur résister ? Ils sont si mignons. Malgré les consignes de Garance, Eva les laisse se faufiler près d'elle. Elle les portera dans leur lit aussitôt endormis.

— Oui, les enfants, venez.

Arthur arrive lui aussi, un livre à la main, un de ceux qu'Eva a rapportés de la librairie. Il s'installe et Eva leur lit *La Petite Poule qui voulait voir la mer*. Une fois la lecture terminée, Arthur retourne dans sa chambre, Eva n'a pas le cœur de ramener les petits, qui se sont endormis. Lorsqu'elle se réveille, elle observe les enfants dans leur sommeil. Elle pourrait passer un bon moment à les contempler. Ils semblent si heureux, si apaisés, si fragiles… Eva les embrasse sur le front pour leur faire ouvrir les yeux. Pour la première fois, elle s'interroge sur cette intimité qu'elle partage avec eux. Ce qu'elle ressent pour eux est de l'attachement, presque de l'amour. Elle aime ces enfants, elle a envie de les protéger, de les voir grandir. Elle a un pincement au cœur, elle ne veut s'autoriser aucun épanchement, ne veut pas souffrir lorsque viendra le moment de les quitter, mais c'est plus fort qu'elle. Comme Corinne, qui n'arrive pas à se détacher de ses résidents, Eva sait qu'elle a depuis longtemps quitté un terrain strictement professionnel dans son rapport aux enfants. Elle éprouve de l'affection et de la tendresse pour eux.

Le lendemain soir, Eva ne prend pas la peine de coucher Rose et Louis dans leur lit. Sans même demander la permission, ils filent directement dans la chambre d'amis au fond du couloir.

Eva leur raconte plusieurs histoires avant de leur chanter une comptine, puis de s'endormir avec eux sans penser aux conséquences que pourrait entraîner ce « cododo ».

Arthur, lui, ne semble pas étonné de tout ce cirque. Il trouve ça même plutôt « cool », comme il dit, pour sa petite sœur et son petit frère, peu habitués à tant d'attention.

– 57 –

Garance est euphorique. C'est pour cela qu'elle adore son métier, pour cette dose d'adrénaline qu'il lui procure et dont elle ressent régulièrement le besoin, telle une drogue. Elle a pris l'avion pour le Rwanda, accompagnée de ses clients, avec un sentiment de peur mêlée d'excitation. Peur, parce qu'elle n'est jamais à l'abri d'un imprévu ou d'un coup du sort. Excitation à l'idée de réunir enfin cette famille qui attend depuis des mois.

Tout s'est merveilleusement bien passé.

Dans l'avion du retour, le couple s'effondre en pleurant, il vient de prendre conscience que son vœu le plus cher s'est réalisé : ils rentrent enfin en France avec leur enfant dans les bras, au terme d'une année éprouvante de procédure. C'est un soulagement, une joie, un bonheur indescriptible, pour eux comme pour Garance.

Elle les contemple. Ils forment une si belle famille. Elle ne peut s'empêcher de réfléchir aux difficultés qu'ils ont surmontées et risquent encore de rencontrer. Mais son travail s'arrête là, des assistantes sociales prendront le relais pour les aider si cela se révèle nécessaire.

Elle songe au mode de garde qu'ils devront choisir. Elle pense à tout ce qu'ils devront gérer en tant que parents. Et puis soudain, ces images la renvoient à ses propres enfants, à ses propres responsabilités.

Quelle ironie du sort ! La voilà en compagnie d'un couple qui désirait avoir un enfant plus que tout au monde, alors qu'elle-même a la chance d'avoir trois petites merveilles qui l'attendent sagement à la maison, chaque soir, sans qu'elle prenne le temps de leur faire à manger ou de les border, de profiter d'être avec elles.

La jeune mère étreint son fils à peine plus âgé que Louis. Il a les mêmes petites mains potelées. Quand Garance a-t-elle pris Louis dans ses bras pour la dernière fois ? Depuis des semaines, le petit dort profondément ou est sur le point de s'endormir lorsqu'elle rentre du travail. Elle se contente de l'embrasser sur le front, puis le laisse seul dans sa chambre. Chez les Donadieu, chacun reste à sa place. Marc-Antoine a interdit aux enfants de mettre les pieds dans la suite parentale. Il a horreur de ça, ils veulent toujours sauter sur le lit, jouer avec ses costumes, braver les interdits.

Les week-ends se suivent et se ressemblent, comme des copier-coller. Dès qu'ils le peuvent, ils se réfugient dans leur maison secondaire en Normandie. Les enfants adorent jouer dans le jardin, même sous la pluie. Marc-Antoine, lui, préfère aller courir, empruntant les chemins déserts de campagne, et Garance dort pour rattraper la fatigue accumulée durant la semaine, rincée par son travail.

Toutes ces images défilent dans la tête de Garance. Toutes ces journées, ces siestes et ces soirées sans enfants. Depuis l'arrivée de Louis, ils ne partagent que peu de joyeux moments de complicité tous ensemble. Garance aurait pu s'arrêter après Rose, mais elle a toujours pensé que trois enfants étaient le nombre parfait pour composer une famille.

La mémoire lui revient, c'est Arthur et non Marc-Antoine, trop souvent absent, qui l'avait plus particulièrement aidée quand Louis est arrivé. Grand frère modèle, il s'occupait de Rose lorsque Garance allaitait le petit dernier ; il l'assistait dans toutes les tâches quotidiennes, leur préparant même des sandwichs le midi.

Rose est devenue très vite autonome. La petite n'a jamais forcé Garance à jouer à la poupée. Chaque fois, elle trouvait une excuse pour éviter ce supplice à tel point que Rose a fini par laisser tomber et jouer seule. Jusqu'à l'arrivée d'Eva.

Quant à Louis, il lui suffit d'avoir une tablette entre les mains pour se faire oublier. Il n'est pas difficile.

Ses enfants sont loin d'être de petits monstres comme elle en voit beaucoup autour d'elle, à son travail. Mais sont-ils vraiment heureux ? Le peu de temps qu'elle passe avec eux, elle ne voit pas de halo lumineux briller au-dessus de leur tête ni de lueur éclatante dans leur regard éteint. Arthur se fait harceler à l'école, Rose ne mange rien, Louis ne parle pas. Depuis quelques jours, elle a observé les dessins que Rose laisse traîner sur son bureau. Ils ont changé. Ce ne sont plus des forêts sombres et des ombres que la petite esquisse, mais ses frères et elle avec des sourires, des soleils et une adulte. Garance la reconnaît, c'est Eva. Elle devrait se réjouir, c'est comme si sa baby-sitter avait réussi à faire entrer de la lumière dans l'obscurité de son foyer.

Au lieu de cela, Garance a les larmes aux yeux et le cœur gros. Le navire sur lequel elle a embarqué avec Marc-Antoine est à la dérive depuis des semaines, des mois, des années. Si elle ne change rien, ils vont finir par chavirer et couler, ou s'échouer et voler en éclats. Son phare, c'est Eva, elle le sait et ne peut plus continuer sur cette voie. Elle doit réagir, redresser la barre, reprendre le contrôle de sa vie.

En épiant cette jeune mère qui pleure en serrant son fils contre elle, l'étau de la culpabilité se resserre autour de son cœur. Un sentiment d'amertume envers elle-même, quasi de dégoût, l'envahit. Elle en vient presque à se détester. Comment a-t-elle pu en arriver là ? Elle n'a jamais pleuré pour ses enfants, certes elle sait qu'elle ne peut comparer ce qui n'est pas comparable, mais elle ne peut pas s'en empêcher : non, elle n'a jamais pleuré de joie pour sa famille.

– 58 –

Dormir avec Rose et Louis a ravivé chez Eva de lointains souvenirs. Elle se rappelle les soirs où elle s'endormait dans le lit de sa mère. Corinne n'y voyait pas d'inconvénient. Elle culpabilisait déjà suffisamment de ne pas pouvoir calmer les angoisses de sa fille. Tout comme elle culpabilisait de la voir grandir sans repère paternel. Pour compenser ce manque, pour la rassurer, elle acceptait qu'Eva se glisse de temps en temps dans son lit.

Eva avait voulu faire pareil avec Rose et Louis. Après tout, elle ne voyait pas ce qu'il y avait de mal, sinon le fait qu'il serait encore plus difficile pour elle de les quitter après ces moments passés ensemble.

Qui sait, peut-être aura-t-elle l'occasion de les croiser de nouveau, notamment grâce à Nathanaël ?

Eva est à la fois excitée et nerveuse à l'idée de revoir Nate, ce que Marcel ne manque pas de lui faire remarquer.

— Eva, pourquoi as-tu si bien fait les vitres ce matin ?

— Je veux que tout soit nickel.

— Je vois ça ! C'est pour les clients de la librairie ou pour un certain chef prénommé Nathanaël que tu fais tout ça ?

— Tu dis n'importe quoi !

— Eva, je ne suis pas né de la dernière pluie, je vois bien comme tu transpires et le dévores des yeux, combien ta voix et ton attitude changent lorsqu'il est là. Je n'avais jamais vu ce côté « séductrice »…

— Marcel ! l'interrompt Eva. *Fifty Shades of Grey* te monte à la tête. Tu prends tes lectures trop à cœur !

Eva fuit aussitôt le vieil homme, dont elle admet la perspicacité, et s'affaire à libérer de l'espace au fond de la librairie. La table est fin prête. Comme d'habitude, l'atelier est complet et plusieurs curieux attendent le début de l'animation pour observer ce joyeux manège.

Nathanaël, accompagné d'Arthur, de Rose et de Louis, est très enthousiaste à l'idée de renouveler l'expérience. Il débarque, les bras chargés, une lourde glacière à la main.

Dès qu'elle l'aperçoit, Eva est dans tous ses états. Marcel a raison. Bouffées de chaleur, tremblements, perles de sueur… Elle tente de se contenir, mais préfère s'éloigner, ne sachant que dire pour engager la conversation. Nate s'approche d'elle et lui parle tout naturellement, comme il en a l'habitude.

— Bonjour, Eva ! J'ai dit à ma sœur qu'on allait faire un tour au jardin des Plantes, elle n'y a vu que du feu. Elle se prépare pour une nouvelle escapade en Normandie.

— Super ! Et au fait, rien à voir, mais Arthur vous a parlé de sa chaîne YouTube ?

— Bien sûr ! Il assure, comme son oncle !

— Oui, c'est sûr… Enfin, ce n'est pas ce que je voulais dire. Bref, sinon, je me demandais si un de ces quatre, ça vous dirait qu'on aille…

— Attendez deux secondes… Non, Arthur, pas là ! Je préfère qu'on laisse le saumon fumé au frais, dans la glacière. Bon, c'est parti. Qu'est-ce que vous vouliez me dire ?

— Euh… ça peut attendre.

À la fin de l'atelier, Nathanaël en profite pour parler de son restaurant et de la formule brunch à volonté du dimanche. Les parents sont ébahis.

— Le bouche-à-oreille pour notre nouvelle formule brunch fonctionne vraiment pas mal ! Nous sommes complets chaque fois et certains réservent même deux à trois semaines à l'avance. Le chef est plus que satisfait.

— C'est génial. Merci encore et bravo pour cette animation. C'est une fois de plus un carton plein, s'enthousiasme Eva.

— Ces prochaines semaines seront très chargées. Sauf miracle, je ne pourrai pas venir avant un moment.

— Je comprends parfaitement. Ne vous inquiétez pas. J'ai prévu pas mal d'événements. Rose m'a même suggéré l'idée d'organiser un atelier de dessin.

— Génial ! Bon, les enfants, vous êtes prêts ? C'est l'heure de rentrer à la maison, et n'oubliez pas de dire à papa et maman que vous avez fait un tour de manège ! leur lance-t-il avec un clin d'œil complice.

— Nate, attendez, vous savez… euh… je voulais savoir… enfin…

Eva ne parvient pas à trouver les mots. Nate semble s'impatienter. Il lève les sourcils. Il pressent qu'Eva compte lui demander une faveur, c'en est presque devenu une habitude.

Eva déglutit, le sang lui monte à la tête, puis elle débite finalement d'une traite :

— Vous seriez disponible pour un dîner, rien que tous les deux… ?

– 59 –

— Alors ? Qu'est-ce qu'il t'a répondu ? demande Iris, tout ouïe.

Les filles sont attablées au *SweetSpot*, et dégustent un délicieux poulet au lait de coco et basilic accompagné d'un riz basmati, la spécialité de la maison.

— Ce n'était pas très clair. Il n'a pas vraiment dit oui, mais pas non, non plus. Pourtant, moi, je suis certaine d'avoir été on ne peut plus explicite.

— Comment ça ? Je ne comprends pas, à part oui ou non, je ne vois pas d'autre réponse possible !

— Il m'a répondu « Pourquoi pas », puis il est parti, comme ça, sans rien ajouter. Il va sûrement m'envoyer un texto pour me donner ses disponibilités et fixer un rendez-vous.

À peine a-t-elle terminé sa phrase que son téléphone vibre. Message de Nathanaël :

« Dsl bcp 2 taff, pas dispo 2 suite pr 1 dîner. »

C'est la douche froide. Il faut un certain temps à Eva pour déchiffrer puis digérer le message avant de tendre le téléphone à son amie.

— Au moins, là, c'est clair, commente-t-elle.

— Merci pour ton éclairage. J'avais compris, je ne l'intéresse pas. Comment ai-je pu être assez bête pour croire que lui et moi…

— Tu sais ce qu'on dit ? Un de perdu, dix de retrouvés !

Le problème, c'est qu'Eva ne veut pas de dix hommes, un seul lui suffirait : Nate.

— Oui, soupire-t-elle. Comme tu dis. On verra bien. Si je trouve un logement, déjà, ce sera pas mal !

Eva est prise d'une envie de pleurer et de se confier à sa mère, mais elle se ravise aussitôt. Corinne est toujours sur son petit nuage et elle s'en voudrait de la faire redescendre sur terre, même si elle a déjà commencé à déménager lorsque Mme Blois, qui allait rendre visite à ses parents, lui a proposé d'emporter une partie de ses affaires dans sa voiture. La loge se vide petit à petit, comme pour lui rappeler qu'elle devra elle aussi bientôt quitter le nid.

— Ils vont faire des travaux et louer la loge. Tu ne veux pas la reprendre ? lui demande sa mère.

— J'imagine que le loyer sera hors de prix ?

— Effectivement, il sera de neuf cent cinquante euros !

— Neuf cent cinquante euros, pour ça ?

— Ce sont les tarifs pratiqués dans le quartier.

— Maman, comment peux-tu imaginer une seule seconde que j'aie autant d'argent à mettre dans un loyer ?

— Et si tu continues à travailler pour les Donadieu ? Tu as reçu une bonne paie avec tes deux semaines à temps plein pendant les vacances de Noël.

— Oui, mais de là à gagner trois fois le montant du loyer, non. Et puis, même si j'en avais les moyens, comme toi, j'ai besoin de tourner la page. Je dois aller vivre ailleurs.

— Comme tu veux. J'ai compris, la discussion est close.

Cette nuit-là, Eva rêve qu'elle quitte la librairie sous une pluie battante. Le ciel est noir. Elle court pour rentrer chez elle, mais se retrouve dans une impasse. Elle fait demi-tour, prend ses jambes à son cou pour trouver refuge au sec. Toujours la même impasse. Eva est trempée, fatiguée, désemparée, ne parvient plus à avancer. Elle se réveille en sueur. Ce n'était qu'un cauchemar révélateur de ce qu'elle est en train de vivre et de subir. Eva se sent impuissante, au pied du mur.

Elle inspire et expire profondément. Elle ferme les yeux, revoit mentalement son image, celle qui lui inspire le bonheur, celle qu'elle a imaginée avec son psychologue et qu'il lui a conseillé de visualiser au moindre début de crise pour l'apaiser. Jusqu'à présent, cette technique de visualisation positive, utilisée pour gérer le stress et surmonter ses peurs, a toujours fonctionné, plus ou moins en tout cas. Ainsi, droit devant elle, se dresse une immense montagne au col enneigé. Elle avance. Chaque pas la rapproche de ce temple de sérénité. Derrière elle, Eva laisse s'éloigner la librairie et les enfants Donadieu, et les silhouettes disparaissent peu à peu, se fondent dans le brouillard.

Lorsqu'elle reprend contact avec son corps, son cœur a retrouvé un rythme normal. Cependant, une vérité lui saute au visage : elle réalise qu'elle ne peut pas laisser derrière elle la librairie et les enfants. Elle a besoin d'avancer *avec* eux.

– 60 –

L'hiver a décidé de jouer les prolongations. Pour un mois de mars, il fait plus froid qu'à l'accoutumée. Les sorties au parc sont exceptionnelles. Louis et Rose sont toujours enrhumés. Arthur, de son côté, va pour le mieux ; rester à la maison lui convient tant qu'il peut cuisiner.

Eva songe sérieusement à poursuivre son travail pour les Donadieu. L'idée de proposer à Garance de sous-louer la chambre d'amis lui a même effleuré l'esprit. Au fond, elle sait que c'est une mauvaise idée. Si tel était le cas, où se situerait la frontière entre sa vie privée et sa vie professionnelle ? Si Eva vivait chez eux, il est certain que Garance ferait encore moins d'efforts pour rentrer plus tôt à la maison et risquerait de ne plus voir ses enfants du tout.

Pour leur bien, Eva doit prendre un peu ses distances. Elle n'a aucune envie d'éloigner les enfants de leur mère ou de se substituer à elle, alors qu'ils ne se voient déjà pas beaucoup.

À la sortie de l'école, les maîtresses ne prennent plus la peine de laisser des messages aux parents, elles savent qu'elles peuvent directement s'adresser à Eva. À la maison, c'est elle qui s'occupe de tout. Garance lui laisse suffisamment d'argent pour faire les courses, acheter les fournitures scolaires, prendre les rendez-vous chez le pédiatre… Elle gère l'intendance de la maison comme une chef. Elle n'utilise plus le carnet de liaison, n'en voit plus l'intérêt, c'est comme si elle était entrée dans la famille sans réellement en faire partie.

Le reste du temps, Eva travaille d'arrache-pied à la librairie. Au printemps, les clients attendent avec impatience les sorties des romanciers qui vendent le plus, Guillaume Musso, Virginie Grimaldi, Michel Bussi, Aurélie Valognes et Agnès Martin-Lugand en tête de liste.

À la résidence, certains s'inquiétant pour Eva, qu'ils ont vue grandir, ont proposé de l'accueillir chez eux le temps qu'elle trouve un logement. Bien que très touchée, Corinne, par fierté, a refusé et s'est bien gardée d'en faire part à sa fille. D'autant qu'elle est convaincue qu'elle ne va pas tarder à trouver.

Pourtant, Eva a beau enchaîner les visites, les déceptions se succèdent. Il faut dire qu'elle est exigeante, et chaque fois, elle a une bonne raison : trop petit, trop insalubre, trop sombre…

Cela fait au moins deux mois qu'elle n'a plus aucune nouvelle de Nathanaël. Lorsqu'elle interroge Arthur ou Rose à propos de leur oncle, ils restent évasifs. Pourquoi ne vient-il plus chez sa sœur ? Se seraient-ils disputés ? Si oui, à quel sujet ? Quand elle questionne Garance, elle lui répond vaguement que son frère est « très occupé ».

Au cours de son déjeuner rituel avec Iris, Eva ne peut s'empêcher de lui faire part de son inquiétude.

— La réponse de Garance est étrange, non ? Je suis persuadée que quelque chose ne tourne pas rond chez lui.

— Je ne vois pas en quoi c'est bizarre, c'est même plutôt très clair…

Iris se retient de terminer sa phrase : « Vous n'êtes pas "amis", il n'a aucun compte à te rendre et la dernière fois il a été très transparent, *il ne veut pas sortir avec toi*. Qu'est-ce que tu ne comprends pas dans ce message ? »

— En fait, je lui ai envoyé un texto hier soir.

— Quoi ? Sérieusement, Eva, tu devrais laisser tomber !

— Il ne m'a pas répondu… pas encore. Il doit sûrement dormir à cette heure-ci, s'il a travaillé tard.

— Oui, ça doit être ça, acquiesce Iris sans conviction. Et donc, t'envisages de continuer à travailler pour les Donadieu ? demande-t-elle pour changer de sujet.

— Je ne sais pas. Je dois passer mon dimanche après-midi avec eux, ils veulent à tout prix fêter mon anniversaire.

Iris lève les yeux au ciel. Eva n'a jamais eu le sens de la distance. Plus dure sera la séparation…

— Quelle chance ! lance-t-elle ironiquement.

— Garance ne se doute pas que j'avais l'intention d'arrêter.

— Alors à ta place, je ne dirais rien, Eva, c'est à croire que tu parles seulement quand il ne faut pas !

— Si tu fais allusion à Nate, tu te trompes. Je suis inquiète, c'est tout.

— Un conseil : Nate, tu l'oublies et tu cesses de lui envoyer des messages désespérés, vu qu'il ne prend pas la peine de te répondre. Quant à Garance, évite de lui dire que tu avais l'intention de les planter. Tu ne gagneras rien si ce n'est à l'énerver ! Crois-moi.

— Tu as raison, Iris. Intérieurement, une petite voix me dit la même chose, mais c'est plus fort que moi. J'ai peur que Garance n'ait pas le temps de trouver ma remplaçante si j'attends la dernière minute pour le lui annoncer.

— Et pour le logement, je te rappelle que dans une semaine, tu es censée rendre les clés !

— Je sais, les visites ne sont pas concluantes.

— Tu peux venir dormir chez moi. Et tu sais, ma chambre sera vide après le mariage, je suis certaine que mes parents seraient ravis de t'accueillir. Pour eux, tu fais partie de la famille.

— Merci, Iris, c'est adorable, mais pour une fois, j'aimerais bien essayer de me débrouiller toute seule. Toutefois, je garde cette proposition dans un coin de ma tête, car si jamais je ne trouve pas, je reconnais que cela serait une solution idéale…

– 61 –

— Evaaaaa !

— Oui, maman, pas la peine de crier, ce n'est pas comme si notre loge faisait cent mètres carrés !

Eva émerge de sa chambre, encore en pyjama et les cheveux hirsutes.

— Oh, excuse-moi, je t'ai réveillée.

Corinne lui sert un thé vert fumant dans sa tasse fétiche.

— J'ai une nouvelle à t'annoncer ! s'écrie-t-elle, tout sourire. Richard Dupré m'a invitée à dîner.

— Quoi ?! Le Richard Dupré du deuxième étage qui vit au-dessus dans l'appartement de mes rêves ?

— Tu as parfaitement entendu !

Eva n'en croit pas ses oreilles. Corinne n'a pas décidé de prendre une revanche sur la vie, elle a décidé de la mettre K-O.

— Attends, tu as accepté ? Tu n'es pas censée partir vivre dans le Sud ?

Et que vais-je devenir sans toi ? Et où vais-je aller vivre, moi ? ne peut-elle s'empêcher de penser.

— Ma chérie, c'est juste un dîner. Quand il a su que j'allais quitter Paris, il s'est décidé et j'avoue avoir été très surprise, mais je ne veux plus me prendre la tête à mon âge ! Il est temps, non ? Ce dîner n'engage à rien et puis si… Enfin, on verra bien.

— Il te plaît ?

— Je le trouve galant, intelligent, gentleman, à voir…

— Il te plaît ! C'est pour ça que tu lui gardes ses colis ! Traitement de faveur. J'aurais dû m'en douter ! Depuis le temps…

— Peut-être bien, avant j'aurais refusé catégoriquement ce genre d'invitation, maintenant c'est différent. Qu'est-ce que j'ai à perdre ?

Eva s'élance vers sa mère et la prend dans ses bras.

— Tu as raison, maman ! Il faut vivre chaque jour comme si c'était le dernier.

— Euh… enfin, tu exagères un peu là, mais oui, dans l'idée, c'est ça !

Cette révélation est si soudaine. Eva a le vertige et la tête qui tourne, l'impression d'être emportée comme dans la chanson de Jeanne Moreau, dans le tourbillon de la vie.

– 62 –

C'est la première fois qu'Eva ne se rend pas chez les Donadieu pour travailler. La famille tenait absolument à fêter l'anniversaire de leur nounou. Elle a eu beau chercher tous les prétextes, ils ne l'ont pas laissée se défiler. À présent, Eva est impatiente et émue : eux qui ont banni les anniversaires de leur maison ont pourtant décidé de briser la règle pour elle.

Sur le trajet, elle se remémore la conversation avec sa mère. Dans sa tête résonne le tic-tac d'une horloge qui lui rappelle sans cesse que le temps lui est compté.

Eva sent la tension monter ; rester plus de dix minutes avec le couple Donadieu la rend nerveuse. Quel genre de discussion pourront-ils bien avoir ? Les seuls sujets avec lesquels elle est à l'aise sont les enfants et les livres, elle serait incapable de parler politique ou économie avec Marc-Antoine et Garance. La plupart du temps, elle se contente de leur résumer la journée des enfants avec un débit de mitraillette tant elle est pressée de s'échapper.

Elle prend une profonde inspiration avant de sonner. C'est Garance qui lui ouvre la porte. Eva ôte précautionneusement ses chaussures, avant d'aller s'installer sur le canapé.

Le théâtre trône au milieu du salon. Les enfants, déguisés, sont cachés derrière le grand carton.

— Bonjour, Eva, lance Marc-Antoine en lui adressant un large sourire. Les enfants trépignent d'impatience et nous avons eu du mal à les faire tenir en place. Depuis ce matin, ils n'arrêtent pas de nous demander quand vous allez arriver.

Ils sortent de leur cachette l'un après l'autre, pour courir dans les bras de leur nounou adorée. Face à ce débordement d'affection, Garance se met à tousser, une main devant la bouche. Gênée, Eva lève la tête et écarquille les yeux en découvrant le buffet gargantuesque. Elle était à deux doigts de demander à Arthur s'il était à l'origine de cette merveille, mais se ressaisit juste à temps. Une catastrophe d'évitée !

— Notre traiteur nous a préparé et livré ce petit buffet. J'espère qu'il vous plaira. Tenez, lui dit Garance en lui tendant une coupe de champagne.

Si Eva n'en boit qu'en de très rares et grandes occasions, chez les Donadieu, il est aussi courant – et léger – que l'eau ! Les fines bulles lui chatouillent le palais et ravissent ses papilles. Les enfants se jettent sur les muffins. Tandis qu'Eva s'apprête à leur servir du jus de pomme – on ne perd pas comme ça les habitudes –, Garance interrompt son geste.

— Laissez, Eva, je m'en occupe, aujourd'hui vous êtes notre invitée. N'est-ce pas, Marc-Antoine ?

— Tout à fait. D'ailleurs, vous reprendrez bien une petite coupe pour fêter ça, Eva ?

Elle n'a pas le temps de répondre que le diamantaire remplit de nouveau son verre à moitié vide. Il lui parle de son métier, qui le passionne, et lui raconte comment la pierre précieuse, élément pur et indestructible, naît des entrailles de la Terre. « Savez-vous que la dureté de ce joyau dépend de sa structure cristalline ? » Eva esquisse un sourire gêné. Les seuls diamants qu'elle détient sont ceux du pendentif que les Donadieu lui ont offert à Noël.

Le champagne lui fait légèrement tourner la tête. Elle sent qu'elle perd le contrôle de la situation, elle a soudain l'impression d'être ballottée dans une frêle embarcation sur une mer déchaînée. Elle voudrait être ce diamant que rien ne peut détruire ni abîmer. Eva, le rouge aux joues, se sent fébrile et paradoxalement de plus en plus légère.

L'ambiance est décontractée. Arthur et Louis ne se font pas prier pour faire honneur aux petits-fours et autres mignardises. Rapidement, une deuxième bouteille de champagne est ouverte et, sous l'effet de l'alcool, il semblerait que les langues commencent à se délier.

C'est tout d'abord Garance qui, à travers une anecdote apparemment anodine, reproche à Marc-Antoine ses absences, qui du coup lui reproche sa distance et sa froideur, raison pour laquelle, d'après lui, il se réfugie dans son travail. Le temps a viré à l'orage, Eva est de plus en plus mal à l'aise d'être le témoin de cette scène de ménage. Comment faire pour s'échapper ou aller prendre l'air ? Elle suffoque, cherche une échappatoire. Heureusement, à son plus grand soulagement, Garance met fin à leur joute verbale qui n'est ni plus ni moins qu'un règlement de comptes.

— Vous pouvez commencer, les enfants !

Arthur, une cape accrochée autour du cou, un chapeau de cow-boy sur la tête, un sabre laser *Star Wars* dans les mains, passe devant le théâtre et s'écrie avec fierté :

— Mesdames et messieurs, votre attention, s'il vous plaît, veuillez rallumer vos téléphones portables à la fin du spectacle, je vous remercie.

Les trois adultes, ne comprenant pas très bien en quoi Arthur a tenté de se déguiser, sourient avec un léger embarras.

Le grand frère s'éclipse pour laisser la parole à Rose. Elle raconte l'histoire qu'elle a apprise par cœur avec Eva. Derrière le théâtre en carton, des cochons, un loup et des maisons s'agitent et prennent vie par l'entremise des deux garçons. Les spectateurs affichent un sourire béat.

À la fin du spectacle, tous applaudissent.

— Attendez ! s'écrie Rose. Ce n'est pas fini ! On a encore une surpiiiise !

Arthur change le décor. Il apparaît en pyjama et répète exactement la même phrase d'introduction. Derrière le décor, Louis tient les marionnettes. Parfois, les silhouettes disparaissent, d'autres fois les spectateurs peuvent voir les deux petites mains danser au-dessus de sa tête.

— Regarde, Alban, il a fait une chaîne YouTube où on peut le voir cuisiner. Il adore préparer de bons petits plats. C'est trop bon. Tiens, goûte ! Allez, c'est l'heure d'aller au lit.

Soudain, le cœur d'Eva s'emballe, ses joues s'empourprent, elle reconnaît parfaitement cette scène. Les enfants jouent exactement ce moment où Eva a passé trois nuits avec eux, lorsque le couple Donadieu était en voyage d'affaires.

— Tu sais, Léon, dit Rose, avec nos parents c'est interdit, mais avec Emma, c'est possible. On peut dormir avec elle la nuit, elle nous déborde, nous raconte des histoires et nous fait un câlin avant de s'endormir. On fait des beaux rêves quand on est avec Emma. On est heureux quand on est avec Emma.

Les fautes de langage de la petite fille pourraient attendrir plus d'un adulte, mais là, ce n'est pas le cas. Bien que Rose ait changé le prénom d'Arthur en Alban, de Louis en Léon et d'Eva en Emma, Garance commence à comprendre la scène qui se joue sous ses yeux. Marc-Antoine sourit d'un air satisfait ; lui, en revanche, ne voit rien venir.

Eva déglutit pour essayer de faire passer l'énorme nœud qui s'est créé dans sa gorge, il faut arrêter ce carnage au plus vite. Elle se lève. Garance la dévisage. Elle sent les larmes monter alors que son mari est toujours attentif au spectacle.

— Eva ? souffle-t-elle, de quoi parlent les enfants ? Dites-moi que ce n'est pas vrai, qu'ils ont tout inventé ?

— Les enfants, votre spectacle est très bien, les interrompt Eva. Bravo !

Elle les applaudit énergiquement pour tenter de les arrêter tandis que Marc-Antoine lui siffle un « Chhuuuuut » pour la faire taire. Rien n'y fait.

— Eva ? la somme Garance.

— Je peux tout vous expliquer…

Coupée du monde, incapable de parler ou d'esquisser le moindre mouvement, Eva n'entend plus les bruits autour d'elle. Garance est furieuse et s'agite en s'adressant à Rose et à Arthur, leur demandant des comptes. Comment cette baby-sitter à qui elle faisait confiance a-t-elle pu, en dépit de ses consignes, dormir avec ses enfants, ses propres enfants, sous son toit, alors qu'elle-même ne se l'autorise que lorsqu'ils sont malades, comme elle l'avait convenu avec Marc-Antoine ? Ce dernier, qui ne comprend toujours rien, commence à pester contre sa femme et la nounou qui, selon lui, sont en train de gâcher le spectacle.

— Vous allez arrêter enfin, un peu de silence, voyons ! Les femmes sont vraiment prêtes à tout pour attirer l'attention, râle-t-il.

Rose, médusée par la dispute qu'elle a bien malgré elle provoquée, s'est tue, puis mise à pleurer à chaudes larmes. Eva, catastrophée, se tourne vers une Garance hors d'elle qui lui crie toujours dessus et décharge sur elle toute sa rage. La mère, les nerfs à vif, accro à son boulot en veut à la terre entière. Eva a l'impression d'encaisser toutes les peines, les colères et les frustrations que Garance garde en elle depuis trop longtemps et qu'elle déverse enfin.

— Et pour couronner le tout, si je comprends bien, vous avez autorisé Arthur à mettre des vidéos sur YouTube ! Et pour quoi ? Une chaîne culinaire ?! Vous vous fichez de moi ? Mais c'est le comble du comble, c'est incompréhensible, c'est de l'inconscience professionnelle, c'est très dangereux ! On trouve de tout sur Internet. Il pourrait être victime de harcèlement ! Comme si ce qu'il subit à l'école n'était pas suffisant ! Comment avez-vous osé ne rien dire et, pire, l'aider, l'encourager ? Eva ? Evaaaa, je vous parle ! débite Garance d'une traite.

Marc-Antoine, dépassé par ce qui est en train de se jouer, ne cache pas son exaspération et court après Arthur, qui n'en finit plus de tourner dans la pièce, pour l'arrêter.

Dans ce chaos, personne ne prête attention à Louis, le petit fantôme, caché derrière le carton. Louis s'avance tout doucement et se met alors à hurler comme pour signifier « je n'en peux plus de cette famille de fous ».

Son cri a pour effet de stopper net hurlements, pleurs et course dans la maison. Silence. Puis un mot. Unique. Tant espéré. Tragique. Comme un cri du cœur désespéré.

– 63 –

« Maman. »

Ils n'ont pas rêvé, ils l'ont tous très bien entendu.

Louis a parlé, il a enfin prononcé son premier mot. Normalement, ce genre de moment reste gravé dans la mémoire. Le premier mot d'Arthur a été « moto », il venait d'avoir trois ans. Rose a dit « papa » à neuf mois, au grand désespoir de Garance. Et puis il y a Louis, qui sait parler d'après le pédopsychiatre de la famille, mais qui n'a jamais prononcé un seul mot devant ses proches. Louis, qui refuse de parler volontairement pour des raisons que les adultes ignorent.

Certaines mamans malintentionnées, devant les grilles de l'école, avaient osé jacasser : « Il doit être en retard, ce petit, il ne parle pas. » Eva leur avait cloué le bec en répondant qu'il ne parlait jamais pour ne rien dire d'inintéressant, contrairement à d'autres.

Ils se sont figés. Arthur, les bras à l'horizontale, Rose dont les pleurs ont cessé comme par magie et les trois adultes, abasourdis, se sont tournés vers le petit garçon, objet de toutes les attentions.

— Louis a parlé ? demande Rose, interloquée.

Comme si personne n'avait entendu. Sa voix avait été pourtant limpide. Deux syllabes.

« Ma-man. »

Garance croit à son moment de gloire. Enfin, le premier mot de son petit dernier n'est ni « moto » ni « papa ». C'est elle, « maman ». Elle s'imagine déjà racontant à ses associés comment Louis a parlé, a prononcé son premier mot et pas n'importe lequel. Ils pourraient lire la fierté dans ses prunelles. Cela alimenterait leur conversation, car oui, Louis a bien parlé, son premier mot a bien été « maman »… Sauf qu'il ne lui est pas destiné. Garance l'a compris et la seconde suivante, son visage se décompose.

Louis lève les yeux vers Eva et dit le mot une seconde fois, comme pour enfoncer le couteau dans le cœur de Garance.

« Maman ? »

Eva commence à trembler. Cet acte de tendresse signe son arrêt de mort.

— Quelqu'un va enfin m'expliquer ce bordel ? finit par lâcher Marc-Antoine, furieux.

Rose, de peur de se faire gronder par son père, se réfugie dans les jambes d'Eva. Arthur saute dans tous les sens en criant : « Mon petit frère a parlé ! Il parle ! »

Marc-Antoine soulève Louis, qui vient d'appeler sa nounou « maman ». Le fils ingrat.

Garance, debout, bras croisés, joues écarlates, sourcils froncés, respire bruyamment et son regard inquisiteur invite Eva à déguerpir au plus vite.

— Je pense que vous avez fait assez de dégâts dans cette famille, Eva. Vous devriez partir maintenant, ordonne sèchement Marc-Antoine.

Eva retient ses larmes. Rose et Arthur se mettent à hurler et à sangloter en même temps. « Pas Eva. Eva, reste ! » supplient-ils en chœur.

Mais c'est son cœur que ces derniers mots déchirent. Les derniers mots qu'elle entendra des enfants avant de franchir pour toujours la porte de l'appartement des Donadieu.

– 64 –

Eva dévale l’escalier en courant pour fuir cette humiliation. Les larmes qu’elle avait tant bien que mal retenues devant les enfants ruissellent désormais sur ses joues. En sortant de l’immeuble, elle est prise d’un vertige, l’impression qu’un gouffre abyssal s’ouvre sous ses pieds. Elle sent son corps se dérober quand elle prend la mesure de ce qui lui arrive. Elle ne franchira plus jamais cette porte cochère, elle n’entendra plus jamais les rires de Rose, elle ne goûtera plus jamais aux délicieux gâteaux d’Arthur, elle n’entendra plus jamais le son de la petite voix de Louis. C’était la première fois qu’elle entendait ce timbre angélique, et la dernière.

« Pas comme ça », répète-t-elle à voix haute. Elle n’aurait jamais imaginé les quitter comme ça. La pire des manières qui soit, comme une voleuse, sans même leur dire au revoir, sans les étreindre une ultime fois. Depuis quelque temps déjà, ses petits bonheurs de tous les jours, c’étaient eux, les enfants. Ils étaient devenus ses petites merveilles, trois pépites d’or qui faisaient sa richesse. Elle ne ressentait plus le besoin de se créer des moments de plaisir, les enfants la comblaient, la rendaient heureuse.

Eva a la gorge en feu. Elle est en colère. Comment a-t-elle pu être aussi inconsciente, ne pas anticiper tout ce qui allait arriver ?

De retour à la loge, après avoir tenté en vain de joindre Iris, elle s'écroule sur son lit en sanglotant. Si sa mère avait été là, elle l'aurait prise dans ses bras, lui aurait demandé ce qui lui était arrivé et l'aurait consolée. Mais Corinne n'est pas là, elle doit être à la salle de sport.

Tout le monde refait sa vie, Iris va partir vivre avec Benjamin, sa mère dans le Sud, quant aux enfants, elle ne les reverra sans doute plus jamais. Son pire cauchemar se réalise : elle se retrouvera seule, abandonnée, livrée à elle-même. Être abandonnée, cela devait arriver tôt ou tard, comme si c'était inscrit dans son ADN depuis sa naissance. Eva hoquette, suffoque, s'étouffe. Vite, un cachet. Elle a besoin d'un cachet. Ses mains tremblent. Elle cherche le petit récipient qui contient ses anxiolytiques. Elle panique. Une crise, une énième. Eva imagine la fermeture de la librairie, même si Marcel lui a assuré que les chiffres étaient corrects. Après tout, comment être sûre qu'il dit la vérité et que la boutique ne va pas être placée en liquidation judiciaire ? Elle repense à Nathanaël, qui lui a clairement fait comprendre qu'il ne fallait rien espérer de lui, aucune relation, pas même amicale. Elle aperçoit les silhouettes des enfants disparaissant tels des spectres derrière celles du couple Donadieu. Cruel. Elle suffoque dans cette loge, qu'elle a toujours détestée mais qu'elle aime malgré tout.

Eva broie du noir, perd pied.

Ses yeux sont noyés de larmes, elle tend une main tremblante vers sa plaquette de comprimés avant de s'effondrer sur son lit.

– 65 –

Heure du décès : 23 h 04.

Motif : arrêt cardiaque, c'est ce qu'a constaté le médecin légiste.

– 66 –

À la Pitié-Salpêtrière, personne n'a vu venir le pire. Corinne est sous le choc, Iris profondément attristée. Chacune cherche du réconfort auprès de l'autre. Chacune essaie de comprendre, de trouver une raison, une cause. « Eva n'avait plus eu de crise de cette envergure depuis des années. » Il y avait eu des alertes bien sûr, mais elle semblait garder le contrôle. C'est du moins ce qu'elles croyaient. Toutes deux culpabilisent. Elles n'ont rien vu venir, n'ont rien pu faire pour empêcher cela. D'ailleurs, où étaient-elles au moment où cela s'est produit ? Corinne était au sport et Iris en plein dilemme sur le choix des couleurs de son faire-part. Ni l'une ni l'autre n'ont vu les appels de détresse d'Eva.

La veille, sur le trajet de sa salle de sport, Corinne s'était arrêtée pour acheter une baguette. La discussion avec la femme du boulanger avait duré une bonne demi-heure, Corinne évoquant pour la première fois avec une connaissance du quartier son projet de quitter Paris. Elle avait pris tout son temps, demandant des nouvelles de la famille, un peu par intérêt, surtout par politesse. Elle ne pouvait pas se douter qu'à son retour, elle retrouverait sa fille inconsciente.

Elle pensait Eva chez les Donadieu, mais quand elle avait aperçu ses baskets abandonnées en plein milieu du salon, elle avait eu un mauvais pressentiment. Elle s'était précipitée dans la chambre de sa fille et avait en vain essayé de la réveiller. En larmes, elle avait appelé les pompiers, qui les avaient transportées aux urgences les plus proches. Et intérieurement, la même question tournait inlassablement : « Pourquoi ? »

C'est dans la salle d'attente des urgences que Corinne avait appris la terrible nouvelle par un (malheureux) hasard. Elle avait croisé le Dr Rouany, du cinquième étage du bâtiment D ; il était de garde ce soir-là. Corinne le connaît très bien. Il est toujours très poli et lui offre des chocolats dans un écrin de luxe chaque année à Noël. Il l'avait entraînée un peu à l'écart du monde.

— Bonsoir, Corinne, j'allais justement vous appeler, j'ai appris ce qui est arrivé à votre fille, je suis là si vous avez besoin de quoi que ce soit, n'hésitez pas. Par ailleurs, je suis désolé de vous l'annoncer de cette façon, mais je préfère que vous l'appreniez par moi. Marcel a été admis en urgence dans la nuit… Il… Je suis désolé, nous n'avons rien pu faire. Marcel est décédé d'une crise cardiaque à son arrivée à l'hôpital.

– 67 –

Eva s'est réveillée peu de temps après son admission aux urgences.

Corinne s'était empressée de demander aux médecins de l'hôpital si Eva était en état d'encaisser le choc de cette terrible annonce : le décès de son patron qu'elle chérissait comme son propre grand-père. Leur réponse était restée évasive et semblait signifier que rien ne s'y opposait, mais qu'il valait mieux attendre qu'elle ait repris des forces. Malheureusement, face à ce genre de drame, il n'y a aucune prescription, aucune posologie, rien.

Corinne, la gorge serrée, avait passé la soirée et la journée suivante au chevet de sa fille, sans rien dire, alors même que mille questions lui brûlaient les lèvres. Tout comme Iris, elle préférait s'assurer qu'Eva allait vite se remettre et rentrer à la maison, à supposer qu'on veuille bien la laisser sortir…

Corinne était rongée par l'incompréhension, le doute, la colère, la culpabilité, elle se consumait de l'intérieur. Elle était prête à tout quitter pour s'installer dans le Sud, mais pour Eva elle aurait sans hésiter renoncé à ses projets et à ses rêves. Aucun ne valait d'être vécu s'il signifiait faire souffrir sa fille, ou pire…

Le surlendemain, n'y tenant plus, elle a pris son courage à deux mains pour interroger Eva, qui semblait aller beaucoup mieux.

— Qu'est-ce qui s'est passé, Eva ?

— …

— Tu ne t'en souviens pas ?

— Si, enfin, je ne sais pas vraiment… C'est l'émotion, la fatigue. Depuis plusieurs semaines, je n'arrête pas de courir. J'ai peut-être un peu trop tiré sur la corde.

— Je t'avais prévenue.

— Et puis j'ai bu deux petites coupes de champagne chez les Donadieu, mais ça a suffi pour me retourner le système et l'estomac, répond sèchement Eva. Si tu as l'intention de me faire la morale, sache que ce n'est ni le lieu ni le moment. Je ne suis plus une gamine ; j'assume et je suis totalement responsable de mes actes !

— Ce n'est pas mon intention. Mais je me dis que peut-être, tout ça, c'est ma faute…

Eva tente d'avaler le potage infect servi par les infirmières.

— Maman, la coupe Eva, tu n'y es pour rien. J'ai senti monter une crise d'angoisse comme d'habitude, sauf que celle-ci était beaucoup plus violente, j'ai voulu prendre un cachet, mais je n'en ai pas eu le temps. Les médecins m'ont expliqué que chez certaines personnes, le cerveau se met en mode « pause » pour se protéger, comme un court-circuit, c'est pour ça que j'ai perdu connaissance et que mon corps a fait le coup de la Belle au bois dormant. Apparemment, ce n'est pas rare chez les personnes qui comme moi sont atteintes de troubles de l'anxiété. Je suis désolée de t'avoir fait peur.

— Cette garce de Garance ! Elle va m'entendre ! s'écrie Corinne quand Eva achève le récit de ses mésaventures.

— Tu ne vas rien faire, maman, ce n'est pas la faute des Donadieu.

— Ce sont eux qui t'ont mise dans cet état et ils ne le savent même pas…

— Et alors ? S'il te plaît, maman, ne rends pas la situation plus compliquée qu'elle ne l'est déjà. Je veux juste passer à autre chose. Ce n'est pas vraiment leur faute, j'avoue que j'aurais pu éviter cet incident si j'avais ouvert les yeux plus tôt. Je reconnais que c'était maladroit de ma part, et disons que le problème est surtout que je n'arrive pas à canaliser mes émotions, qui prennent le pas sur la réflexion…

— Tu m'en diras tant ! Il va falloir aller un peu plus loin pour convaincre les médecins, et le dire ne suffira pas à régler le problème. Ils veulent être certains que tout ira bien dehors.

Corinne songe alors à Marcel. Comment lui annoncer la terrible nouvelle sans risquer de la perturber davantage ? Elle doit pourtant bien lui dire la vérité, avant que sa fille ne l'apprenne par quelqu'un d'autre…

Le lendemain, Corinne reçoit un appel du notaire de Marcel, qui cherche à rencontrer Eva au plus vite. Plus moyen de reculer, elle doit se délester de son secret. C'est donc la mort dans l'âme que Corinne se rend à l'hôpital.

Eva rassemble le peu d'affaires qui traînent dans sa chambre lorsque sa mère franchit la porte.

— Tu sors aujourd'hui ?

— Oui, je suis trop contente, les médecins sont passés ce matin, et ils se sont montrés rassurants. Les résultats du scanner sont bons. Ils m'ont conseillé de retourner voir une psy, difficile de leur donner tort, mais même si je ne saurais pas dire pourquoi, je suis certaine que ça n'arrivera plus. J'en ai fini avec tout ça. Je sens que je vais déjà beaucoup mieux. Et puis, c'est toi qui m'as dit un jour que lorsqu'on est au plus bas, on ne peut que remonter la pente ! Qu'est-ce qui pourrait bien m'arriver de pire, franchement ? Il est temps pour moi de prendre ma vie en main et de ne plus vivre dans la peur… Je dois passer au service des sorties. Tu m'accompagnes ?

— Bien sûr, mais avant, ma puce, je dois te dire quelque chose d'important… Je ne sais pas si je peux, si je dois, si tu vas le supporter, c'est difficile à dire…

— Maman, dis-moi ce qui ne va pas. Tu as un souci ? C'est Richard ? Ou ton futur travail ?

Corinne secoue la tête.

— Je t'en prie, assieds-toi d'abord. C'est Marcel… Il est ici à l'hôpital.

— Ah bon ? Mais pourquoi ? Rien de grave, j'espère ? Je peux le voir ? Où est-il ?

— Assieds-toi, ma chérie, insiste-t-elle, de peur qu'Eva ne perde de nouveau connaissance.

Corinne lui raconte tout depuis son hospitalisation, la crise cardiaque de Marcel, l'appel de son notaire. Elle ne s'arrête que lorsque Eva court vomir aux toilettes.

Elle lui passe la main dans le dos, geste qui a toujours eu pour effet de rassurer la jeune femme, mais pas cette fois. Eva est en colère. Comment Corinne a-t-elle pu lui cacher ce drame ? Y avait-il un bon moment pour le lui révéler ? Puis, lorsque Corinne s'excuse pour l'annonce brutale du décès de Marcel, le chagrin d'Eva emporte sa colère. Tandis que Corinne la prend dans ses bras pour la consoler, elle lui souffle à l'oreille qu'elle peut le voir une dernière fois.

– 68 –

Deux mois plus tard

Se réveiller chaque matin pour vivre de sa passion est toujours plus facile que de se lever pour un travail que l'on trouve pénible ou ennuyeux. Eva en a conscience et, chaque jour, elle se sent chanceuse de lever le rideau de fer de la librairie…

En la quittant, Marcel lui a laissé en héritage *Les mots dansent*... ainsi que son appartement, comme il l'a expliqué dans une lettre.

Ma chère Eva,

Si tu lis ces lignes, c'est qu'il y a une bonne et une mauvaise nouvelle. La mauvaise, c'est que je ne fais plus partie de ce monde. La bonne, c'est que je vais rejoindre Bernadette.

Tu le sais, j'ai déjà cessé de vivre une fois, lorsqu'elle m'a quitté. C'était l'épreuve la plus dure de toute ma vie et j'étais persuadé que le désespoir allait m'emporter. Mais c'était mal connaître Bernadette. Maligne, elle m'avait fait promettre de bien m'occuper de la librairie.

Au début, j'ai essayé, mais vivre sans elle, c'était comme attendre la mort, je n'avais plus goût à rien, pas même à la lecture. Et puis un jour, tu es entrée dans la boutique. Tu étais différente. Je m'en souviens comme si c'était hier. Tu es apparue dans une robe orange. Qui pouvait ne pas te voir ? Tu brillais de mille feux. Tu n'as rien acheté. Tu as parcouru les rayons, lu quelques lignes, comme si tu avais mis les pieds dans une bibliothèque. Et puis tu es revenue très souvent, presque tous les jours, pour acheter ou lire des livres sur l'un des vieux strapontins que j'avais récupérés au théâtre. Je me demandais pourquoi une fille comme toi n'était pas à l'école. Puis j'ai compris que tu avais quitté l'université pour travailler avec moi. Tu étais comme moi, un être perdu, une âme errante. Tu as commencé à m'aider à porter des cartons, puis à conseiller des clients sans jamais rien réclamer en échange. Je voyais une lueur qui s'animait dans tes yeux chaque fois que tu franchissais le seuil de la librairie. Au bout d'un moment, je t'ai proposé de travailler avec moi, ça me paraissait évident. Tu es faite pour vivre parmi les livres et faire vivre toutes ces petites merveilles, faire découvrir des classiques mais aussi de jeunes auteurs, de nouveaux talents, donner ou redonner le goût de la lecture à ceux qui n'y voient aucun intérêt. Tu les écoutes, les conseilles, les orientes, leur transmets ta passion. Tu as un don précieux que tu dois continuer à exploiter, à explorer. C'est pourquoi je te confie Les mots dansent… *ainsi que mon appartement. Je t'en prie, continue de chérir ces lieux en la mémoire de Bernadette. Continue de lire pour moi tous les livres que je n'ai pas eu le temps ou le cœur de lire.*

Il y a quelques mois, on m'a annoncé que j'allais tout perdre. Je n'ai pas pu dormir durant des nuits avant de t'annoncer que je devais me séparer de toi. Je ne voulais pas éteindre cette flamme qui t'anime chaque fois que tu es ici, je ne voulais pas te briser le cœur. Après cette nouvelle, tu as fait preuve de tellement de courage ; non seulement tu as mis les bouchées doubles en jonglant entre la librairie et ces enfants dont tu t'es occupée – et je dois te le dire, tu as beaucoup changé, c'est comme s'ils avaient ouvert une porte en toi –, mais tu as réussi à redresser la barre. Tu es prête à reprendre le flambeau. Merci de m'avoir redonné goût à la vie et d'avoir donné un second souffle à ces lieux. Alors que je ne suis que pluie, tu es mon soleil, celui qui illumine mes jours et mes sombres nuits sans Bernadette. Je n'ai jamais osé te le dire, mais c'est le moment ou jamais, tu es la fille que je n'ai jamais eue et que j'aurais rêvé d'avoir.

Avec tout mon amour.

Marcel

Cette lettre, à l'encre tachée par les larmes d'Eva, est rangée sous le comptoir de la caisse comme une relique ou un porte-bonheur.

Cela fait désormais deux mois que Marcel est parti, deux mois qu'elle n'a plus aucune nouvelle de la famille Donadieu, deux mois qu'elle travaille sans relâche. Eva a le sentiment d'avoir tourné la page et d'avoir pris un nouveau départ.

Corinne l'a aidée à remettre à neuf le petit deux-pièces de Marcel, avant de partir vivre dans le Luberon, comme elle l'avait prévu. Eva se plaît dans cet appartement. L'âme de Marcel y est toujours présente, même si Eva a décidé de rebaptiser la librairie pour prendre un nouveau départ. Ainsi, *Les mots dansent...* est devenu *Les Petites Merveilles.*

Le jour de sa sortie de l'hôpital, Eva, en récupérant son dossier médical, avait pour la première fois pris connaissance des comptes rendus de son suivi psychologique. Elle se savait, ou plutôt se pensait fragile, mais elle n'aurait jamais pu imaginer qu'elle y trouverait un diagnostic d'« HPE ». Eva avait alors eu une longue conversation avec Corinne – ou plutôt une dispute. Comment sa mère, au courant depuis l'âge de ses six ans, avait-elle pu lui cacher une information pareille ? Si seulement elle lui en avait parlé, si seulement elle lui avait tout simplement dit la vérité, Eva ne se serait peut-être pas crue folle ou du moins diminuée durant toutes ces années. Elle n'aurait pas mis ses crises d'angoisse et son hypersensibilité sur le compte de son père absent. Elle était persuadée qu'elle n'était pas « finie », qu'il manquait quelque chose à son cerveau pour qu'il fonctionne normalement, qu'elle vivait, pour ainsi dire, en décalage. Si seulement sa mère lui avait expliqué qu'à l'âge de six ans elle avait été diagnostiquée « haut potentiel émotionnel », elle aurait peut-être compris. Elle ne se serait pas isolée socialement, elle aurait sans doute eu plus confiance en elle pour affronter le regard des autres à l'école, elle aurait essayé de s'adapter, de s'épanouir professionnellement, et qui sait, d'ouvrir sa propre librairie ?

Au lieu de cela, sa différence l'enfermait dans un imaginaire camp des faibles, elle se sentait incapable de voler de ses propres ailes à cause de ces fichues crises. Pieds et poings liés par une corde imaginaire, elle se voyait sombrer dans les eaux profondes de la solitude et de la peur d'être abandonnée de nouveau.

Depuis qu'elle connaît enfin la vérité, qu'elle regrette d'avoir découverte si tard, Eva a coupé cette corde, ainsi que le cordon qui la reliait à sa mère. La colère a cédé la place à l'indignation, puis au pardon. Elles construisent un lien tout aussi fort mais plus mature, moins fusionnel.

Aujourd'hui, Eva a l'impression de mieux comprendre le monde qui l'entoure. Certes, elle appréhende les choses avec un regard différent de celui des autres, mais désormais sa différence est devenue une force. Eva apprend, évolue et s'adapte plus vite que prévu à son nouvel environnement. Cette remise en question lui est salvatrice. C'est grâce à cela qu'elle a pu tourner la page aussi rapidement, se mettre à l'œuvre pour remonter la pente.

Dans la vie, elle est persuadée qu'on a tous le choix, le choix entre se laisser vivre et vivre. Elle a opté pour le second. Plus libre, plus indépendante, plus vivante que jamais.

– 69 –

Eva est en train de préparer les commandes de *L'Avare*, de Molière, pour une classe de quatrième du collège Saint-Hilaire, lorsqu'une femme élégante en tailleur et talons hauts franchit le seuil de la librairie. Des femmes de cette élégance, le quartier n'en manque pas, mais pas de cette stature ni de ce charisme. Eva le sait, Eva le sent. Un bouquet floral avec une touche de vanille sensuelle. Garance. Est-elle venue porter plainte pour lui avoir volé sa place de mère au sein de la famille ? Eva a retracé plus d'une fois le fil de cet après-midi et quelque chose lui échappe, elle ne comprend toujours pas comment cela a pu si mal se terminer. Elle sait à présent qu'il n'est pas rare que des enfants finissent par appeler leur nounou « maman », sans que les parents en fassent tout un drame. C'est même fréquent. Après tout, les enfants passent un certain temps avec leur nounou, ils peuvent très bien confondre, ou simplement se tromper, tout en sachant parfaitement qui est leur vraie mère. Quelle était réellement l'intention du petit Louis ? Pourquoi l'avait-il appelée « maman » ? Certes, elle était devenue très proche des enfants, mais elle n'avait rien fait de mal, elle n'avait jamais voulu se substituer à Garance. Elle avait sans doute été maladroite et n'aurait pas dû aller à l'encontre des souhaits des parents, mais elle avait toujours été animée de bonnes intentions…

Tandis que Garance, vêtue d'une jupe crayon gris foncé et veste assortie d'une classe folle, s'approche du comptoir, Eva la fixe sans bouger.

— Bonjour, Eva.

— Bonjour, madame Donadieu. Que puis-je pour vous ?

— Je viens vous présenter mes excuses, ou plutôt nos excuses. Mon mari et moi, nous vous avons congédiée un peu brutalement, je le reconnais, mais vous comprenez, nous étions pour le moins choqués de la tournure des événements.

Silence. Eva esquisse un sourire compréhensif. Garance est tout sauf une amie, elle qui l'a jugée et renvoyée sans ménagement ni préavis, qui ne l'a pas rappelée une seule fois pour s'excuser ou prendre de ses nouvelles. Elle n'est sûrement pas venue pour enterrer la hache de guerre, encore moins pour admettre ses torts. Ce n'est pas son genre. Eva se méfie d'elle comme d'une kleptomane en vadrouille dans sa librairie.

— Je suis désolée, reprend-elle. Vous savez, cela a été un tel remue-ménage après votre départ. Nous avons dû réorganiser notre mode de fonctionnement à la maison. Mon frère n'ayant plus le temps de nous aider, j'ai dû trouver quelqu'un pour vous remplacer au pied levé. Ce n'était pas une mince affaire, mais je m'en suis sortie, comme toujours.

Eva sent son exaspération monter devant les lamentations mâtinées de suffisance de Garance. Il ne manquerait plus qu'elle lui reproche ses problèmes de logistique ! Doit-elle lui rappeler qu'elle est responsable de son départ inopiné ? Qu'au lieu de la licencier séance tenante, elle aurait pu la convoquer le lendemain pour en reparler calmement et tenter de comprendre ?

Au lieu de cela, il lui a fallu deux longs mois pour reprendre contact et daigner présenter ses plus plates excuses. Et encore, ce geste ne doit pas être gratuit.

— Nous avons trouvé notre rythme.

— Tant mieux, répond sèchement Eva en disposant une pile de livres de poche derrière elle sans même regarder Garance.

— Bien sûr, vous êtes occupée, je ne veux pas vous déranger plus longtemps. Bref, je voulais vous demander si vous seriez d'accord, non pas pour garder les enfants, la nouvelle nounou fait l'affaire, mais pour les revoir. Ils vous réclament depuis votre départ. Nous pensions, mon mari et moi, qu'au bout de deux mois, ils vous auraient oubliée comme ils ont oublié toutes les précédentes nounous. Ce n'est pas le cas. Je vous propose un marché, je sais que vous n'avez pas grand-chose à gagner dans cette histoire, mais je vous suggère de faire table rase sur ce qui s'est passé et, en échange, que diriez-vous de venir passer un après-midi à la maison ?

Eva sourit franchement à cette annonce, qui ne pouvait pas mieux tomber. Mieux que toutes les excuses possibles, la perspective de retrouver les enfants efface presque la rancœur qu'elle éprouvait encore envers le couple Donadieu. Ce qui compte, et ce qui a toujours compté, ce sont les enfants.

Elle va revoir Arthur, Rose et Louis.

– 70 –

Corinne appelle sa fille toutes les semaines pour prendre de ses nouvelles. Après l'hospitalisation d'Eva, elle avait préféré repousser son départ d'un petit mois, le temps que sa fille s'installe confortablement chez Marcel.

Iris lâche totalement prise depuis l'incident d'Eva. Elle n'a jamais paru aussi détendue sur les préparatifs du mariage. « Le voile ? Pas besoin », répond-elle à sa meilleure amie. Les mots qu'elle emploie le plus souvent sont désormais « pas grave », « laisse tomber », « on s'en fiche ». Eva ne la reconnaît pas. Elle a envie de la prendre par les épaules et de la secouer pour lui demander où est passée l'Iris qu'elle connaît, celle qui est toujours stressée et hyper exigeante. D'où lui vient ce soudain relâchement ? Iris lui rétorque « qu'il y a des choses plus graves dans la vie ». Un sourire béat se dessine sur ses lèvres. Elles sont au moins d'accord sur ce point.

Après avoir aidé son amie à choisir une coiffure qui irait parfaitement avec la robe qu'elle a finalement trouvée, Eva se rend chez les Donadieu. Cette fois-ci, elle s'est juré de ne pas ingurgiter la moindre goutte d'alcool et de ne verser aucune larme.

Eva a la tête qui tourne. Son sourire extatique ne quitte plus son visage depuis qu'elle a franchi le seuil de l'immeuble. Garance ouvre la porte, l'index posé sur la bouche pour garder la surprise jusqu'au bout. Eva s'attendait à ce que les enfants lui sautent dans les bras, mais ce n'est pas le cas. Un silence de plomb règne dans ce salon vide qui lui paraît si familier. Rien n'a changé, l'horloge, la table basse, le tapis, tout est parfaitement à sa place. Eva s'installe sur le canapé avant que la maîtresse de maison appelle les enfants. Et s'ils ne la reconnaissaient pas ? Après tout, deux mois se sont écoulés.

Arthur, Rose et Louis arrivent enfin, en soufflant et traînant des pieds. Leurs trois petites bouilles se figent. Est-ce un mirage ? Soudain, lorsqu'ils réalisent qu'ils ne rêvent pas, que c'est bien leur Eva qui se tient devant eux, ils se précipitent sur elle, ivres de joie, en scandant son prénom. Ils l'embrassent, la serrent contre eux aussi fort qu'ils le peuvent. C'est Eva qui ne les reconnaît plus. Les enfants paraissent changés, grandis.

Arthur la tire par le bras pour lui montrer sa chambre et les installations qu'il a faites sur son ordinateur, avec les logiciels de montage et de mixage pour sa chaîne YouTube. Rose accourt dans la chambre de son grand frère pour lui présenter ses derniers dessins. Quant à Louis… le petit garçon autrefois muet, si réservé, les suit en chantant le dernier tube des Kids United. Eva n'en croit ni ses yeux ni ses oreilles. Au bout d'une bonne heure, Garance réussit enfin à accaparer Eva. Arthur leur prépare des madeleines à la fleur d'oranger pour le goûter.

— C'est fou ce qu'ils ont grandi, et ils ont l'air vraiment plus…

Eva s'interrompt, réalisant que sa remarque pourrait paraître déplacée dans ces circonstances.

— Plus épanouis ? Vous pouvez le dire, c'est le cas. Après votre départ, nous avons eu une longue discussion, avec mon mari.

— Je suis vraiment désolée.

— Ne le soyez pas. Au contraire, j'attendais ce déclic depuis si longtemps. C'est en quelque sorte grâce à vous si nous avons pu remettre les pendules à l'heure. Depuis votre départ, je travaille à temps plus ou moins partiel.

— Pardon ?

Eva, les yeux écarquillés, a failli avaler une gorgée de travers. Elle pose sa tasse de thé sur la table basse du salon.

— Je sais, ça peut vous paraître étonnant, mais je pensais qu'avec l'argent, je pouvais offrir à mes enfants un certain confort, qu'ils seraient heureux et ne manqueraient de rien. J'étais dans l'erreur. L'amour ne s'achète pas. Je me suis rendu compte que ce qui manquait le plus à mes enfants, c'était du temps et de l'attention. En semaine, j'essaie de rentrer avant 20 heures. Je ne travaille pas certains mercredis après-midi et je vais les chercher presque tous les vendredis soir, je travaille ensuite sur mon ordinateur, une fois qu'ils sont couchés.

— C'est fantastique !

— Arthur a finalement passé des tests psychologiques, depuis, il sait qu'il est HPE, ça veut dire…

— Je sais ce que ça veut dire. C'est bien qu'il le sache maintenant.

Garance n'insiste pas ; le ton et le regard de la jeune femme en disent long. C'est sans doute la raison pour laquelle Eva était si proche d'Arthur.

— Nous faisons très attention à lui. On le laisse s'exprimer comme il le souhaite, il poursuit sa chaîne YouTube tout en restant anonyme. En revanche, il sait qu'il doit redoubler d'efforts à l'école, être plus concentré, cesser de se battre pour un rien, apprendre à contrôler ses accès de colère. Pour l'instant, ça fonctionne ! Nous croisons les doigts pour que ça dure ! Rose mange mieux depuis que je suis plus présente à la maison. À croire que je lui ouvre l'appétit ! Et Louis s'exprime à la perfection, trop même, une vraie pipelette ! Il chante merveilleusement bien ! s'esclaffe-t-elle.

Eva réalise que si les enfants ont grandi, c'est aussi le cas de Garance. Sa métamorphose est inattendue, voire inespérée.

— Je ne comprends pas, qu'est-ce qui vous a fait changer d'avis sur…

— C'est grâce à vous, Eva. Vous nous avez ouvert les yeux. J'ai compris que cela ne servait à rien de priver les enfants de leurs passions. Arthur pourra devenir chef comme son oncle s'il le souhaite plus tard, Rose va arrêter la danse pour se consacrer au dessin et Louis, mon petit Louis, il adore chanter ! Le pédopsychiatre nous a expliqué qu'il avait fait une sorte de « grève de la parole » pour attirer notre attention. Sa non-expression était sa façon à lui de réclamer plus de considération. Après votre départ, nous en avons douloureusement pris conscience et, depuis, nous œuvrons pour trouver un juste équilibre. Comme des roses qui ont besoin de lumière, d'eau et de terre pour grandir, nos enfants ont besoin d'attention, d'amour et de bienveillance pour s'épanouir. Il nous aura fallu du temps pour le comprendre.

— Les roses fleurissent au printemps, renchérit Eva.

— Vous avez entièrement raison. Ce qui compte pour nous désormais, c'est le bien-être de nos enfants. Nous avons mis du temps à nous en rendre compte, mais il n'est pas trop tard pour rectifier le tir et prendre un nouveau départ. Je suis persuadée que notre plus beau voyage reste à venir. Nous allons à Disneyland le week-end prochain. Mon mari nous rejoindra, il est en déplacement. Il y a encore des ajustements à faire, mais il y a du progrès. Et puis j'ai renoué avec ma mère, j'avoue qu'elle m'aide énormément d'un point de vue logistique. Son aide est inestimable, elle vient de temps en temps dormir ici, elle occupe la chambre d'amis. Passer du temps avec ses petits-enfants ne lui a jamais autant réussi !

Garance esquisse son plus beau sourire, un sourire éclatant, creusant ses fossettes, qu'Eva n'avait encore jamais vues sur son joli visage.

Ces changements ravissent le cœur de la jeune femme. Jamais elle n'aurait imaginé Garance capable de tant de sagesse. C'est d'ailleurs la première fois qu'elle la trouve aussi apaisée et rayonnante.

Eva se garde de lui demander des nouvelles de son mari et encore moins de son frère. Depuis le temps, c'est comme si Nathanaël n'avait jamais existé. Il n'est plus qu'un lointain souvenir, un songe, un fantasme.

La famille Donadieu semble avoir trouvé son équilibre, c'est ce qui importe le plus à Eva.

Garance s'enquiert de la vie de la jeune femme, qui lui raconte le décès de Marcel, mais aussi les aspects positifs de sa nouvelle existence, la reprise de la librairie, ce métier qui la passionne tant.

Avant de partir, Eva lui promet de rendre régulièrement visite aux enfants même si, au fond, elle sait que cette relation risque d'être temporaire, le temps que leur nouvelle nounou prenne définitivement ses marques et… sa place.

– 71 –

Iris a eu l'idée de se marier le premier week-end de l'été pour augmenter les chances d'avoir du beau temps. Eva n'est pas certaine que son raisonnement soit très fiable, mais la probabilité joue effectivement en sa faveur. Elle doit reconnaître que c'est la journée idéale pour un mariage. Le soleil est au rendez-vous, pas une once de vent. Les mariés sont plus resplendissants que jamais et les invités sur leur trente-et-un.

Eva n'a pas quitté Iris depuis la veille. Entre le maquillage, la séance photo, la mairie et l'église, elle est exténuée alors qu'ils viennent tout juste d'arriver sur le lieu de la réception. L'endroit est splendide, une ancienne ferme aux charpentes et pierres apparentes qui s'ouvre sur un jardin donnant sur un petit lac artificiel. Les mariés ont même prévu un groupe de musiciens, composé d'une chanteuse, d'une violoniste et d'un guitariste. La centaine d'invités, assoiffés par ce soleil de plomb, attendent avec impatience que commence le vin d'honneur. C'est à peine si Eva a le temps de les accueillir et d'échanger deux mots avec Corinne, qui a fait le déplacement pour l'occasion, accompagnée d'un invité surprise… Richard. Leur dîner leur a finalement donné envie de se connaître un peu plus. Ils prennent leur temps, mais avancent sûrement. Avec l'âge, ils savent ce qu'ils veulent. Corinne se plaît dans le Luberon et Richard, après des années de travail et de voyages, envisage de la rejoindre. Pour l'heure, ils profitent de chaque moment passé ensemble.

Eva court dans tous les sens dans sa magnifique robe longue vert émeraude. Sa couronne de fleurs, réalisée par Corinne, retient quelques mèches de son chignon, lui donnant un joli style bohème.

Le traiteur doit servir les rafraîchissements au plus vite. Près des camions, elle aperçoit le personnel tout de noir vêtu et un homme, sans doute le chef, arborant une veste blanche.

Eva s'élance en courant, mais quand elle arrive au niveau du chef qui lui tourne le dos, son talon se coince dans une motte de terre. Elle crie en tombant alors que le sol se rapproche dangereusement de sa tête. Elle ferme les yeux en se demandant quel goût peut bien avoir l'herbe fraîche. Sa chute lui semble interminable, elle ne touche pas le sol. Deux bras la réceptionnent et la relèvent. La blouse blanche. Le traiteur.

— Merci, vous avez sauvé mon maquillage, ma couronne de fleurs et ma robe ! lance-t-elle, ahurie.

— De rien, ma chère Eva.

Eva retient sa respiration. Elle reconnaît cette voix, celle d'un fantôme.

Nathanaël.

— Vous ?! Qu'est-ce que vous faites ici ? Je ne comprends pas… balbutie-t-elle.

— Surtout, cachez votre joie ! Iris ne vous a pas annoncé l'heureuse nouvelle ? Son traiteur l'a plantée il y a deux semaines. En même temps, un menu tout compris pour cinquante euros, ça sentait l'arnaque à plein nez. Bref, elle m'a appelé en catastrophe, me suppliant d'assurer le service à son mariage et, bien entendu, à un prix défiant toute concurrence, un « prix d'ami », comme elle dit, lâche-t-il en mimant les guillemets avec ses doigts. Et comme j'assure toujours…

— J'avais oublié votre sens de la modestie. On peut lancer le vin d'honneur, ordonne brusquement Eva avant de s'enfuir vers le banquet.

On ne peut pas dire qu'il s'agisse des retrouvailles les plus chaleureuses de l'histoire. Après avoir pris la clé des champs, Eva va rejoindre les mariés en tentant de faire abstraction de Nathanaël. Elle prend son rôle de témoin très à cœur, jusqu'à accompagner Iris aux toilettes pour tenir sa robe. Pourvu qu'elle se change durant la soirée !

Eva passe finalement très peu de temps à table, et cela lui convient bien. Et pour cause : assise entre le cousin du marié complètement ivre et le témoin fêtard aux blagues potaches, qui raconte et mime la différence entre une huître et une moule, Eva n'a aucune envie de goûter au risotto aux cèpes qui accompagne la pièce de veau.

Bien sûr, tous deux sont célibataires, comme l'avait prévenue Iris, et se comportent avec l'orgueil de deux coqs prêts à se battre pour leur petite poule. Eva s'éclipse dès qu'elle le peut et sort prendre l'air.

— Le repas ne vous convient pas ? N'hésitez pas à me le dire, j'en parlerai au chef !

Eva sursaute.

— Vous ! Cela fait un moment que je ne vous ai pas vu !

— Trois heures, précisément… Je vous ai manqué ?

Que valent trois heures à côté de six mois ? Eva a été très occupée par la librairie ces derniers temps, mais elle pense souvent à sa relation avortée avec Nathanaël, surtout depuis qu'elle revoit Garance et les enfants. Plusieurs fois elle a voulu demander des nouvelles à sa sœur, mais elle y a toujours renoncé. À quoi bon ? Il avait été suffisamment clair.

— Euh… (Eva feint de réfléchir.) Pas du tout.

— Vos compagnons de table ont l'air d'être d'excellents cavaliers.

— J'hésite entre le cousin vampire buveur de vodka et le meilleur ami gentil mais plus-lourd-tu-meurs.

Nathanaël éclate de rire.

— Je choisirais… aucun des deux.

— Merci, effectivement, j'aime mieux rentrer seule ce soir.

— Moi aussi. Enfin, je veux dire, je préférerais que vous ne repartiez pas avec un de ces types.

— Bon, je ferais mieux de retourner à ma table… dit-elle pour dissimuler sa gêne.

— Eva, attendez, dit-il en la retenant par le bras. J'ai terminé *No Home*. C'était passionnant. Vous seriez d'accord pour me conseiller un autre livre ? Je commence à prendre goût à la lecture, même si je ne vais pas aller bien loin à raison de deux livres par an !

— C'est mieux que rien, rétorque Eva avant de repartir.

— Eva ! l'interpelle-t-il de nouveau. J'ai foiré, je sais. Quand ça a commencé à aller bien entre nous, j'ai préféré couper les ponts.

Eva se retourne. A-t-elle bien entendu ?

— Mais justement, pourquoi ? Je vous dégoûte à ce point ?

Elle ne rêve pas, Nathanaël, trahi par ses émotions, se met à rougir.

— Dégoûte ? Vous êtes folle ! C'est même tout le contraire. J'ai eu peur. Je prenais de nouvelles responsabilités au *Plaza Athénée* et je me disais que je ne pouvais faire subir ça à personne.

— Subir quoi ?

Pourquoi ne va-t-il simplement pas droit au but ? Eva a l'impression que son cœur va voler en éclats.

— L'absence de vie sociale. Je rentre tard toutes les nuits, ou presque, je me lève tard aussi. La gastronomie, c'est toute ma vie.

— Et alors ? Les livres sont toute ma vie. Vous seriez étonné de voir que je lis très tard tous les soirs et que je suis capable de faire des grasses matinées mémorables.

— C'est vrai ?

Eva hoche la tête.

— Alors, j'ai été un gros con ?

Elle reproduit le même mouvement.

Nathanaël soupire.

— Eva, est-ce qu'on pourrait repartir de zéro ? Je pourrais vous inviter samedi soir prochain au restaurant ? Promis, je serai à table avec vous cette fois-ci.

— Très bien, mais j'aimerais savoir ce qui vous a fait changer d'avis.

— Il n'y a que les imbéciles qui ne changent pas d'avis.

La dernière fois qu'elle a entendu ce proverbe, c'était de la bouche de Marcel. Il s'était mis à lire des romances dont il avait pourtant horreur. La surprise laisse place à une sensation de sérénité. Eva est persuadée que c'est Marcel qui veille sur elle, de là-haut.

Non, Marcel, les hommes ne sont pas tous des pervers, songe-t-elle.

— Je dois quand même vérifier mon agenda. Je pense être libre samedi soir. Je vous confirmerai ça !

— Très bien, votre numéro n'a pas changé ?

Eva lui fait signe que non, avant de laisser Nathanaël retourner en cuisine préparer le dessert. Une immense couronne de choux à la crème décorée de roses blanches. Les invités sont ébahis en découvrant l'œuvre d'art. Visiblement, le chef n'a pas laissé le choix aux mariés. Adieu le garage et le chignon, place à la sublime pièce montée de Nathanaël. En retrouvant sa chaise, Iris lui fait un clin d'œil.

Si la mariée a volontairement omis de prévenir sa témoin de ce changement de traiteur de dernière minute, c'est pour une bonne raison : elle savait que revoir Nathanaël par surprise serait encore plus savoureux.

En toute fin de soirée, après avoir retiré sa blouse, Nate s'approche d'Eva en train de twister avec Corinne et Richard sur la piste de danse.

— Vous permettez ? s'adresse-t-il à Corinne en saisissant Eva par le poignet.

Au même moment, le DJ, sur ordre exprès de la mariée, lance *Over the Rainbow*, la chanson préférée d'Eva. Nathanaël enlace la jeune femme, qui a l'impression de ne faire qu'un avec son cavalier. Des papillons virevoltent dans son ventre. Une vague de chaleur irradie son corps. Nathanaël est son rayon de soleil, celui qui brille après l'orage pour révéler un arc-en-ciel. Et s'il devenait son petit bonheur de tous les jours ? Eva est persuadée d'une chose : comme pour la famille Donadieu, son plus beau voyage reste à venir.

Un petit mot pour la fin

Parce que c'est un peu comme après le baisser de rideau à la fin d'une pièce de théâtre, on ne veut pas quitter la scène.

Dans ce roman, je tenais à évoquer un thème qui m'est très cher, un thème qui a changé ma vie : la maternité. Dans ce roman, il est question d'amour maternel et de mon admiration pour toutes les mamans du monde. En aucun cas, je n'ai voulu juger les mamans, même si Garance est une mère « absente », elle est persuadée que ce qu'elle fait est pour le bien de ses enfants. Au contraire, Corinne est une mère « battante » dont les choix ne sont pas forcément bien perçus par sa fille. Dans les deux cas, ce ne sont pas deux mauvaises mères diamétralement opposées ; ce qui les relie, c'est leur sens du sacrifice pour leurs enfants. Et puis il y a une autre forme de maternité, Eva n'a jamais porté d'enfant mais prend soin de ceux de Garance comme si c'étaient les siens, ou ce couple qui essaie d'adopter un enfant et qui l'aime avant même de pouvoir vivre avec lui librement. Je n'oublie pas les papas, ils ont toute leur place !

Je me demande tous les jours si je suis une bonne mère. Mes choix ne sont peut-être pas toujours très bien perçus par mes enfants, mais ils se souviendront (je l'espère) de l'amour que je leur porte.

Avec du recul, je comprends mieux les décisions de mes parents et suis heureuse d'avoir ces parents-là. Ils m'ont transmis leur éducation fondée sur l'amour et la compassion. Il leur a fallu beaucoup de courage pour tout sacrifier, fuir leur maison, leur pays, une partie de leur famille, tout laisser derrière eux et se réfugier dans un pays en paix dont ils ne parlaient pas la langue, pour assurer la sécurité et le bonheur de leurs cinq filles. Il n'y a rien de plus beau que l'amour des parents pour leurs enfants.

Mes pensées vont donc à mes parents, Som et Saly (les meilleurs parents du monde), à mes beaux-parents, André et Danielle, ainsi qu'à tous les parents, enfants et merveilleuses familles du monde (ce qui fait beaucoup, je le reconnais).

Je pense aussi bien sûr à mon mari, Thierry, et à mes petites merveilles, Mila et Léon, que j'aime de tout mon cœur. Nous formons une joyeuse petite famille et je pense que nous avons trouvé notre équilibre. C'est ce qui nous rend heureux.

Merci à mes sœurs et à leurs maris. Vos enfants sont formidables. Mes neveux et ma nièce, vous êtes une source intarissable d'inspiration. Vous me racontez vos histoires d'école en primaire et au collège. Spiderman, bien sûr, « c'est pour les bébés », comme vous dites. Je revois mon fils, Léon, qui vient de célébrer son premier carnaval et qui était déguisé en Spiderman ! Vous êtes la nouvelle génération, et être près de vous m'inspire, me fascine. J'apprends sans cesse de nouvelles expressions grâce à vous. Je vous observe, essaie de vous comprendre, ce qui fait de moi une « vieille » tante !

Merci, Aurélie Valognes, ma meilleure amie. Tu es la première personne à qui je confie mes histoires, la première à me conseiller, à m'encourager, à m'aiguiller. Je me souviens de notre dîner coréen où je te racontais cette histoire, le soir du lancement de mon précédent roman, *De joie coulent mes larmes*. Elle est désormais écrite. Tu te doutes de l'émotion que cela représente pour moi ! Merci d'être présente à chaque étape importante de ma vie.

Merci à tous mes amis qui m'ont soutenue et encouragée tout au long de l'écriture ; je suis certaine que vous vous reconnaîtrez. Nos discussions m'enrichissent et m'inspirent.

Merci aux mamans et aux nounous que j'ai rencontrées depuis que mes enfants vont à l'école. Je suis ravie de vous retrouver lors des anniversaires ou des sorties au jardin des Plantes. Merci en particulier à Zoé, la meilleure nounou que je connaisse et à qui je confierais mes enfants les yeux fermés. Tu es aussi inspirante et bienveillante qu'Eva, tu ne penses qu'à t'occuper des autres, et tu le fais si bien. Je suis heureuse que nos routes se soient croisées.

Merci, Maïté Ferracci, mon éditrice, ma bonne fée, si bienveillante et professionnelle. J'adore travailler avec toi, tu me pousses dans mes retranchements, mais c'est pour que je me surpasse. J'ai encore tellement à apprendre et tu es une merveilleuse professeure. Tu es la voix de la sagesse, tu trouves toujours les bons mots pour me rassurer et me conseiller. Stephen King disait « écrire est humain, corriger est divin », tu es divine.

Merci à toute l'équipe Michel Lafon qui a œuvré sur cet ouvrage. Je suis heureuse d'avoir rejoint une si belle maison d'édition. Merci pour votre confiance.

Merci aux équipes des éditions Pocket, ma deuxième maison d'édition, en particulier mon éditrice, Perrine Bréhon. Tes conseils me sont précieux ainsi que tes avis d'experte. J'ai appris à tes côtés la patience, l'endurance et la persévérance. Merci, Emmanuelle Vonthron, pour nos échanges constructifs sur nos quêtes de sens dans la vie. Nous y sommes.

Merci, Frédérique Deghelt, pour le formidable atelier d'écriture que tu as animé aux éditions Gallimard. Merci pour cette belle découverte et les belles rencontres, en particulier Mathilde Guegan et Éliane Vigneron, mes sœurs d'écriture.

Merci à vous, chers lecteurs, chères lectrices. Sans vous, je ne serais pas allée au bout de mes rêves. Merci pour tous les messages que vous m'adressez ; vos mots me vont droit au cœur. Ma gratitude envers vous est infinie. J'espère que j'aurai l'occasion de vous rencontrer ou d'échanger avec vous. Grâce aux réseaux sociaux, j'ai également pu rencontrer des auteurs, lecteurs, journalistes, bibliothécaires, blogueurs, Instagrameurs et Youtubeurs formidables. Merci à vous tous pour votre bienveillance.

Merci à Joséphine et à son équipe du *SweetSpot*, où j'ai passé des heures à écrire ce roman. Merci de m'accueillir si chaleureusement chaque semaine.

Au moment où je termine l'écriture de ce roman, j'apprends avec une grande tristesse que deux librairies indépendantes que je connais ont malheureusement fermé leurs portes. La première est située dans mon quartier, et la seconde est celle de mon enfance. Cela faisait cinquante ans qu'existait la librairie *Le Cid*, à Istres. Mes pensées vont donc à José, libraire passionné, et à son épouse Stéphanie. Je dédie ce livre à tous les libraires qui transmettent leur passion à de jeunes lecteurs ou conseillent des lecteurs plus aguerris, et remercie en particulier Amandine, de la librairie *Saint-Pierre* à Senlis, Julien Aubert, Thierry Bedo, Val Bordejo, Sandrine Dantard, Sophie Delarue, Sarah Devaux, Corinne Fréchet, Corinne Gabriele, Olivier Gallais, Julie Martinez, Nicole et Katia Maruani, Frédéric Oliveres, Fanny Rozet, Céline Viel, Clémence et Victoria du *Comptoir des lettres*, pour leur soutien depuis mes débuts. Vous faites vivre les histoires, grâce à vous, les mots dansent…

La photocomposition de cet ouvrage
a été réalisée par
GRAPHIC HAINAUT
76, rue de Nancy 59100 Roubaix

#lisez! engagé
www.lisez.com
Pour plus d'information :
Imprimé sur du papier issu de forêts gérées durablement.

Achevé d'imprimer en juillet 2023 par
La Nouvelle Imprimerie Laballery
58500 Clamecy (Nièvre)
N° d'impression : 307641

S31882/02

Pocket, 92 avenue de France, 75013 PARIS

Imprimé en France